· 高职院校“三融三进三课堂”文化育人体系研究与实践项目成果系列教材
· 职业教育国家级教学成果一等奖获奖项目系列成果之一

孔孟之乡传说故事

主　编　马　艳　谢　焱　樊云松
副主编　韦秀芝　范文娟　李建惠
　　　　徐　瑾
参　编　杜　倩　张　凯　谢文娜
　　　　李　霄　沙　莎　王　涛
　　　　马　超

北京理工大学出版社
BEIJING INSTITUTE OF TECHNOLOGY PRESS

内 容 简 介

本教材本着品格教育、文化素质教育和职业技能教育相对接、相融合的原则，以非物质文化遗产的学科视角为基本出发点，对流传久远的传说故事进行整理，并结合学生实际和社会现状对传说故事进行内涵剖析和全新解读。目的在于增强学生对非物质文化遗产基本理论知识的了解，加强学生对优秀传统民间文化的认识；通过深入解读传说故事中所蕴含的民族精神和地域文化，培养学生仁义礼智信、忠孝廉耻勇的品格，传承中华民族的优秀传统文化。

图书在版编目（CIP）数据

孔孟之乡传说故事／马艳，谢焱，樊云松主编.—北京：北京理工大学出版社，2022.8重印

ISBN 978-7-5682-5935-4

Ⅰ.①孔… Ⅱ.①马…②谢…③樊… Ⅲ.民间故事—作品集—山东 Ⅳ.①I277.3

中国版本图书馆CIP数据核字（2018）第166585号

出版发行／北京理工大学出版社有限责任公司
社　　址／北京市海淀区中关村大街5号
邮　　编／100081
电　　话／（010）68914775（总编室）
　　　　　（010）82562903（教材售后服务热线）
　　　　　（010）68944723（其他图书服务热线）
网　　址／http://www.bitpress.com.cn
经　　销／全国各地新华书店
印　　刷／北京紫瑞利印刷有限公司
开　　本／710mm × 1000mm　1/16
印　　张／16.5
字　　数／216千字
印　　次／2022年8月第1版第3次印刷
定　　价／49.00元

责任编辑／徐艳君
文案编辑／徐艳君
责任校对／周瑞红
责任印制／边心超

编 委 会

前言

中国有着极为丰富的民间传说故事，凡是有人群的地方，就有各种各样的传说故事被创作、流传下来。这种口传心授、世代传承的文艺形式像一个取之不尽、用之不竭的知识宝库，在民众生活中具有不可替代的作用，不仅丰富了大家的认知，造就了大家的审美趣味，更成为一种无法取代的娱乐与狂欢方式，以难以想象的强大生命力和影响力渗透在民众生活的各方面。

历经千年传承，民间传说故事作为一种丰富而优秀的非物质文化遗产，凝聚着优秀的文化传统和淳厚的民俗民风，是中华民族的民族品格、民族精神、民族风尚的具体表现。在飞速发展的当今时代，继续学习和传承民间传说故事有着特殊的意义，是文化自信的表现之一。通过对民间传说故事进行深入、系统学习，将其中的优秀内涵及真谛展示出来，进而自发自觉地保护与传承，更是我们不容推卸的历史责任。

济宁职业技术学院在建设国家级文化素质教育基地过程中，积极探索保护非物质文化遗产的有效路径。学院独创传承与保护非物质文化遗产的“三合六进”模式获得山东省第二届文化创新奖。“孔孟之乡传说故事”课程是我院传承与保护非物质文化遗产的阶段性成果之一。本课程针对高职学生的学习特点，精心选择我国和本地区具有代表性且传播较为广泛的民间传说故事，以理解、参与、探究、实践为学习理念，注重培养学生对非物质文化遗产的保护传承意识，并进一步提升学生的文化素养。

本教材在内容和体例上除具有显著的地域特色外，力求做到知识性、科学性、应用性、时代性的统一。本教材由马艳老师负责编写概论篇，由谢焱、范文娟老师负责编写民间传说之人物篇，由韦秀芝、李建惠、徐瑾老师负责编写民间传说之地方风物篇，由范文娟老师负责编写民间故事篇；马艳、谢焱、李建惠、徐瑾老师负责最后的统稿编排工作。徐瑾、杜倩、张凯、谢文娜、李霄、沙莎、王涛、马超等老师参与了各单元的资料搜集、整理和编写工作。

本教材在编写过程中得到了樊云松老师的无私指导，参考借鉴了许多国内外专家、学者及同行的研究成果、观点和资料，济宁非物质文化遗产保护中心为本书的编写提供了大量的传说故事案例，在此表示衷心的感谢。

由于编者的水平和能力所限，书中难免存在不足之处，恳请各位专家、学者、同行及使用本教材的师生批评指正。

编　者

目录

孔孟之乡传说故事

目录

项目一
概论篇

单元一 非物质文化遗产之民间传说故事概述

一、非物质文化遗产的界定

在 2003 年 10 月 17 日颁布的《保护非物质文化遗产公约》（以下简称《公约》）中，联合国教科文组织是这样界定非物质文化遗产（简称非遗）的："'非物质文化遗产'指被各群体、团体、有时为个人视为其文化遗产的各种实践、表演、表现形式、知识和技能及其有关的工具、实物、工艺品和文化场所。各个群体和团体随着其所处环境、与自然界的相互关系和历史条件的变化不断使这种代代相传的非物质文化遗产得到创新，同时使他们自己具有一种认同感和历史感，从而促进了文化多样性和人类的创造力。在本公约中，只考虑符合现有的国际人权文件，各群体、团体和个人之间相互尊重的需要和顺应可持续发展的非物质文化遗产。"它所涵盖的内容包括："口头传说和表述，包括作为非物质文化遗产媒介的语言；表演艺术；社会风俗、礼仪、节庆；有关自然界和宇宙的知识和实践；传统的手工艺技能。"

《公约》中界定的"非物质文化遗产"，大致相当于普泛意义的"传统民间文化"。在人类进程中，传统民间文化是各民族人民劳动的缩影、智慧的结晶，是积淀下来的精神宝库，也是促进人类不断进步发展的极其宝贵的资源和动力。对民间文化的保护，不仅是某一类文化传承的需要，也是对人类自身身份认同的保护，更是对各国各民族文化主权的保护。

2011 年 2 月 25 日第十一届全国人民代表大会常务委员会第十九次会议通过的《中华人民共和国非物质文化遗产法》是国家保护非

物质文化遗产的基本法律，它对非物质文化遗产及其范围的界定是：指各族人民世代相传并视为其文化遗产组成部分的各种传统文化表现形式，以及与传统文化表现形式相关的实物和场所。包括：①传统口头文学以及作为其载体的语言；②传统美术、书法、音乐、舞蹈、戏剧、曲艺和杂技；③传统技艺、医药和历法；④传统礼仪、节庆等民俗；⑤传统体育和游艺；⑥其他非物质文化遗产。它以立法的形式确定了我国非物质文化遗产的范畴，进一步引起各级部门对非物质文化遗产的重视，有利于对国内各类非物质文化遗产项目的保护。

在各类非物质文化遗产项目中，民间文学及其相关项目是主要组成部分。我国非物质文化遗产名录中的民间文学项目涵盖多种体裁，不仅有神话、传说、故事，还有歌谣、史诗、民间叙事诗、宝卷、谜语等，体裁多样，内容丰富。除此之外，民间音乐类、传统戏剧类、民间美术类乃至传统手工技艺类、民俗等项目都与民间文学有着或多或少的联系。民间文学是我国优秀的文化资源和极其宝贵的文化遗产。

二、民间文学

（一）民间文学的概念

作为非物质文化遗产中的第一大类，“传统口头文学以及作为其载体的语言”，在非遗项目类别中统称为民间文学。所谓民间文学，是广大人民群众集体创作，经口头流传，且不断加工修改的一种文学样式。它运用口语的形式传述故事、塑造形象、展示生活和抒发情感。它是广大民众日常生活的组成部分之一，反映了民众的生活和思想情感，集中体现着他们的审美观念和艺术情感，具有鲜明的艺术特色。

民间文学涵盖广泛，包括神话、史诗、民间传说、民间故事、民间歌谣、民间叙事、民间小戏、说唱文学、谚语、谜语、曲艺等。

（二）民间文学与作家文学

民间文学与作家文学同处在民族文化的统一体中，既有密切的联系，又有显著的差别。民间文学和作家文学“都是一定的社会生活在人类头脑中形象化反映的产物，同时又能动地反作用于生活，发挥社会作用”。就产生时间来看，民间文学先于作家文学而产生，是作家书面文学创作出现以前，具有全民性质的唯一文学样式；就创作主体来看，民间文学是民众的集体创作，作家文学大多是作家的个人创作；就创作来源看，民间文学源自民众的自身体验，是社会生活的直接反映，而作家文学除作家自身体验外，还从民间文学和其他文学中汲取创作灵感，相对于民间文学，其创作来源具有间接性；就创作作品而言，民间文学是一种口头文学，缺少文字文本，作为口传文艺，其作品一直处于动态的变化之中。作家文学有固定的文字文本，作品一旦成型，具有相对的稳固性。

民间文学作为文学之源，具有强大的生命力，滋养哺育了作家文学的发生发展。它不仅为作家文学提供了丰富的题材和思想内容，还提供了典型形象。例如，作为明代四大奇书之一的小说《水浒传》，塑造了多个脍炙人口的人物形象，这些人物大多来自民间文学。此外，民间文学在体裁、艺术形式、语言风格上对作家文学都产生了深远的影响。作家文学中各种常见体裁大都来自民间文学，各种文学表现手法在民间文学中也大都有迹可循。民间文学作品的语言大多活泼生动、通俗易懂，相当一部分作家文学借鉴了类似的语言风格。而民间文学中大量的歌谣、谚语、歇后语和方言土语，更是作为创作素材被作家广泛采用。

（三）民间文学的基本特点

1. 集体性

民间文学是由集体创作、集体传承的文学样式。它不仅是集体智慧的结晶，更集中反映了集体的愿望与诉求。民间文学具有创作与流传一体化的特点，多数作品一旦创作出来便进入流传状态。每一位传播者在传播过程中，依据自身诉求，或有意或无意地对原作品进行加工创造。作品的流传过程，就是各个传播者加工创造的过程。无数人对作品的加工、创造、修改、完善，让民间文学在内容上最直接最集中地体现人民大众的意志和愿望，在形式上最大限度地适应民众的欣赏习惯、体现民众的审美趣味。民间文学的集体性与其流传时间成正比，可以这样说，作品的流传时间越长，其集体意识的积淀越厚重。

2. 口头性

民间文学是一种以口耳相传为基本传播方式的特殊语言艺术，被称为“人民的口头创作”或“口头文学”。创作主体直接用口头语言进行创作，不需要文字做中介，更不需要借助印刷等技术媒介。创作者直接用口头语言将自己对生活最真切、最新鲜的感受及时地表达出来。这种表达方式直接明快，不受条件限制，可以在任何条件下进行。由于这种创作方式借助口头媒介直接诉诸听众的听觉，因此包含着极大的情感因素，讲起来绘声绘色、生动传神，便于传者和受者之间的情感交流。如果愿意的话，受者也可以自由加入创作中，表达自己的感受，分享创作的乐趣。

3. 变异性

民间文学是活的语言艺术，它留存在人们的记忆中，流传在人们的口耳间，永远没有定稿。纵然有时被整理出版或发表，也非最终定稿，不过处于暂时的稳定状态，一旦回到民间又继续处于变化状态。民间文学的这种不断变化的特征称为变异性。民间文学的变异性突出表现在作品的语言变化上，同时也表现在作品的内容、情节、主题、形象、结构等要素的变化上。

4. 传承性

传承性又称“传统性”。在发展过程中，民间文学一方面在不断变化，一方面又存在着一系列相对稳定的因素。这些相对稳定的因素经千百万民众世代传袭下来，逐渐形成了约定俗成的传统。民间文学的这种相对稳定的特征即民间文学的传承性。传承性不仅表现在民间文学的内容上，还表现在作品的形式和具体的传承方式上。

民间文学的四个特征是一个有机整体，它们相互联系、互相制约，共同反映着民间文学的本质。

三、民间传说

（一）民间传说的界定

学术界对民间传说的界定大致有两种：广义和狭义。广义的民间传说又俗称“口碑”，是一切以口头方式讲述生活中各种各样事件的散文叙事作品的统称。与广义传说概念的宽泛性不同，狭义的民间传说是指经民众口头创作和传播的，描述特定历史人物或历史事件、解释某种地方风物或习俗的传奇性散文体叙事作品。

根据目前我国传说学理论研究的进展，我们可以将这一界定充实表述为：民间传说是围绕客观实在物，运用文学表现手法和历史表达方式构建出来的，具有审美意味的散文体口头叙事文学。

（二）民间传说的分类

对于民间传说的分类，常见的方法有：按照社会发展的不同历史时期划分；按照传说内容的性质划分；按照传说在表述方面的特点和功能划分；按照传说的情节划分等。

（1）按照社会发展的不同历史时期，可将民间传说分为古代传说、近代传说、当代传说等。同时，每一类传说还可以再细分，例如，古代传说可以依据朝代划分为秦代传说、汉代传说、隋唐传说、清代传说等。因为口头创作与传承的文学是很难准确判定其产生年代的，所以这种分类法带有较强的局限性。

（2）按照传说所讲述内容的性质，可将民间传说分为三类，即人物传说、史事传说和地方风物传说。每一类又可以细分为若干小类，如人物传说可细分为圣贤传说、帝王传说、英雄传说、名医巧匠传说等几个小类；地方风物传说可以细分为山川名胜传说、物产传说、动植物传说和习俗传说等几个小类。目前，这种分类方法因为操作方便，不易混淆，学理性不强，得到大多数学者的认同和受众的欢迎。

（3）按照传说在表述方面的特点和功能，可将民间传说分为描述性传说和解释性传说两大类。描述性传说以叙述人物的事迹为主，主人公大都在历史上实有其人或在作品中被特别强调历史上真有其人。这类传说主要包括：帝王将相传说、清官奸臣传说、农民起义传说、神仙人物传说等若干小类。解释性传说是以事物为出发点和归结点，对山川名胜、风物特产、动植物及民间风俗习惯等的名称、特征的由来做出某种解释。整个解释的过程构成一个有头有尾、有人物、有事件的故事。

（4）按照传说的情节，可将民间传说分为识宝型、端午挂艾型、地陷为湖型、难题求婚型、智斗魔鬼型、风物迁移型、皇帝封口型等。这种分类方法不着眼于民间传说的思想内容和人物形象，更多的是为了对传说进行学术研究，具有较强的理论性。

目前，在我国民间文艺学术界比较通用的传说分类方法是按照传说内容的性质划分。这种分类方法基本上代表了我国学者近年来关于传说分类研究的整体思路和宏观构想。

本书将沿用这种分类方法，把民间传说分为人物传说、史事传说和地方风物传说三个类别。

1. 人物传说

人物传说是以历代社会生活中真实存在的著名人物为中心，通过艺术加工、幻想、虚构等手法，叙述他们的行为、事迹或遭遇的传说。在中国民间传说体系里，人物传说最为成熟，数量也最多。一般可根据传说中人物身份的不同将传说大致分为六种类型：

（1）神仙传说。相对于神话而言，神仙传说也被称为“仙话”，是人物传说中特殊的组成部分。这类传说与宗教，特别是与在中国民间影响较大的道教有千丝万缕的联系，其产生的历史比较久远，流传也相当广泛。此类传说中的人物往往有超乎凡人的神通，大多为虚构的人物，也有少量的真实人物。

（2）文人传说。主要讲述历代杰出文人，包括诗人、作家、书法家、哲学家的生活轶事。这类传说用生动有趣的故事来渲染杰出文人在事业上的精深造诣，或讲述他们成才的艰辛刻苦，目的在于激励后人以他们为典范，学习他们刻苦用功的精神，以有所成。

（3）巧匠名医传说。此类传说的内容多是渲染巧匠名医技巧高超、品格高尚。主人公具有强烈的惩恶扶弱意识，帮助下层人民解决了很多难题。在这类传说中，尤以鲁班的传说流传最为广泛，其他关于扁鹊、华佗等人的传说也广为人知。在名医传说中最常见的主人公除扁鹊、华佗外，还有张仲景、孙思邈、李时珍等。

（4）帝王将相传说。帝王将相传说又可分为帝王传说和将相传说。帝王传说讲述帝王的神奇出生、宫廷轶事，或者讲述帝王如何残暴、贪婪、好色的故事，如关于三皇五帝、秦始皇、汉武帝的传说。将相传说又可分为名将传说、清官（贤相）传说和奸臣传说。名将传说讲述了百姓理想中英雄式将军的作战故事；清官传说讲述贤明、勤勉、疾恶如仇、不畏强权、主持正义或幽默风趣的大臣、官员的事迹；奸臣传说揭露的是封建社会统治阶层中的一批腐朽官员的丑恶行径。

（5）起义英雄传说。起义英雄传说，是反映官逼民反的历史事实，歌颂造反起义的英雄好汉的传说。民间传说对这些人物的评价一般不为统治者和正史观点左右，寄寓了过多的个人理想。这些起义者大多出身于下层民众，代表了社会底层的利益和意愿，因此，讲述者往往不以成败论英雄，他们不管起义者最后能否成功，大多会把其当作正面人物和英雄来传颂。

（6）政治历史人物传说。指近代以来的政治家、革命家的传说，也包括政坛上的反面人物的传说。

2．史事传说

史事传说，也称为历史事件传说，是以历史事件为叙述中心的传说。它往往围绕某一历史事件，衍生一系列民间传说，从各个方面对历史事件进行比较详细具体的描述，广泛刻画各阶层民众的动态，揭示历史事实，表现人心归向。这类传说易与人物传说有交叉，但是两者各有侧重：史事传说重在记事，而人物传说重在记人。史事传说在描述历史事实的同时，也刻画历史人物，但这些人物多是普通的百姓，并且在传说中反映的是集体性的群众英雄；而人物传说中的历史人物往往是著名的人物。历史事件传说主要有三种类型：

（1）反抗外来侵略的传说。这类传说中比较知名的有郑成功和戚继光抗击倭寇的传说、义和团传说等。

（2）农民起义的传说。传说用生动离奇的故事叙述起义的作战过程，赞颂起义英雄。

（3）革命历史事件传说。这是新的史事传说，围绕近代历史上的重大事件产生的传说，如讲述孙中山领导的民主革命的传说，在中国共产党领导的新民主主义革命历程中诞生的传奇故事等。

3. 地方风物传说

地方风物传说，是关于某一地区山川、风物等的解释性传说。它经常把风物介绍、故事、说明解释三种成分结合在一起。地方风物传说善于运用奇妙的幻想、超自然的形象、神奇变化的手法来传达特定山川、风物、建筑、特产、民俗等方面的知识，反映的社会生活内容十分广泛。地方风物传说可以分为以下几类：

（1）山川名胜传说。山川名胜传说是解释特定地方的自然物与人工物的由来、命名和特征的传说。

（2）物产传说。物产传说是关于各地、各民族的土特产品的产生、特征和名称由来的传说。

（3）动植物传说。动植物传说是解释动植物的名称、习性或特征由来的传说。

（4）习俗传说。习俗传说是关于各地各民族的风俗习惯形成原因的解释性传说。习俗传说的种类有很多，最常见的有三种：节日习俗传说、婚丧习俗传说、游艺习俗传说。节日习俗传说是解释中国各民族的节日习俗由来的传说；婚丧习俗传说，是关于婚姻和丧葬习俗的传说；游艺习俗传说是关于各地、各民族的娱乐游艺活动的形成原因的传说。

（三）民间传说的特征

1．表述方式的“可信性”和主要情节的虚构性

民间传说的“可信性”并不是指主题内容的真实可信，而是指表达的方式和情境具有可信性。出于创作主体的意愿，为追求具有较强艺术感染力的需要，再加上传说独特的传播方式，使民间传说的故事情节充满想象、虚构和诸多变异性，这与所谓的主题内容真实可信相去甚远。所谓“可信性”不过是围绕真实的人、物或事讲述的一个虚构而有趣的故事，听上去可信。需要强调的是，民间传说的虚构并非天马行空的任意编造，而是受到传说内容中部分真实因素的制约。

2．故事情节的传奇性

所谓传奇性，指故事情节在总体符合现实生活逻辑的基础上，通过夸张、巧合、超现实的想象等虚构手段，构造奇情异事，使故事曲折离奇，高潮迭起，引人入胜。民间传说的传奇性内容有两种，一种是夸张性内容，一种是超现实幻想性内容。民间传说的传奇性情节一方面使内容格外吸引人，使民众获得娱乐和放松；另一方面还以魔幻的形式满足民众的愿望。

3．人物形象、内容与情节的类型化

民间传说的内容具有明显的类型化倾向。所谓类型化，就是指传说不是用个性化的情节塑造立体的人物形象，而是在创作故事上有既定传承的模式，在塑造人物上倾向于扁平化，集中表现人物品性、能力的某一个侧面。民间传说中存在大量“箭垛式”人物，将许多具有同样特征的情节安放到一个著名的具有这种特征的典型人物上。传说内容的类型化往往是以真实存在的人或事物为基础的，不断聚集或复制的类型化内容使原型的特征得到渲染和夸张。所有人的功劳、智慧、努力都归于某一典型人物，不断拔高该人物，该

人物最终由普通人变成了神圣不可侵犯的神。传说情节的类型化具体表现为固定的叙事模式、雷同的故事情节和相似的结果。

4. 故事的黏附性

民间传说与山水、建筑、风俗、物产等相黏附，就会落地生根，使传说在地化。名山胜景往往是众多传说的荟萃之地。在传说流传的中心地域，传说中的人物、事件总是与当地人文历史背景、自然地理环境紧密黏附在一起。传说与著名人物黏附在一起，就会产生箭垛式人物，如黄帝、大禹、张天师、鲁班等。民间传说在地化的结果是传说内容发生变异，以适应当地的历史文化和人文信仰。因此，同样的传说，在不同地域流传，就会和当地地域文化特色黏附在一起，产生诸多变文。

5. 相对固定的传承范围和流传演变中的成长性

民间传说的传播总是围绕着客观实在物这个特定的中心进行的，因此民间传说的传承范围是相对固定的，从而构成一个个大大小小的传说圈。传说圈不是民间传说平面的传播范围，它是民间传说纵向传承与横向传播的结果，是历史与现实、纵向与横向结合的一个立体的民间传说体。民间传说流传演变中的成长性是传说不同于其他文学样式的显著特征，其主要表现在两方面：一是民间传说在其自身内部的流传变异，表现为传说在传承中传说母题、人物性格、事件的性质等原型不变，而传说的故事情节、人物形象等方面发生变异。二是民间传说向作家文学的流传变异。这种变异已经跨出了民间文学的范围，流入了文人创作的圈子，成为作家文学的资源。

（四）民间传说的功能

1. 娱乐功能

娱乐功能是传说能够历经多年传承下来的主要因素之一。传说的娱乐功能有自娱和他娱两种。自娱是通过讲述传说的方式来达到消除疲劳、精神紧张和满足情感的目的；他娱是通过听别人讲述民间传说的方式来达到以上目的。在流传下来的民间传说中，有相当一部分情节极其曲折离奇，另有一部分意境非常优美，富于神奇的幻想色彩，这使民众获得无限的精神享受。经过一天的辛苦劳作，围坐在一起，听老一辈讲述流传了几辈的传说，是农耕社会民众的基本消遣方式之一。

2. 教育功能

教育功能是传说诸多功能中最为显著的功能。无论是人物传说、史事传说还是地方风物传说，在讲述时，都旨在向听众传达某种知识和意义，如用传说来解释一些不可思议的事情或是值得铭记的事情，用传说来传达某种经验和技能，告诉听众应该怎样去做或不该怎样去做。当我们聆听传说时，除了被典型的人物形象打动、被丰富曲折的故事感染、为优美壮丽的山川折服外，还能唤醒头脑中沉睡的记忆，勾连起丰富的想象，对事物的认知达到复习和加深印象的效果。它帮助我们把其中涉及的历史事件、塑造的人物形象、传达的价值观念认识得更加深刻，将其中弘扬的真善美纳入自身的价值体系中，自觉与假恶丑现象划清界限，完善自我人格，提升道德标准，树立正确的人生观、价值观和世界观。

3. 抚慰功能

在人类社会进程中，“苦难”是如影随形的亲密战友。特别是对于身居社会下层的普通民众而言，相对于其他阶层，“苦难”更是长伴其左右。面对无法解释的神秘事件和无力抗拒的天灾人祸，民众用民间传说进行了合理的演绎和自我安慰。那些在现实中梦想难以实现、冤屈难以伸张或穷愁困顿不堪的民众在传说里达成了心愿。在民间传说中，贫穷善良的男（女）青年在神仙或超自然力的帮助下获得了爱情，被欺负、被虐待的下层人民获得了神助，坏人最终得到了惩罚，勤劳肯干却生活困顿的穷人最终过上了幸福的生活……甚至有的民间传说讲述了借宗教或道德说教的方式来麻痹思想，求取往生的故事。

（五）民间传说研究

传说学是研究民间传说的一门学问。传说学这一名称在 20 世纪以来就在国际学界通行，但在我国，是从20世纪80年代才开始使用的。具有现代科学意义的中国传说学，是从顾颉刚先生在1924年发表的最早研究传说的论文《孟姜女故事的转变》开始的。至今为止，我国民间传说研究大致经历了三个阶段：

1. 奠基阶段

20世纪初期至30年代末，是我国民间传说研究的奠基阶段。顾颉刚先生以历史—地理研究的方法介入孟姜女传说的研究（《孟姜女故事的转变》和《孟姜女故事研究》），为民间传说的研究打下了坚实的基础。

2. 拓展阶段

20世纪50年代末到70年代初，是我国民间传说研究的拓展阶段。在这一阶段，民间传说的研究从理论、方法到研究对象都得到全方位的拓展，表现在两方面：一是注重研究传说的思想性、人民性、社会性和艺术性；二是将研究对象的视线从古籍记载的史料研究转向田野调查。

3. 多元发展阶段

20世纪80年代初至今，我国传说学进入了多元发展的新阶段。民间文艺学者把文化人类学、比较文化学、民俗学、美学等相关学科的理论和方法纳入传说的研究中，将研究视野由社会历史的表层，推向文化、人性的深处。

四、民间故事

（一）民间故事的概念

民间故事的概念有广义与狭义之分。广义上的民间故事是经由民众口头创作并在民间广泛传播的、具有虚构内容的散文形式的文学作品。它是所有民间散文作品的通称，包括神话、传说、生活故事、笑话、寓言、童话等。狭义的民间故事将神话、传说摒弃，专指二者之外的既带有神奇色彩又具有较强现实性的叙事散文作品。

它以民众的生活本身为创作源泉，在现实生活的基础上进行合理想象与虚构。该定义把民间故事与神话、传说区别开，使民间故事的范畴更为清晰。

（二）民间故事的分类

1. 幻想故事

幻想故事又称为神异故事、民间童话、魔法故事。此类故事具有浓厚的奇幻色彩，以超自然、超现实的形式反映民众的生活和思想感情。其中的主人公往往具有神奇的经历，借助超自然力的帮助，完成不可能的任务，实现自己的愿望。根据主人公的形象，可以进一步分为动物故事、魔法宝物故事和神灵精怪故事。

2. 现实故事

现实故事是指以民众真实的生活为主要表现对象的故事类型，又称为生活故事、世俗故事。故事的主人公为真实生活中的人群，内容丰富多彩，致力于宣扬现世的伦理道德观念，歌颂善、信、义、孝等优秀品质，弘扬尊老爱幼、惩恶扬善、救弱扶贫等价值观念，追求美好的爱情和生活。现实故事可以进一步分为机智人物故事、劳动故事、家庭故事和爱情故事等。

3. 寓言故事

寓言故事常以比喻性的故事寄寓意味深长的道理，表达一定的价值判断，早在我国春秋战国时代就已经盛行。在先秦诸子百家的著作中，尤以《庄子》与《韩非子》收录最多。这些寓言故事生动形象、寓意深刻，至今仍为大家耳熟能详。如《庄子》中的《庖丁解牛》，《孟子》中的《揠苗助长》，《韩非子》中的《自相矛盾》《郑人买履》《守株待兔》，《吕氏春秋》中的《刻舟求剑》等。根据寓言故事中主人公的不同，可进一步将寓言故事分为人物寓言故事和动物寓言故事；根据故事内容不同，则可将寓言故事分为品质类寓言故事、哲理类寓言故事、生活类寓言故事和知识类寓言故事。

4. 笑话趣事

笑话趣事是民间故事中较为常见的，也是最受民众欢迎的一种类型。它以虚构故事为主，有的也取材于现实生活。笑话趣事普遍篇幅短小，也有系列笑话，其中夹杂令人发笑的笑料和包袱，让人愉悦。我国民间流传着丰富的笑话趣事，最早的笑话集可以追溯到三国魏邯郸淳的《笑林》。对于笑话趣事这类民间故事而言，引人发笑只是它的表面功能，更多的在于讽刺和鞭挞生活中的不良现象，引起人们的反思，具有警世的功能。

（三）民间故事的特征

1．借生动曲折的情节进行完整的叙事

作为叙事类文学，民间故事一般有一个完整的叙事结构。该结构具有显著的程式化特点，“开始—经过—结尾”的三段式叙事最为常见。开始部分叙述故事的起因；经过部分重点讲述故事的发展变化，其中不乏生动曲折的故事情节和动人心魄、跌宕起伏的故事内容；结尾部分致力于引申和拔高。除了三段式叙事外，三叠式的叙事也是民间故事的一个显著特征。在民间故事中，人物和情节往往以“三”为基本单位，三兄弟、三道难关、三个锦囊以及重复三次的故事情节等。通过三次重复，最终解决问题，也增加了民间故事的趣味性，丰富了民间故事的内容。

2．通过鲜明的人物形象表达强烈的情感

民间故事非常重视人物形象的塑造，其中的人物个性鲜明突出，具有较强的感染力，让听者印象深刻，难以忘怀。在这些人物形象中，有骁勇善战的英雄，有勤劳肯干的长工，有聪明机智的普通民众，还有温柔善良的仙女……借助这些类型化的人物形象，民间故事从不同角度表现了民众的价值取向、爱恨情仇，成为民众感情的宣泄口。人物的命运遭际、性格特征唤起民众的不同类型、不同程度的情感共鸣，有对神仙的向往、对英雄的敬仰、对智者的敬佩、对弱者的同情、对作恶者的憎恨等。

3．以多样化形式营造浪漫主义风格

现实社会生活丰富多样，取材于此的民间故事也呈现出多样化的形式和丰富的内容。就体裁而言，民间故事有情节曲折多变的幻想故事和现实故事，还有短小精悍、耐人寻味、让人忍俊不禁又发人深思的寓言和笑话趣闻。就内容而言，有人与神之间的故事、人与人之间的故事、人与动物之间的故事，还有动物与动物之间的故事，内容极其丰富多样。就艺术表现手法来看，民间故事虽然以社会生活为表现对象，但是在叙事过程中大量使用了拟人、夸张、比喻、幻想等多种表现手法，通过离奇的故事情节，营造出神秘而又引人入胜的故事意味，具有强烈的浪漫主义色彩。故事中的人物往往拥有某种神力或得到了某种启示，可以上天入地，可以呼风唤雨，甚至可以死而复生。故事中的动物有时也会被神化或人化，具有某种超自然能力或人的某种特性，可以开口说话，可以幻化成人形。这些离奇的情节都增加了故事的浪漫主义色彩，具有强烈的吸引力和感染力。

4. 用和谐的审美理想传递真善美的价值取向

从整体上看，民间故事的结局往往是大团圆式的，这与民间故事惩恶扬善的追求，弘扬真善美、挞伐假恶丑的宗旨是相符的。故事往往以遇到问题展开，通过解决问题结束，经过激烈的矛盾冲突后，一切归为平静，正义最终战胜了邪恶，人们从此过上了幸福美满的生活。无论遇到什么样的艰难困苦，主人公总能凭借自己的意志战胜它，即使有主人公为之牺牲，他们也并不会真正消亡，而是化身为自然界的某种生物，守护着世间的美好。这种结局冲淡了民间故事的悲剧性，传达出“哀而不伤”的审美价值取向，也激发起民众在追求真善美的过程中前赴后继、勇于牺牲、舍生取义的精神。

五、民间传说与历史、神话故事、民间故事

（一）民间传说与历史

民间传说与历史相互联系，又有所区别。二者的联系表现在：第一，传说真实地表露和抒发了民众对历史现象、历史人物的情感和评价。第二，以历史为题材的传说所讲述的对象绝大多数是历史上实有的人物或事件，常常有迹可循。二者的区别表现在：第一，

反映社会的方法不同。传说是通过对一定历史事实进行艺术加工创造来反映社会生活的。这种艺术加工，并非严格地再现历史本身，为了追求一定的艺术效果，往往会对历史事实进行编造、改写，具有较强的故事性。而历史记载要求对事实进行忠实记录，不能为追求叙述的生动性而进行虚构、夸张、幻想等改造。因此，传说要求遵循的历史真实性，不在于历史记载的准确无误，而在于真实地反映民众的历史情感和评价，带有较强的主观性。第二，历史观不同。传说是民众口传的历史，能够真实地表达民众基于历史事实所做的朴素评价，而历史记载一般要考虑当政者的观点，反映官方的正统历史观。传说的评价一般与历史记载的评价在褒贬倾向上是基本一致的，但也有一些存在比较大的差异，这种差异容易发生在对同一时代的人与事的评价上。第三，取材角度不同。首先，传说是从艺术创作的角度取材，其内容从历史的角度看往往无关紧要。而历史要首先选取重大事实记录，不受艺术创作的影响。其次，传说讲述历史事件常选取某一侧面或某一点来虚构一个故事，以求达到一斑窥全豹的目的，有时会带有片面性。而历史通常记载在历史进程中有重要影响的人物或事件，对其做正面、全面、详细的记载，力求客观、公正地展示历史全貌。第四，历史事实是真实发生的，一旦发生则不会变更。而传说作为一种口头文学方式，本身具有变异性特点，在其传承过程中往往会发生变异，逐渐偏离最初的传说内容。这是因为历史是实录直书，事实不可变更，而传说主要是虚构的故事，情节构成的随意性比较大，可以适时予以调整或改动。另一方面也与二者的传播方式有关，历史是书面的记载，内容比较容易保持原来的面目，而传说依靠口传，随时处于变动和再创作之中。

（二）民间传说与神话故事

民间传说与神话故事产生的历史时期比较接近，它们的历史关系十分密切。一部分上古时期的传说与神话是交融在一起的，在这一时期，传说与神话的界限十分模糊。二者的相似之处表现在：就体裁特征和传播方式而言，传说与神话都是散文体的口述故事。

二者都具有超现实的幻想性。传说的人物和情节有一定程度的超现实因素。虽然很多传说取材于历史上的真人真事，但为了追求传奇性，很多传说演绎出超现实的魔幻情节，主人公本身也被赋予不可思议的超能力。二者的区别在于：一是传说与神话的主人公身份和属性不同。传说中的主人公，很多是基于历史上存在过的真人，其故事比神话更接近现实生活，传说中存在的超现实因素的内容是有限度的，不会占据主导地位。而神话中的主人公是超人和超自然力量的神，其故事是以神格为中心的，是各种动植物人格化和各种社会生活力量神格化的结果。二是传说和神话所反映的社会现象和创作的思维机制不同。传说是以自觉或比较自觉的思维方式，讲述某一历史时代的具体人物或事件，有时代和地点的约束性。而神话则以一种不自觉的艺术思维方式把自然界和社会生活人格化、神灵化，从而曲折地反映人类史前时代的人与自然界的种种关系。三是传说和神话的功能不同。传说所描述的是特殊历史时期的人物、事件及各种风物，具有鲜明的地方性、民族性，其内容具有一定的教育和娱乐功能。而神话的产生与原始信仰有密切的关系，是祭祀人员用来在特定场合和特殊时间里进行宣讲的内容。神话的功能具有神圣性和权威性，在远古时代的现实生活中具有类似于法律的功效。

（三）民间传说与民间故事

民间故事是流传最为广泛的一种散文体口头叙事文学，它所讲述的人和事可以发生在任何一个模糊的时间和地点。民间故事里出现的形象与神话、传说中的形象大大不同，往往具有鲜明的人类社会属性。民间故事大都有一定的程式，受一定叙述形式的限制，但是在约定俗成的范围里具有很大的随意性。就功能而言，教育功能和规范功能是民间故事的重要功能，但这种教育性和规范性却是通过民间故事突出的娱乐性和虚构性表现出来的。相对于神话致力于为其时所存在的社会制度和文化制度提供合理性依据，民间故事在主旨传达上更注重社会的伦理规范。

民间传说与民间故事既有联系又有区别。民间传说与民间故事彼此之间相互渗透、相互影响。二者有时可以相互转化，即故事的传说化和传说的故事化。民间传说总是与一定的纪念物相关联，围绕客观实在物进行叙事。民间故事却无须围绕客观实在物构建故事，有时有些故事中会出现客观实在物，但它绝不是故事叙述的中心，而只是因为情节的需要安置的。民间传说的主人公一般是历史上真实存在的，基本上所有的传说人物都有名有姓，有事件发生的具体时间和地点，尽管有虚构成分，但它同历史的关联较为紧密。民间故事却完全不受历史的局限，其中的人物和事件可以任意设置和创造。二者的叙事风格也大相径庭，最为突出的是对幻想艺术的把握。民间传说的幻想和虚构要受制于“传说核”（民间传说创作中始终处于核心地位的客观实在物，可以是一个历史人物、历史事件，也可以是一个地方古迹或风俗习惯等），因此是有限的。而民间故事则不受具体时间和特定空间的限制，民众可以张开幻想的翅膀任意驰骋，虚构故事。

对于神话、民间传说和民间故事这三种相似的民间口头叙事文学的区别，美国学者 W. 巴斯科姆在他的《神圣叙事》中以列表的形式进行了描述：

形式特征（散文叙事体）	神话	民间传说	民间故事
习用的开头	无	无	常常
天黑后讲述	不限	不限	常常
信仰	事实	事实	虚构
故事背景	某些时间和地点	某些时间和地点	没有具体的时间和地点
时间	遥远的过去早期时间	近期的过去	任何时间
地点	其他世界	同于今天的世界	任何地点
态度	神圣	神圣或世俗	世俗
主要角色	非人类	人类	人类或非人类

这个表格非常简洁地表述了神话、传说和故事的本质区别：神话的内容充满神奇荒诞的幻想，情节是超人间化的，以神格为中心；民间故事的内容指涉范围较为广泛，与民众生活关联密切，神奇幻想成分相对较少，情节一般按照现实的逻辑来构想，且以人或人格化为中心；民间传说的内容指涉范围较为具体，也具有一定的虚构性，但是都与实有的人物、事件和地方风物相联系，以人格为主。

我国拥有极为丰富的传说，在几千年文化传承中，这些优秀的传说成为我国历史的见证和优秀传统文化的重要载体。其中蕴含的中华民族特有的精神价值、思维方式、想象力和文化意识，体现着中华民族的生命力和创造力，历经千年而不朽，被后世广为传颂。如我国四大民间传说《牛郎织女传说》《白蛇传传说》《梁祝传说》《孟姜女传说》。

《牛郎织女传说》

《白蛇传传说》

《梁祝传说》

《孟姜女传说》

知识拓展

孟姜女传说

名　　称：孟姜女传说

编　　号：Ⅰ-8 国家级非物质文化遗产

申报单位：山东省淄博市

一、传说溯源

千百年来，“孟姜女传说”一直以口头传承的方式在民间广为流传。直到 20 世纪初，在“五四”精神的推动下，它才进入研究者的视野。“孟姜女传说”的渊源最早可以追溯到战国时期。传说蓝本源自“杞梁妻哭夫”的史实，故事中的两个主人公，一个是孟姜，一个是杞梁，历史上确有此人，并非虚构。

早在 1924 年，顾颉刚先生在《孟姜女故事的转变》以及《孟姜女故事研究》中，认定孟姜女的原型就是齐国的杞梁妻，肯定杞梁妻哭长城的故事源起于淄博的淄水一带，并将孟姜女传说的原初形态一直上溯到《左传》中的一个故事。

《左传·襄公二十三年》中记载：“齐侯攻伐莒国，大将杞梁战死，齐侯归，遇杞梁之妻于郊，使吊之。辞曰：‘殖之有罪，何辱命焉？若免于罪，犹有先人之敝庐在，下妾不得与郊吊。’齐侯吊诸其室。”

杞梁是齐庄公时期的一个武士。公元前 550 年，齐庄公率师伐晋，再伐莒，就在伐莒的战斗中，杞梁战死了。杞梁妻闻讯悲痛欲绝，迎灵于郊，不接受庄公在城外举行的悼念仪式，坚持要在宗庙举行正式的悼念仪式。

这便是杞梁妻哭夫的故事，也是孟姜女哭长城的历史原型。漫长的历史积淀和演绎，将这个故事的女主角塑造成了一个忠于爱情、反抗暴政的妇女，展现出了一场由战争苦役所造成的爱情悲剧。

顾颉刚先生认为，“‘孟姜女’即《左传》上的‘杞梁妻’，而孟姜女的故事是杞梁妻哭夫的再创造。”

孟姜女

孟姜女雕像

二、传说内容

秦始皇统一中国后，在全国各地征集数十万民夫，将秦、燕、赵三国北边的城墙连通、修缮合一，修筑万里长城。有个叫范喜良（万喜良）的书生公子，因为逃避衙役的追拿，四处躲避，翻墙逃进孟家院子，与孟姜女相遇。孟老汉见范喜良一表人才，又知书达礼，于是提出把孟姜女许配给他。

良辰吉日，正当二人即将拜堂成亲时，官军搜到了逃役的范喜良，衙役们一拥而上把新郎范喜良抓了去做民夫，修长城。孟姜女无奈只得挥泪送别。因为挂念范喜良的安危，孟姜女日日哭、夜夜哭，转眼已是一载。眼看天寒地冻，孟姜女万分不放心，夜赶寒衣，只身前往修筑长城之地寻找丈夫。路过范喜良老家时，发现范喜良老母亲已经病死，只留下一个妹妹，便带范喜良妹同行。路上，范喜良妹妹也死于风寒。孟姜女历尽艰辛来到长城脚下，却听得修长城的民夫说丈夫早已累死，尸体也已筑于长城之中。孟姜女顿时痛哭失声，只哭得日月无光、天昏地暗，天降大雨，电闪雷鸣，冲塌了长城。孟姜女在废墟中寻找丈夫的骨骸，发现了临别时自己送给他的玉佩，更为伤心，长城被哭倒了一大片。

在孟姜女用寒衣收拾范喜良的尸骨时，秦始皇派人抓她前去问话。本来秦始皇一腔怒火，可是看见眉清目秀、如花似玉的孟姜女，遂起心霸占。

孟姜女当然不依，便将计就计，要秦始皇答应她三个条件：一要好棺木装殓范喜良，并好好安葬；二要文武百官披麻戴孝到祭台上吊祀范喜良；三要在与秦始皇成亲时，必须着素服。三个条件缺一不可，否则宁死不从。秦始皇为了讨得孟姜女欢心，竟然一一答应。但在范喜良入土为安后，孟姜女开始逃跑。秦始皇恼羞成怒，命令士兵紧追不舍。孟姜女逃跑时，遇到淄河挡道，后有追兵，无处可逃，便投水自尽了。

三、传说价值

1. 历史价值

孟姜女传说寄寓了封建社会劳苦大众对徭役制度的愤慨，孟姜女和范喜良的遭遇，是封建社会中众多底层民众的共同命运。通过对他二人不幸故事的讲述，让人们深刻认识到徭役和战争带来的悲惨苦痛，表达了古代民众对不合理的徭役制度和战争的厌恶之情。

2. 文化价值

仔细分析流传于山东地区的孟姜女传说，其中蕴藏着丰富的文化内涵。齐鲁大地崇礼重义，在孟姜女传说中也有所表现。与其他地区流传的孟姜女传说不同，孟姜女与范喜良的相遇没有“窥浴”情节，二人的结合，也是谨遵父母之命。二人的感情相较其他地域流传的孟姜女传说，少了浪漫情节，多了相亲孝夫的风格。如孟姜女寻夫前，去寻找婆婆。婆婆离世，又担当起照顾小姑的责任。这种从一而终，保持贞节，生为贤妇，死为烈女的做法，与儒家要求女性“三从四德”的思想是完全一致的。该传说同时传递出独特的悼祭文化。孟姜女对其夫的悼祭从最初单纯的拒绝郊吊，到“迎柩于路而哭”，再到“向城而哭，隅为之崩，城为之阤”，一步步升级。“哭”作为其中的核心行为，也影响了当地的民俗文化。在博山，有独特的悼祭文化，即悲歌哀哭。孟姜女式的哭腔在当地农村广泛流传，可以说形成了一种哭文化。以长歌代哭，以传统曲调来寄托对至亲的无尽哀思。

3. 艺术价值

孟姜女的传说流传了两千多年，流传地包括北京、河北、辽宁、山东、山西、河南、陕西、江苏、上海、安徽、浙江、湖北、湖南、福建、广东、广西、云南、四川、甘肃等省份。有孟姜女相关遗迹的地方也很多，如山海关的姜女祠庙、姜女坟，辽宁绥中县姜女祠，河南杞县孟姜女庙，陕西哭泉及孟姜女庙，上海喜良石像，山东博山姜女泉（4 处）。在流传的过程中，作为民间口头文学的传说滋养了多种艺术形式变体，不仅丰富了其他艺术形式的内容，也进一步加大了传说自身的传播与影响力。在《中国民间歌曲集成》中可以看到，基本上每个省份都有和《孟姜女》相关的民歌。吕剧、豫剧、黄梅戏、曲剧、锡剧等多个剧种都有以孟姜女传说为故事蓝本改编的剧目。现代影视作品也不乏以其为故事核心演绎的经典之作。

4. 其他价值

从传说学的角度看，传说保持了孟姜女传说的前期形态，与史料记载、时空地理结合贴切，具有原初创生性质，这对研究这一流传深久、影响广泛的著名民间传说之形成、演变过程，具有不可替代的价值。独特的情节和生动感人的人物形象，既浪漫而又亲切，放射着当地人民的深厚感情和聪明智慧，在思想性和艺术性上都蕴涵着不朽的价值。

单元二　山东省民间传说故事概览

一、地域概况

山东省是我国东部沿海的一个重要省份，位于黄河下游，东临渤海、黄海，与朝鲜半岛、日本列岛隔海相望，西北与河北省接壤，西南与河南省交接，南与安徽省、江苏省毗邻。山东半岛与辽东半岛相对，环抱着渤海湾，海岸线长 3024 千米。山东作为地理名称始于 2000 多年前的战国时期（公元前 475—前 221 年），当时泛指崤山或华山以东的地区。山东作为政区名称，始于金代（1115—

1234年）。元朝（1271—1368年）置山东道，明朝（1368—1644年）设山东布政司，形成与今天山东省大体相同的版图，大部分县名沿用至今。清代（1636—1912年）正式设山东省，治所在济南府。中华人民共和国成立后，经过几次调整，山东省形成了目前的行政区划。

山东省自古就是中国政治、经济、文化的中心地区之一，是中华文化的重要发祥地之一，是齐鲁文化和中国古代思想学说发生发展的源泉。自20世纪以来，大量史前考古挖掘出的文物和数千遗址证明，齐鲁文化的渊源，可以追溯到距今5000年以前聚居在齐鲁之地的古老民族——东夷族。进入秦汉以后，齐鲁文化逐渐由地域文化演变为一种官方文化和主流文化。齐鲁大地悠久的历史，丰富的思想学说和文化风尚创造了不同区域、不同文化特质的地域文化。这些地域文化多姿多彩、内蕴深厚，其中有天人合一和帝王文化色彩的泰山文化；有开拓、坚韧的黄河文化；有创建仁义、礼制思想的孔孟文化；有具有早期商业文明色彩的运河文化；有忠义、刚烈的水浒文化；有忠诚、奉献的沂蒙文化。山东不同的地域文化既各具特色、各领风骚，又相互影响、相互融合，造就了独树一帜的齐鲁文化。

二、传说故事概览

灵秀的齐鲁大地，多元的山东文化，孕育出了极为丰富的民间传说故事。

（一）传说故事内容覆盖面广，基本涵盖所有类别

在62项省级民间文学类非遗项目中，民间传说57项，民间故事3项，神话1项，成语典故1项。其中人物传说最为丰富，涵盖了齐鲁大地不同阶层的知名人士，具有鲜明的地域特色。

人物传说有：梁祝传说、孟姜女传说、陶朱公传说、董永传说、孟母教子传说、鲁班传说、孔子诞生传说、闵子骞传说、炉神姑的传说、牛郎织女传说、八仙过海传说、秃尾巴老李传说、卧冰

求鲤传说、东方朔民间传说、大舜传说、尧舜传说、秦始皇东巡传说、徐福传说、扁鹊传说、颜文姜传说、庄子传说、奚仲造车传说、公冶长传说、柳毅传说、鬼谷子传说、伯乐传说、丘处机传说、刘备在平原的传说、柳下惠传说、大禹治水的传说、颜子传说、东海孝妇传说、武训传说、孙膑传说、胡峄阳传说、李左车传说、张尔岐传说、盐宗夙沙氏煮海成盐传说、伊尹传说、水浒传说、赤山明神传说、王邦直与《律吕正声》的传说、酒祖传说、姜太公传说、鸡黍之约等。在众多的传说中，既有神仙人物，如八仙、赤山明神，也有圣贤人物，如尧舜、孔子及其弟子；有民间知名人物，如梁祝、孟姜女、董永、牛郎织女，还有历史人物，如鬼谷子、丘处机、孙膑、王邦直等。

地方风物传说有：麒麟传说、泰山传说、琅琊台传说、牡丹传说、凤凰山传说、蒙山传说、肥桃传说、岱崮传说等。

莱芜市申报的长勺之战传说是山东省内为数不多的史事传说。该传说以齐鲁之间的长勺之战为表现对象，展示了历史上最为著名的以弱胜强的战争经过，也塑造了曹刿这一经典的人物形象。

民间故事有崂山民间故事、范蠡与陶山的故事、仪狄造酒故事等。崂山民间故事繁多，内容丰富，一草一木、一花一石都蕴含着深厚的历史文化底蕴和丰富的民风遗俗。范蠡与陶山的故事以范蠡在陶山的生活为主要内容，反映了一代商圣的成功经验和处事哲理，至今还有相当重要的教育意义。仪狄造酒故事通过讲述酿酒祖师仪狄酿造美酒的经过，对弘扬酒文化有着积极作用。

（二）传说故事文化底蕴深厚，既有传统的儒、释、道文化内涵，又具有鲜活的地方特色

泰山传说是第二批省级非遗项目，该传说既包含人类早期对自然力、自然之神的敬畏与依靠，折射出人与自然和谐的原始形态，又借封禅故事为传说本身注入天人合一的文化意蕴，而对泰山诸神，东岳大帝、泰山老奶奶（即碧霞元君）、石敢当、城隍等人物的传说演绎又蕴含着极具当地生活情调的民俗文化。

山东省民间传说故事具有强大的社会教化功能，推崇德孝、诚信、忠义。闵子骞传说中的闵子骞因“单衣顺亲”和“鞭打芦花”的故事，广为人知，成为后世道德和孝道的楷模；炉姑传说中的李娥，为救父纵身跳入火炉之中，被封为炉神姑；颜文姜传说中的文姜为救公婆、小姑和一方百姓，舍身堵泉眼，坐化为神；肥桃传说中的得明割股奉亲，感动上天；鸡黍之约中范张二人一诺千金、生死相惜的事迹成为中华诚信之源。在齐鲁文化中集中代表山东文化忠义精神的是水浒文化，集中体现这一文化的是水浒系列传说故事。水浒传说中水浒好汉替天行道、保国安民是为忠；兄弟相助、同生共死是为义。这种忠义统筹于儒家思想的指导，与齐鲁大地尚孔崇儒的指导思想一脉相承。

（三）优质传说故事资源向省外辐射发展，影响深远

随着文化的交流、人口的迁徙，山东民众将口耳相传的集体智慧结晶民间传说故事带到了其他地域乃至海外，并生发出新的变文，成为当地民间传说的发展因子。它们不仅影响了当地的民风民俗，更深入到民众集体意识中，成为地方文化构成要素，如秃尾巴老李的传说和赤山明神的传说。

1. 秃尾巴老李的传说

山东人闯关东的历史始于清代，在近代史上，山东人仍有多次迁移东北的移民浪潮，最多的一次，移民人数达百万以上。随着山东人闯关东的脚步，一些优秀的民间文学作品也传到了东北三省，尤为突出的是“秃尾巴老李的传说”。“秃尾巴老李”的故事最初的版本是文登版，故事情节简单，只是粗略写出了“秃尾巴老李”的出生以及断尾的过程。利津版、范

秃尾巴老李

县版、滕州版、王海子村版、景芝版都是以文登版本为底版，融入“秃尾巴老李”回家祭母和大战白龙（黄龙）的情节，故事更加生动。黑龙江地区流行的秃尾巴老李传说，与山东地区的传说内容一脉相承，具有相似的传说母题，并逐渐凝聚成为东北民众的集体意识，成为东北三省最为著名的人物传说和地方风物传说。在康熙官窑中，秃尾巴老李作为满族发祥地东北地区的标志物，出现在皇族所用的瓷器上。

2. 赤山明神的传说

赤山明神亦称赤山神，是古代中国北方的保护神，又称海神、财神。赤山明神传说中典型的故事有三种：一是赤山明神法力无边，能招魂收魄、起死回生，加福寿于弥留之际；二是赤山明神神通广大，能平波息浪、除危救厄，解倾覆于狂涛之下；三是赤山明神急公好义，能扶弱解困、招财进宝，赐福禄于窘迫之时。

赤山自古以来在海上交通和中外往来贸易、文化交流中占有重要地位，赤山明神的传说也随之散播到日韩地区，乃至波斯、大食等区域。它不仅成为中韩日三国民间文化、宗教信仰交流的桥梁，还是日本和韩国的文艺作品创作的源泉，韩国的历史小说《王道》，日本的日记体旅行记《圆仁入唐求法巡礼》都以赤山明神传说为故事情节，具有浓厚的传奇色彩和深远的国际影响。至今，日本、韩国等寺院仍多供奉赤山明神。

三、传承现状

2005 年 3 月国务院发布《关于加强非物质文化遗产保护工程的意见》，社会各界对非物质文化遗产的关注越来越多，对非物质文化遗产的保护、传承、利用和开发也成为学术研究热点。为了保护非物质文化遗产，国务院先后批准了四批共 1370 项国家级非物质文化遗产名录项目、1986 名国家级非物质文化遗产项目代表性传承人名单。山东省有 20 项民间传说、1 项民间故事被收入国家级非物质文化遗产名录。

作为文化大省，山东省拥有极为丰富的非物质文化遗产。为响应国家号召，近年来，山东省对非物质文化遗产保护工作力度不断加大，大力支持相关工作顺利开展，积极探索非遗保护的有效途径，逐渐形成突出“抢救性保护、生产性保护、整体性保护、人本性保护”的山东模式，形成了科学有效的保护传承和合作利用机制。2015 年 9 月 24 日，《山东省非物质文化遗产条例》（以下简称《条例》）经山东省十二届人大常委会第十六次会议通过，并于 2015 年 12 月 1 日实施。这是我省关于非物质文化遗产保护的地方性法规，为加强新形势下非物质文化遗产保护工作提供了坚实保障，具有里程碑式的意义。《条例》规定，每年的农历腊月二十三至次年二月初二为山东省“非物质文化遗产月”，县级以上人民政府文化主管部门要组织开展非遗展演、展示等活动。目前全省共有各类以非遗展演展示为主题、固定举办的民俗节庆品牌活动 310 多个，每年参展参演的非遗传承人及从业者有 1 万多名。此外，山东省连续四年成功举办非遗博览会。

截止到 2017 年，山东省共普查各类非遗线索 110 多万条，共有联合国教科文组织认定的“人类非遗代表作名录”8 项，国家级名录 173 项，省级名录 751 项，市级名录 2509 项，县级名录 7513 项。全省有国家级传承人 52 名，省级传承人 309 名，市级传承人 1617 名，县级传承人 4339 名。全省有 1 个国家级文化生态保护实验区，即潍水文化生态保护实验区；有曹州文化生态保护实验区等 9 个省级文化生态保护实验区。东阿阿胶股份有限公司等 3 家企业被文化部命名为国家级非遗生产性保护示范基地，有德州扒鸡集团等省级非遗生产性保护示范基地 31 个。

山东省在民间传说故事的传承与保护上主要做了以下几方面的工作。

（一）传说故事的搜集与整理

相对于其他非物质文化遗产项目，民间文学“是一个最与物质无缘、最与金钱疏离的非物质文化遗产门类，没有世俗的‘利益’和‘政绩’可言，所以在非遗的保护中，常常处于不被重视的‘弱势’

地位”。然而，山东省对民间文学的搜集、整理、研究、保护工作做得比较全面、系统、科学、细致。

20世纪八九十年代，各地响应号召编辑民间文学“三套集成”，发掘整理数以万计的民间传说故事，山东省也掀起搜集整理民间传说故事和歌谣的热潮。山东省文联主编了《山东民间文学丛书》，对省内各地市流传的具有代表性、影响力的民间文学进行汇总，颇受学界和民众欢迎，至今仍有一定影响。此外，1981年出版了《泰山故事大全》，1998年出版了《莱芜民间故事精选》，2005年出版了《淄博民间故事大全》，2008年出版了《齐鲁非物质文化遗产丛书（民间文学卷）》，2010年出版了《济南民间传说》《东营民间文学》，2011出版《潍坊民间故事》《济宁民间传说与歌谣》等相关民间传说故事集。这些作品搜集整理了大量的民间传说故事，为传说故事的保护与传承打下了基础。

（二）理论研究和学科建设

除致力于民间文学的搜集整理外，山东省还相当重视对民间文学的理论研究和民间文学的学科建设。民俗学的泰斗顾颉刚、新文化运动的先驱之一王统照都曾致力于山东的民间文学研究，后者还收集整理了山东地区第一本民间故事集《山东民间故事》（1937）。1985年，作为当时国内唯一公开发行的民俗学理论刊物《民俗研究》学术杂志创刊，1987年山东大学民俗学研究所成立，标志着山东的民俗学和民间文学研究进入新阶段。2002年山东大学获得中国民间文学博士学位授予权，将民间文学的理论研究向纵深推进。

在山东省的传说故事研究中，不仅重视对传说故事文本的搜集和整理，更注重传说故事研究的理论化、整体化，特别是与文本相关的背景资源，包括对故事传承中的演变、史料价值及文化内涵的挖掘和研究，尤为关注。对传说故事文本的研究，也不仅停留在对某个传说故事的个案研究层面，更有对民间传说故事概览性的学术研究成果问世，形成了学术体系。

（三）传承人的发掘和保护

在搜集和采录民间文学的过程中，山东省非常看重对民间传说和故事传承人身份的认定和保护：首先，做好传承人的认定工作，避免出现传承人消失、传承人传而不承等情况。第二，在积极解决经济问题的同时予以充分的精神价值肯定。不仅给传承人定期经济补助，还帮助其解决一些生活困难，更积极搭建平台，以彰显传承人的人文价值。第三，做好传承人的培训培养工作。在家族传承和社会传承上实现双管齐下。

相对于其他非遗门类，已认定的民间文学类传承人较少。在山东省四批次非遗传承人名录中，已经认定的非遗传承人 300 余名，民间文学类传承人只有 4 人，分别是：张宝辉（1955 年生，柳毅传说）、张莉（1975 年生，蒙山传说）、胡孝华（1961 年生，胡峄阳的传说）、邹学顺（1948 年生，李左车传说），除蒙山传说的传承人张莉外，其他 3 人年事已高，如果不及时对他们加以保护，这些民间传说将会随着传承人的老去而逐渐消亡。因此，除进一步加大搜集整理民间传说样本的力度，还要在搜集整理过程中采取合适的工作方法，发掘和确认更多的传承人。这需要研究者熟知传承人特征，掌握科学的方式和采录技巧，识别优秀的传承人。让讲述者认清民间传说故事传承的意义所在，乐于敞开心扉把自己所了解的传说故事内容讲述出来，让每一位传承人都成为一名积极传承人、优秀传承人。如果可能，让传承人主动加入传说故事的搜集整理工作中，进一步丰富传说故事内容。这方面的突出典型是国家级传承人胡孝华，他坚持多年，搜集和整理了“胡峄阳的传说”100 多篇，积极将传说引入当地校本教材，实现民间传说进校园、进教材，进一步培养了小学生对民间传说的兴趣。

（四）传说场域的重建

传说故事原就是民众自娱自乐的一种休闲方式，讲述时间、空间和听众都很随意，是一种无意识或下意识的活动。讲述人和参与者并没有严格要求，不论学历、性别、年龄，其动机也很简单，要么是为了交流感情，要么纯粹是兴趣使然。但是随着社会的变迁和城镇化、工业化、大众化的影响，民间文学的那种“原生态”“活态”“全民性”的传承场域很难形成。在传承空间、传承人和听众空间均为断裂的今天，如何利用多种资源维持或创造传承情境，应是研究者和保护者集中关注的问题。山东省在非物质文化遗产月推出的“优秀非遗故事会”，可以视为关于传说故事场域重建的一次大胆的尝试。故事会的主要听众是来自国际交流中心的留学生和本地小学生，主要讲述者是非遗传承人，这种面对面的交流部分重现了民间传说最初的传承情境，值得推广。同时，将青少年吸引过来的做法，也有利于对新的传承人的培养。

（五）数字平台的开发与利用

山东省利用现代数字技术对非物质文化遗产进行抢救性保护，具体表现在：山东省对国家级、省级非物质文化遗产名录项目及代表性传承人的全部申报资料进行了数字化，并做好了相应的备份。建立了山东省非物质文化遗产数据库；建立了山东省非物质文化遗产网站，该网站是山东省非物质文化遗产保护中心网站内的二级网站，作为山东省的非物质文化遗产对外宣传的网络平台；出版了《山东省非物质文化遗产音像集》。以上数字资源中不乏民间文学的宝贵资料，有利于民间文学的传承与发展。遗憾的是数据库的推广度不高，网站的知名度有限，音像集流传度并不广泛，下一步将进一步完善数据库系统，将数字资源推广应用。在文化部和山东省政府主办的第四届中国非物质文化遗产博览会上，一批数字化保护非遗成果得以集中展示。其中，用交互式绘本讲述传统民间传说故事的方式，可视为民间传说故事传承模式中，最有效的现代化转换之一。该展示运用绘本图书与移动平台应用程序相结合的形式讲述中国传统民间传说故事，将故事绘制成绘本，再创作相同风格的应用程序，用应用程序来丰富绘本中的内容，增强绘本讲述故事的能力。

（六）传说故事的产业开发

开发和利用民间文学资源，对推动山东旅游业发展、提升旅游产业内涵、提高山东省历史文化名城品位、加快投资环境改善具有重要的意义和作用。山东省依据丰富的民间文学资源，大大提升旅游产业内涵，取得良好的效果，尤其是对风景名胜、地名传说、人物史事传说和乡土特产、民间工艺的传说故事进行开发和利用。沂源县打造牛郎织女爱情文化旅游区、梁山县推出水浒文化旅游节，都是其中的成功案例。同时，利用民间传说故事进行创意产业开发已经起步。在新时代下，将传统与现代、技术与艺术相结合，通过异质媒体的传播互动，促进各产业融合，不仅可以提升和传播城市文化内涵，还可以促进和带动第三产业和知识经济的发展，如大型歌舞《泰山千古情》以声光电机械等高科技特效、上天入地的空间创意，高度凝括6000多年来山东和泰安的历史与民俗文化，史诗般演绎了华夏先祖迁徙的艰辛、泰山封禅的盛况、石敢当与螭霖鱼的爱情、山东人坚韧不拔的闯文化等，带给观众无与伦比的视觉体验和心灵震撼。

大型歌舞《泰山千古情》剧照

知识拓展

八仙过海传说

名　　称：八仙过海传说

编　　号：Ⅰ-45 国家级非物质文化遗产

申报地区：山东省蓬莱市

一、传说溯源

“八仙过海”传说最早的文字记载见于唐代的《太平广记》等作品，后经过民间广泛的流传和诸多文人骚客的描绘，到明代吴元泰创作的小说《八仙出处东游记传》才正式确定了八位仙人。

“八仙过海”传说之所以与蓬莱紧密地联系在一起，首先缘于“蓬莱”这个来自大海中富有神秘色彩的仙境名字。一代文宗苏东坡在蓬莱为官时就留下了“东方云海空复空，群仙出没空明中”的诗句。其次，八仙与蓬莱的缘分，还应从吕洞宾说起。《白云观志》中把吕洞宾列为“蓬莱派”，钟离权的《赠吕洞宾》诗云：“得道高僧不易逢，几时归去愿相从。自言住处连沧海，别是蓬莱第一峰。”吕洞宾自己的诗中也写到“独坐蓬莱观宇宙，抽剑眉间海上游”，俨然一个蓬莱人。既然吕洞宾是八仙的核心人物，与蓬莱关系又那么紧密，那其他仙人跟随而来就不足为奇了。真可谓蓬莱因八仙而神秘，八仙因蓬莱而传奇。1960 年，叶剑英委员长登临蓬莱阁，听完“八仙过海”传说后，挥毫泼墨，即兴题写了“蓬莱仕女勤劳动，繁荣生活即神仙”的诗句。

二、传说内容

八仙，共七男一女，他们以不同身份，手持不同宝器展现在人们眼前。铁拐李是以乞丐面目出现的官吏，宝物是“葫芦”；汉钟离是将军，宝器是“扇子”；张果老是一位寿者，宝物是“渔鼓”；吕洞宾是儒生，宝物是“宝剑”；何仙姑是民间妇女，宝物是“荷花”；

蓝采和是优伶，宝物是“竹篮”；韩湘子是年轻出家的富贵弟子，宝物是“箫”；曹国舅是皇亲国戚，宝物是“云板”。

国画《八仙过海》

身怀绝技的八位仙人演绎了“八仙过海”的传说：八仙赴王母娘娘的蟠桃盛会归来，在蓬莱阁上下棋，铁拐李提议：“我们何不乘着酒兴漂洋过海游玩一番呀？”众仙说：“正合我意。”八仙为了显示自己是神仙，不是凡人，过海时不乘船而是以自身宝器作为渡海工具。谁知行至海中与龙三太子发生恶斗，惊动了南海观世音菩萨，观音菩萨出面调停，海上又出现了万里静波。八仙拜别观音菩萨后，便各持宝器，漂洋过海去了。

关于八仙的传说在民间流传很广，铁拐李的传说有《铁拐李出家》《铁拐李还锅》等；汉钟离的传说有《汉钟离测字》《汉钟离找水》等；张果老的传说有《张果老成仙》《羞跑歌郎张果老》等；何仙姑的传说有《何三姑升仙》《叫花子和何姑娘》等；蓝采和的传说有《蓝采和酒店赠金》《蓝采和收妖》等；吕洞宾的传说有《琼台度洞宾》《吕洞宾卖糍粑》等；韩湘子的传说有《韩湘子羽化成仙》《韩湘子烧竹笛》等；曹国舅的传说有《曹国舅悔罪升仙》《曹国舅戏耍绸缎商》等。

八仙过海而去，不但留下了一段脍炙人口的传奇故事，而且被结晶成一句广为传颂的俗谚——八仙过海，各显神通。

三、传说价值

1. 文化价值

八仙过海传说属于民俗文化的范畴，从世俗特征的层面来分析，八仙是历代民众群体审美意识的体现。作为群体出现的八仙形象，包含了男女老幼各色人群，亦涵盖了富贵贫贱等社会阶层。他们平易近人，往返于各地，行侠仗义，除暴安良，获得民众认可。作为一个整体，他们符合民众追求团圆、热闹、全面的心理，因而具有广泛的群众基础。八仙过海传说世俗化的审美集中体现在八仙人物形象的人格化和个性化上。在得道成仙之后，他们虽然具有了超越凡人的神仙特征，但是仍然带有世间凡人的思想情感与伦理意识。在八仙传说故事中，人们同样用凡人的基本特征来描绘他们，用凡人的理解设想他们的作为，对他们赋予凡人的人格和情感。由于历史原型人物的出身与经历不同，八仙的思想性格也有明显差异，他们成仙后也表现出鲜明的个性。铁拐李老成练达、智慧沉稳；汉钟离于威风凛凛之中透出饱经沧桑的超然之态；张果老豁达随和、自信风趣、和善可亲；蓝采和行为怪异、举止疏狂；韩湘子气质非凡、举止端庄；曹国舅出身国戚，具有与生俱来的高贵气质和文雅风度；何仙姑是八仙中唯一的女性，彬彬有礼、聪慧机敏；吕洞宾仙风道骨、神采飞扬、不拘小节。在后世附会的传说故事中，八仙更带有凡人的七情六欲。正是因为他们具有凡人的缺点，从而使八仙传说故事更贴近民间的生活，也给世人以更多的亲切之感。

从八仙的道教功能来看，八仙过海传说的流传是出于道教宣扬教义的社会需要。全真道教教义融儒、释、道为一体，非常复杂。如“澄心定意，包元守一”“济贫拔苦，先人后己”这些是比较典型的代表。元朝是全真教发展的黄金时期，而这时也恰是八仙群体形成的时期。道教的教义不能单纯靠自身来宣扬，借神仙之口讲述出来，比较有说服力。如果抬出一个神仙群体来做这件事，就更加圆满了。八仙就这样应教义宣扬需要而产生。仔细推敲八仙所宣扬的清修自律、除暴安良、济世度人的理念，都与全真教义一脉相承。适时地抬出八仙群体，加强了百姓对全真教侠义、救赎功能的信任。

2. 现实价值

八仙过海传说寄寓着人们的思想、意志和愿望，因此有着恒久的生命力。八仙群体蔑视权贵、同情人民，抑恶扬善，造福百姓，浓缩着中国传统的侠义精神。这种精神鼓舞着人们正确地面对现实和人生，在推动历史和社会的进步中做出了积极的贡献。

3. 艺术价值

八仙过海传说经过千百年来的演化，为小说、诗歌、戏曲、影视等各种艺术作品的创作提供了丰富的素材，也为民间美术、工艺等提供了大量的资料。它让人们口耳相授、著之典籍、被之管弦、演于戏剧、绘之丹青，具有较高的艺术价值。

泰山传说

名　　称：泰山传说

编　　号：Ⅰ-104 国家级非物质文化遗产

申报地区：山东省泰安市

一、传说溯源

泰山，地处华北平原东侧，位于山东省中部，泰安市和济南市境内。南距孔子故乡曲阜 70 千米，北距济南市区 60 千米。泰山历史悠久，源远流长，是一座与中华民族发展史密不可分的历史名山。考古资料表明，泰山周围一带是中国古老文化的重要源头之一。在泰山东南沂源县，曾发现距今四五十万年前的猿人化石。在泰山东部新泰乌珠台，又发现距今五万年前的智人牙化石。这表明，泰山周围在远古时代就是中华民族的先民们繁衍生息的地方。新石器时期泰山南麓的大汶口文化及北麓的龙山文化，更是以其特有的丰富内涵成为中国史前文化的典型代表，而且先进于同一时期其他地域的文化类型。

相传泰山神主管生与死的神权历史，可上溯至先秦时期。据顾炎武的《考古录》云，泰山自周末便有了神仙的传说。春秋战国出现阴阳学、五行学之后，泰山就成为阴阳交替、万物发育的地方了。东汉时，由于道教的产生，社会上随之出现了“泰山治鬼说”，泰山神便掌管了天下生杀大权，古帝王降禅之坛，一变而为阎王殿。唐代学者颜师古注《汉书》中“上亲禅高里”之句说：“此‘高’字应为高下之高，二死人之里；高里山在泰山前麓，是鬼魄之地。”晋代干宝的《搜神记》、张华的《博物志》均言泰山掌管生死，书中还有不少托梦做阴间泰山官职而应验的故事。晋陆机的《泰山吟》颂道：“泰山一何高，迢迢造天庭。峻极周以远，层云郁冥冥。梁父亦有馆，蒿里亦有亭。幽岑延万鬼，神房集百灵。长吟泰山侧，慷慨激楚声。”明人许仲琳在所编《封神演义》中，让姜子牙封周朝武将黄飞虎任东岳大帝之职：“执掌幽冥地府一十八重地狱，凡一应生死转化人神仙鬼，俱从东岳勘对，方许施行。”

二、传说内容

（一）盘古开天东岳为首

天下名山无数，历代帝王和芸芸众生何以独尊东岳泰山呢？这还要从开天辟地的盘古说起。

传说，在很早很早以前，世界初成，天地刚分，有一个叫盘古的人生长在天地之间，天空每日升高一丈，大地每日厚一丈，盘古也每日长高一丈。如此日复一日，年复一年，他就这样顶天立地生活着。经过了漫长的一万八千年，天极高，地极厚，盘古也长得极高，他呼吸的气化作了风，他呼吸的声音化作了雷鸣，他的眼睛一眨一眨的，闪出道道蓝光，这就是闪电，他高兴时天空就变得艳阳晴和，他生气时天空就变得阴雨连绵。后来盘古慢慢地衰老了，最后终于溘然长逝。刹那间巨人倒地，他的头变成了东岳，腹变成了中岳，左臂变成了南岳，右臂变成了北岳，两脚变成了西岳，眼睛变成了日月，毛发变成了草木，脂膏变成了江河。

因为盘古开天辟地，造就了世界，后人尊其为人类的祖先，而他的头部变成了泰山，所以，泰山就被称为至高无上的“天下第一山”，成了五岳之首。

（二）泰山奶奶——碧霞元君

传说姜子牙辅佐周武王建立了周氏王朝后，天下统一，武王认为大臣们开国有功，应该重重有赏。可是，想来想去，却找不出合适的礼物，最后，武王还真想出了个绝顶的好主意，把全国的领地都分给大臣们。这样一来，既显示了他武王的慷慨，又能说明他对大臣们的信任，同时考验大臣们是否真的忠君报国；再者，武王这样也就轻松愉快，落得清闲做他的“天子”就行了。主意一定，武王便把封神大权交给了军师姜子牙，让他分封诸侯。

却说姜子牙分封诸侯，封来封去把全国其他的名山大川、风水宝地都封尽了，就留下了一座东岳泰山。姜子牙早就知道泰山气势雄伟，风景秀丽，是个供人游玩的好地方，他原准备把泰山留给自己，可谁知半路里又杀出个程咬金，武王的护驾大将黄飞虎找上门来，非要把泰山封给他不可。两人正在商榷，不知谁又走漏了风声，黄飞虎的妹妹黄妃也来找姜子牙要地盘，说是武王答应她，要她来找姜子牙。这下可好了，三个人都看准了泰山这块宝地，可总不能都去坐呀！这到底如何是好呢？事到如今，只黄氏兄妹就够姜子牙难缠的了，自己便不得不打消了坐泰山的念头。不过放弃了也怪可惜，他见黄氏兄妹两人争得面红耳赤，就赌气地对他们说：“好了二位，谁也别争，谁也别抢，凭自己的本事，谁先登上泰山，泰山就是谁的。”黄飞虎一听，不禁拍手叫绝。他想：凭我一身气力，泰山还能有黄妃的份？可是，身单力孤的黄妃，也没有一点惧色，一口应允了。黄飞虎是个四肢发达、头脑简单的武夫，比赛日期一到，便骑上他的麒麟，日夜兼程，从京都直奔泰山。黄妃为比赛绞尽了脑汁，终于想出了一条妙计。比赛一开始，她先将自己的鞋子脱下一只，使了个神法，将鞋子扔到玉皇顶上，然后才不慌不忙地向泰山赶来。等到黄妃爬上泰山，兄长早在南天门上等得不耐烦了。

他见黄妃姗姗来迟，便对她说：“不行就是不行，别逞能。这回你该服气了吧？”

“真是岂有此理！是我先已到此，我以为你在路上出了什么事，前去接你，不想你已绕道赶来。”黄妃一本正经地说。

“你别胡搅蛮缠，你说先到，有何证据？”黄飞虎还真有点着急。

“证据吗？当然有，你来看吧。”

黄飞虎跟着妹妹来到玉皇顶，只见黄妃的一只绣花鞋端端正正地放在石坪上。尽管有证据，黄飞虎却从心里不服气，不禁斥责妹妹：“你耍滑头。”黄妃不紧不慢地说：“凭本事嘛，怎么是耍滑头？”黄妃自知纸里包不住火，光是兄长一人好对付，等姜子牙他们来就麻烦了。她做出无可奈何的样子对兄长说：“咱们兄妹二人，本该是你敬我让，不分你我才是。这样吧，我住山上，你住山下，咱们共管泰山总可以了吧？”这样一来，先来的黄飞虎倒做了不晓世理的孬种，后到的黄妃倒成了慷慨大度的好人，把黄飞虎气得直翻白眼。可也没有办法，谁让她是自己一母同胞的妹妹呢，只好答应了。

等姜子牙赶来，一看便知道黄飞虎上了妹妹的当。可是他见黄氏兄妹都协商妥了，也不好再把事情说破，只好将计就计，把黄飞虎封为泰山神，把黄妃封为碧霞元君，一个在山下天贶殿，一个在山顶碧霞祠。

泰山奶奶

（三）泰山石敢当

泰山有一个人，姓石名敢当。他家住在徂徕山下桥沟村。这个人在泰安城给人测字。他很勇敢，什么也不怕，好打抱不平，在泰山很有名，人们都知道他很厉害，有些人被欺侮了，就找石敢当替他打抱不平。

泰安南边五六里地，有个汶口镇。有个人家，他家的闺女自己住在一间房子里，每到太阳下山的时候，就从东南方向刮来一股妖气，刮开她的门，上她屋里去。这样天长日久，女孩就面黄肌瘦，很虚弱，找了许多先生看，也治不好。这时有人说："看来病很重。"

他闺女说："你们给我找人治也治不好，我是妖气缠身，光吃药是治不好的。"

两个老人就想，怎么办呢？听说泰山上有个石敢当很勇敢，就备上毛驴去找他。

人家请他，石敢当就去了。他说："这事好办，准备十二个童男，十二个童女。男的一人一个鼓，女的一人一面锣。再就是准备一盆子香油，把棉花搓成很粗的灯捻，准备一口锅，一把椅子，只管把东西准备齐了，我准能把妖气拿住了。"

这样喝了酒，吃了饭，他就用灯芯子把香油点着了。他用锅把盆子扣住，坐在旁边，用脚挑着锅沿，这样虽然点着灯，远处也看不见灯光。

天黑了，听着呼呼响，从东南方向来了一阵妖风。眼看着风就过来了，石敢当用脚一踢，踢翻了锅，灯光一亮，十二个童男童女就一齐敲锣打鼓，妖怪一进屋，看见灯光一亮，就闪出屋，朝南方跑了。传说上了福建，所以福建有的农户又被妖风缠住了身体。怎么办呢？人家就打听，听说泰山有个石敢当，能治妖，就又把他请去了。他又用这个办法，妖怪一看又跑了，就上了东北。东北又有个姑娘得了这个病，又来请石敢当。他想："我拿他一回，他就跑得很远，山南海北这么大地方，我也跑不过来。这样吧，泰山石头很多，我找石匠打上我的家乡和名字‘泰山石敢当’，谁家闹妖气，就把它放在谁家的墙上，那妖就跑了。”以后就传开了，说妖怪怕泰山石敢当，只要你找块石头或砖头，在上面刻上“泰山石敢当”，妖怪就不敢来了。所以现在盖房子、垒墙的时候，总是先刻好了“泰山石敢当”几个字垒在墙上，人们认为这样就可以避邪。

（本传说摘自叶涛《泰山石敢当》，讲述人：马宗奎，采录者：吴绵）

三、传说价值

“泰山传说故事”起源于中国原始宗教的自然崇拜，具有鲜明的泰山风味，充分反映了劳动人民渴望战胜自然和现实困难的愿望。

“泰山传说故事”系列以山川名胜传说最为著名。从泰山东路的岱宗坊直至南天门、玉皇顶的每一处名胜、每一块山石、每一条山溪，可谓一步一奇景，景景有传说。此外，泰山民间传说故事中还大量保留了自秦皇汉武以来唐宋元明清等历代帝王封禅祭祀泰山留下的逸闻掌故以及历史上农民起义的传说、历代文人传说、工匠鲁班传说、爱国将领冯玉祥在泰山的故事。泰山传说故事是泰山文化的集中体现，是神文化、道教文化、佛教文化、儒教文化的融会贯通，是多元文化包容开放、融合和谐的体现。

泰山传说中的泰山奶奶（碧霞元君）是中国历史上影响最大的女神之一。泰山碧霞元君在民间的地位和影响一度超过了泰山主神东岳大帝。她被大为推崇的原因不仅在于神通广大，能照察人间一切善恶生死之事，还在于她乐于治病救人，护佑一切农耕、商贾、旅行和婚姻等事。在碧霞元君的女侍塑像中有一个抱着婴儿的女子，这象征着她能保佑妇女儿童健康平安，能让无孕得孕，有孕顺产，所以，民间也有把泰山奶奶当成送子娘娘的。泰山奶奶不仅是道教之神，更是代表了中华民族精神的伟大女神，亦是伟大的正义之神、中华民族的保护神。对泰山奶奶的崇拜，是民间信仰文化的具体体现之一。

在泰山系列传说中，泰山石敢当尤为值得一提。它作为一种习俗深深烙印在民众心中，影响范围颇为广泛。泰山石敢当是古老的灵物崇拜现象的遗存。灵物崇拜与自然崇拜不同，其对象是具体的物品（石头、植物、动物等）。灵物崇拜起源于远古时代的万物有灵观，是一种原始且广泛流行的民间信仰习俗。他们认为，这些具体物品上附着神灵，具有某种神秘的力量，如果人们供奉此类灵物，便会获得神灵的佑护，不仅可以免灾，还可以祈福。泰山石敢当的传说，就是灵石崇拜的具体体现。在泰山石上刻字画符又可追溯出古人语言文字崇拜的轨迹，同时，作为一种民间信仰习俗，泰山石敢当还反映了民众的风水观念。在上千年的传承中，泰山石敢当承载着人们追求平安、向往健康幸福的美好理想，在今天的社会生活中，仍然不能忽视其传说的积极意义。

泰山民间传说故事经历代口耳相传，流传范围大，内容不断丰富，既有原始记录较完整的故事，又有同一母题的异文与“综合整理”的故事，还有同一题目又各自独立的故事和讲述者各具特色的故事，这充分显示了泰山传说故事具有无限的生命力。

单元三　济宁市民间传说故事概览

济宁市民间传说故事是历代济宁人在长期的生产生活中，在具体历史事件、历史人物、地方古迹、自然风物、社会习俗的基础上，经集体创作，不断变异与丰富的口头叙事传奇。传说故事内容丰富，涉及社会生活的方方面面，是当地特色地域文化的积淀，也是民众心态和历史情境的折射。

一、地域简介

山东省济宁市位于鲁苏豫皖四省交界处，是东夷文化、华夏文明、儒家文化、水浒文化、运河文化的重要发祥地之一，历史悠久，文化底蕴深厚。远古时期的“三皇五帝”在此留下活动踪迹，人类始祖伏羲、女娲、黄帝、少昊帝均出生于此。中国历史上五大圣人的“至圣孔子、亚圣孟子、复圣颜子、宗圣曾子、述圣子思”都诞生在这里。杜甫、李白、曹操等文人墨客也曾在济宁留下足迹。元明清三朝在济宁设立河漕衙门，乾隆等帝王到这里驻足探访……独具一格的地域文化为当地民间传说故事的诞生与发展提供了肥沃的土壤，孕育出绚丽多彩、纷繁丰富的民间传说故事。这些传说故事不仅富有文学性、故事性，更从不同角度反映了与济宁城有关的历史人文信息，成为研究济宁市历史、文化、民风、民俗、建筑等方面的重要资料。

二、传说故事概览

目前济宁市有国家级非遗项目 17 项，其中民间文学类 4 项；省级非遗项目 61 项，民间文学类 10 项；市级非遗项目 210 项，民间文学类 40 项（含扩展项目 1 项）。

济宁的民间传说故事不仅是孔孟之乡历史文化信息的载体，更与当地百姓日常生活血脉相连，具有浓厚的地域色彩。传说故事内容包罗万象，有富于神话色彩的民间传说“泗水舜的传说”；有反映历史圣贤人物孔子及其弟子的系列传说；有为广大民众所津津乐道的“秃尾巴老李的传说”；有以本地自然、山水、名胜密切相关，反映本地地方风物的“麒麟传说”“峄山传说”；更有以历史事件为蓝本，反映一定历史事实的，极具可读性的“水浒人物故事”。

（一）人物传说

人物传说是济宁市传说中内容最为丰富、影响最为深远的传说类别，也是被纳入国家级非物质文化遗产名录中最多的传说类别。除了有国家级项目梁祝传说、鲁班传说外，还有一大批圣贤人物传说广为传颂，比较突出的是孔子及其弟子的系列传说。此类传说的大量产生和广为流传与济宁本地的儒家文化息息相关。作为儒家文化的发祥地和多种文化的汇集地，济宁市有着得天独厚的传统文化资源。在这片土地上不仅诞生了孔子、孟子、颜子、曾子、子思五大圣人，也孕育出了元圣周公、和圣柳下惠、工圣鲁班等圣贤之士，他们不仅来自庙堂，还来自民间。他们的传说历经千年而传承不衰，标志着儒家的思想观念、伦理道德已在地域性群体中打上深刻烙印，成为塑造群体性人格的力量。在历史演进和社会变迁中，济宁人普遍呈现出积极进取的处世精神、崇德尚仁的品格和敦厚内敛、知礼守信的人格。

（二）地方风物传说

济宁市地方风物传说以儒家文化为核心，兼容并包佛家和道家，涵盖了济宁的地质风貌与自然景物的历史变迁，向世人展示了一幅充满神奇想象与瑰丽色彩的民间文化景观。

济宁地区地理位置优越，东依泰山沂蒙山脉，西接中原广袤大地，南有南四湖，北有北五湖，境内有尼山、峄山、梁山、凤凰山等，还有黄河、大汶河、泗河、白马河、东鱼河等河流流过，更有京杭大运河从中穿过。自元代开始，管理运河的最高衙门就设在济宁。除得天独厚的山水自然资源外，因古人流连忘返而形成的人文资源也相当丰富。古济宁有八景：铁塔清梵、太白晚眺、墨华泉碧、凤台夕照、灌冢晴烟、南池荷净、西苇渔歌、获麟晚渡，每一处都有一段动人的故事。此外，济宁市境内还有数不胜数的历史名胜古迹，其中自然不乏引人入胜的传说，有的体现了儒家的仁爱精神，有的围绕忠信义勇精神娓娓道来，有的彰显人间至孝，更有体现佛家普度众生和道家超尘出世的传说流传于世。

济宁市境内的自然人文景观历经千年风霜，仍焕发着勃勃生机。除峄山、铁山、羊山、泗河泉林等自然景观外，孔府、孔庙、孔林、孟府、孟庙、孟林、太白楼、声远楼、济宁铁塔等历史古迹，也作为传说载体矗立在人们的生活中，它们和黏附在其中的传说，凝练了世世代代济宁人的精神面貌、价值观念和审美取向，并将之传承下来。

济宁太白楼

（三）民间故事

在济宁的市级非物质文化遗产中，民间故事有四项，包括第一批的水浒人物故事，第二批的夏镇八景的故事、孔子宰中都的故事和滚磨成亲的故事。水浒人物故事通过塑造鲜明的人物形象宣扬好汉文化，弘扬忠义精神，是济宁地区影响最大、流传最广的民间故事，也是最受普通民众欢迎的系列故事，它从一个侧面展示了济宁地区文化的多元性。儒家文化向来是济宁最为显著的名片，水浒人物故事传达出的好汉文化则从另一个角度诠释了济宁多样化的文化底蕴，即忠孝义勇精神。多数人对水浒文化的知悉，源于四大名著之一《水浒传》。作为明代四大奇书之一,《水浒传》的成书是民间集体创作的产物。在宋、元时期，山东地区流传着许多关于水浒英雄的民间故事。在故事流传过程中，人们按照自身的体验和理想，不间断地丰富、加工、改造故事的内容情节。在文人的搜集整理下，最终形成了小说文本。但不管是作为小说的《水浒传》，还是作为民间故事的“水浒人物故事”，都寄寓着来自民间的理想、伦理和诉求。水浒故事中的好汉文化从民间的层面积极肯定了济宁人的好打抱不平，对压迫的反抗，充满着澎湃不羁生命力的激情想象。细观济宁地区流传的水浒故事，塑造的人物与文学作品中有所不同。他们虽行事鲁莽但爱憎分明，不拘小节又粗中有细，做事充满行动力且讲究谋略。在善与恶、美与丑、正义与邪恶的二元对立中，他们化身为善良和正义的一方，尽情嘲笑并戏耍了一众贪官污吏和奸佞小人，是底层人民渴望反抗压迫、追求自由、释放激情的投射。但这种反抗与释放是限制在忠孝义勇精神范畴之内的。追根究底，好汉文化和忠孝义勇精神，是统辖在儒家正统思想之下的侠义精神。以首领宋江为例，人称“孝义黑三郎”，“于家大孝，为人仗义”，他对朝廷和君王的忠是无条件的忠，他对父母的孝是至孝，他的义是在忠君前提下的义。这恰是儒家正统思想所提倡的。

三、传承现状

济宁市的非物质文化遗产保护工作起步于 2005 年，2006 年市政府发布了《关于加强我市非物质文化遗产保护的通知》，成立了由分管副市长挂帅的非物质文化遗产保护工作领导小组和由市文化局牵头的部门联席会议。2006 年 4 月市文化局召开了全市非物质文化遗产保护工作会议，成立了非物质文化遗产保护中心和保护工作专家组，并出台了《济宁市非物质文化遗产保护工作及普查阶段工作实施方案》。各县、市、区也先后出台了相关文件，成立了相应保护机构，全市范围的非物质文化遗产保护工作正式启动，全面展开。

经过多年努力，目前全市共有国家级非物质文化遗产代表性项目 17 个，省级项目 48 个，评选公布了四批市级非遗项目 132 项，举办的“大运河流域曲艺学术交流展演活动”获“2014 年度山东省非遗保护十大亮点工作”，连续两年市传承人入选“山东省非遗保护十大模范传承人”，依托非遗项目创作的鼓吹乐、山东渔鼓、山东琴书、山东落子、山东梆子等优秀作品走向全国。邹鲁文化生态保护区入选山东省首批非物质文化遗产生态保护试验区，先后出版编辑了四本《济宁市非物质文化遗产集萃》。依托职业院校保护与传承非物质文化遗产的“三合六进”模式等 3 个项目荣获省政府设立的山东省文化创新奖。

相对于其他非遗项目，民间传说故事的传承与保护力度仍需进一步加强。济宁地区有着丰富的民间传说故事，在市级非遗项目申报、立项时已初现端倪。但其传承和发展在迎来机遇的同时，仍然面临一定的危机和挑战。

第一，传承人地位得以体现，但真正传承仍存在危机。济宁市人民政府充分认识到传承人在传说故事传承中的作用，一再强调传承人地位，并积极解决传承人在经济上、生活上、社会地位上的问题，但因为诸多原因，传说故事类传承人仍然难觅。目前，济宁市人民政府已经下发了五批次市级非物质文化遗产传承人认定名录。前三批次均没有民间文学类非遗传承人，第四批次认定传说传承人 1 名——泗水县刘文华，是“卞庄子刺虎的传说”项目的传承人。第五批次认定传说传承人 2 名，分别为曲阜市刘玉明和鱼台县闵维君。前者是“鲁班传说”项目的传承人，后者是“闵子骞的传说”项目的传承人。这个数量相对于济宁市级非遗传承人的数量少之又少。造成这种困境的原因首先在于很多民间传说故事本身就是集体创作的产物，没有固定传承人；同时，民间传说故事有赖于人们的口耳相传，在流传中许多内容已经佚失，能够讲述整个传说的人越来越少，传承人无从寻觅。其次在于传说场域的消失。民间传说本就是人们闲暇时聚在一起讲述故事、传达知识、抒发情感。最适合最放松的空间不外乎田间地头。随着农耕社会向工业社会乃至现代社会的发展，传统意义上的传说场域已不复存在。传统的生活空间被打破，生活环境急剧城镇化，祖孙三代聚居在一起的概率少之又少，人们纷纷搬进钢筋水泥的楼房，相互间的交流也逐渐减少。在快节奏的现代生活影响下，三代聚集在一起讲故事的闲适场景几不可见。再者，听众的日渐减少也是造成传说故事传承危机的原因之一。现代人拥有越来越多的娱乐方式，它们较之传统的民间文学，能带给人们更新奇、更有趣、更刺激的感受。面对层出不穷的娱乐方式，传说故事的娱乐功能逐渐失去了优势。现代人从中无法获取满足，也逐渐丧失了主动接触传说故事的自觉性。一个无法把受众吸引过来的文学样式，注定走向衰亡。最后，作为传说故事载体存在的历史遗迹的消失，也加剧了传说故事的传承危机。许多具有民俗价值、历史文化价值的建筑、景观已不复存在，有的是因为年久失修，有的是人为破坏。这些民间传说故事赖以存续的物质支撑的消失，使本应该成为集体认知的传说故事掩埋于仅存的个人记忆当中。

第二，数字化保护工作虽然已经展开，但需进一步加强。针对民间传说故事传承人难觅、传说场域缺失、文本不利保存等问题，对民间传说故事的保护越来越倾向于借助现代技术手段开展，尤其是借助于日新月异的数字化技术。济宁市采取录制音频、视频、制作动画等数字技术，整理了一部分宝贵的当地民间传说故事，如鸡黍之约、大槐树的传说等，但仍缺少科学系统的整理，而且这些数字化资源的推广度有待提升。目前，济宁市积极加入省级非物质文化遗产数据库的建设，取得一定成效，但本市民间文学数据库的建设亟待进行。

第三，文化生态保护实验区的建设推动传说故事传承，但实际性开发仍有难度。自 2010 年济宁市申报的邹鲁文化生态保护实验区确定为省级文化生态保护实验区以来，济宁市加大财政投入，对环境和空间进行整体保护，积极搭建展示平台、销售平台和实践平台，办好各种各样的非遗传习所、传习中心。通过开展各种各样的活动来带动传承，通过对支持传统村落、街区、社区的建设，让传统村落、街区、社区成为非物质文化遗产传习和展示的空间。以上建设理念非常有利于民间传说故事的发掘、整理、保护与传承，也很大程度上推动了民间传说故事的保护性传承和生产性传承。但相对于其他非遗项目，民间传说故事的产业化程度较低。造成这一困境的原因，首先在于民间传说故事的性质不适合进行过度开发，其次，民间传说故事类项目很难像其他非遗项目那样带来直接快速的经济效益。这就需要找到民间文学和产业化发展的对接点，一方面把握好民间文学的开发程度，积极挖掘传说故事内涵和传说故事中蕴含的民俗文化，与旅游产业和创意文化产业对接；另一方面要警惕对民间文学资源的过度开发，为了开发而牵强附会，反而会使传说故事失了传统，使文学失了本真。

针对济宁市民间传说故事的传承现状，济宁市政府挑头，济宁非遗保护中心积极应对，济宁各界贡献自己的力量，加紧对民间传说特别是濒危项目的收集、整理、抢救工作。一方面，积极启动落实非物质文化遗产保护工程，明确普查、申报、评审、目录确立、项目传承等工作步骤，加大工作力度；另一方面，加强对非物质文化遗产的学术性研究保护，在济宁职业技术学院建立全省首家非物质文化遗产体验馆，把新的研究理念引入传统的民间传说故事研究中，让济宁的民间传说故事更系统、更科学、更具学术价值，利用新的科技手段对民间传说故事进行保护、保存，实现活态保护与静态保护的有机结合。

知识拓展

孔庙的传说之藏书鲁壁

一、传说溯源

西汉景帝三年，皇帝刘启将他的儿子刘馀从淮南迁到曲阜，封为鲁王，史称恭王。鲁恭王喜欢修建宫室，在扩建王宫拆除孔子故宅时，忽然听到天上好像传来金石丝竹之声，旋律非常优美动听，结果从墙壁里发现了《尚书》《论语》《孝经》等经典书籍，一共有几十篇。奇怪的是，这些典籍是用蝌蚪文写成的，与当时经师们所保存的隶书经典大为不同，出于这个原因，人们就把这批典籍称为“孔壁古文”。

这些典籍为何会在墙壁里，大家都不太清楚。据猜测，可能是秦始皇焚书坑儒时，孔子九代孙孔鲋与当政者意见不合，又想保护这些书籍，便将他们偷藏在孔子故宅墙壁内，自己就到嵩山隐居去了。由于孔鲋到死也没有把它们取出，这些经典就这样在墙壁中保存了下来。

为了纪念孔鲋藏书的行为，金代在孔庙的孔子故宅内修建了殿堂，取名为“金丝堂”。明宣德九年（公元 1434 年），苏州知府况钟凯曾捐款重建。明弘治十三年（公元 1500 年）重修孔庙时将近四堂迁往孔庙西路，在原址建起了诗礼堂。后来在诗礼堂后又建了“鲁壁”，作为孔鲋藏书的纪念性遗址。鲁壁藏书被历代文人大力推崇，宋代文学家王禹在鲁壁铭并序中说：“文籍不可以久废，亦受之以兴……其废也，赖斯壁而藏之，其兴也，自斯壁而发之。”将文化复兴归功于鲁壁，给予了极高的评价。清乾隆皇帝也写诗赞颂：“经天纬地存千古，岂系恭王坏宅是。”鲁壁藏书确实保护了中国的文化典籍，是一件值得纪念的事情。

二、传说内容

在孔庙诗礼堂的北院，立着一堵高 3 米、宽 15 米的断墙，“鲁壁藏书”的故事就发生在这堵断墙里。

相传秦始皇统一天下之后，不仅车同轨，字同形，还想让人的头脑思想也统一起来。他采纳李斯的建议，烧光了当时广泛流传的儒家著作，又将反对秦王暴政的 600 多名儒生活埋，至今西安东南还有“坑儒谷”遗址。

秦始皇“焚书坑儒”后，又带着人马直奔曲阜，要亲自灭孔。消息传来，孔子的第九代孙孔鲋急中生智，与弟子伏胜一起趁夜在院墙上挖了个洞，又掏空墙心，把《论语》《尚书》《孝经》等书籍藏了进去，又把墙洞封死，随后和弟子逃离曲阜，去河南嵩山隐居。

鲁壁

孔鲋与弟子伏胜在嵩山靠打猎捕鱼为生。一天，伏胜捉到一条灰色的大鱼，鱼脊上有两排骨甲。孔鲋与伏胜都是头一次见这种鱼，就向当地的渔夫询问吃法。渔夫说："这叫鳇鱼，是秦始皇的先祖所变，今人可吃不得。"孔鲋心说，秦始皇罪大恶极，我正无法报仇雪恨呢，于是让伏胜用火把鳇鱼烧着吃。孔鲋一边吃一边对伏胜说："咱这是衔恨吃'烧秦（鳇）遗（鱼）'骨，卧薪传衍儒家经书。"于是，后世孔府菜中就多了一道"烧秦皇遗骨"的名菜。

话说到了秦朝末年，陈胜、吴广发动农民起义。一年后，义军路过嵩山，孔鲋与伏胜便投奔了陈胜，参加了义军。陈胜建立"张楚"农民政权后，将孔鲋封为博士。过了六年，孔鲋病死在军营里。

秦王朝被推翻后，汉高祖刘邦尊孔，派人四处搜集儒家著作，可到处都找不到，只好从济南请来孔鲋的弟子伏胜凭记忆背诵儒家经典。此时，伏胜已经九十多岁，无力拿笔书写，只好由他孙女边听边记，书成后，经董仲舒删定，成为流行后世的《今文经》。

汉景帝时代，景帝的儿子刘馀到曲阜做鲁王，为了扩建宫室苑囿，便派人拆除王宫附近的民宅。当工匠们在拆除孔子旧宅的院墙时，忽然听到阵阵悦耳的丝竹之声，接着从断墙里掉出许多竹简。这些竹简都用绳子或皮革串联在一起，遇有撞击与震动时，便发出铿锵之响声。民工们见鲁壁现书，纷纷传扬是老圣人显圣了。

鲁恭王闻讯赶来，下令留下这堵墙，又派人从墙里扒出一束束竹简。打开一看，原来是孔子及其弟子的著作，上面写的都是蝌蚪文。因这批书时间久远，内容准确，便称为《古文经》。

《古文经》和《今文经》，从篇目到内容都有很大的差别，人说《今文经》是董仲舒修改的，里面加进了他的思想主张。从鲁壁保存下来的这批古籍，极大地丰富了我国文化遗产的内容，对于准确地研究孔子思想具有极其重要的意义。

三、传说价值

藏书鲁壁是孔庙系列传说中的一个，涉及历史上记载的鲁壁藏书事件。它是我国文化史上一个非常重要的文化事件，引发了两汉时期的今、古文经学之争，具有重要的纪念意义。有关今古文，特别是今古文《尚书》的讨论争辩，一直延续下来，到今天仍然没有结束，孔子壁中书发现的深远影响由此可见。东汉许慎作《说文解字》时所收的“古文”，大多来自壁中书。

该传说的传承，反映了济宁地区对儒家正统思想的推崇，对秦皇暴政的憎恶。儒家典籍的失而复得，无异于文化荒漠中掘得一眼甘泉，对传统文化的恢复和发展作用极大。孔鲋作为家学丰富、出身正统的儒家知识分子，在面对暴政时，能放弃君君臣臣的观念，需要极大的勇气。他投身于农民起义，救民于水火之中，并英勇献身的行为，满足了下层民众的心理诉求，被赞颂至今。他独创的“烧秦皇遗骨”作为孔府菜体系中的一道名菜，在民众心中的影响与杭州传统小吃“油炸桧”有异曲同工之妙，是民众最鲜明、最单纯、最直接好恶的反映。

济宁声远楼的传说

一、传说溯源

声远楼位于济宁市中区铁塔寺街中段，楼内悬挂一口巨型铁钟，撞击铁钟，响彻全城，声远10余里。它始建于北宋中叶。明万历年间济宁道台龚勉题“声远楼”匾额一方，悬在二层檐下正前方，字体雄浑，特别醒目壮观。

声远楼

该楼建在4.5米高的台基上，通高16米，为11脊十字顶正方形两层楼，下以12根方形石柱作外围主要支架，内以4根通天柱自下而上支撑两层顶端的梁檩，上下两层四檐和周围补间均以斗拱承托。顶覆灰瓦，挑脊上饰有按序排列的鸱吻、飞禽、走兽等。正中顶端设一头昂首怒目、背驮宝葫芦的麒麟异兽，寓意颇深。全楼雕梁画栋，朱甍映目，飞檐陡峭，风铎铮铮，属砖木结构亭阁式建筑。楼内设木制楼梯，可拾级而上。楼上层悬巨型铁钟一口，高2.2

米，周长4.5米，重7.5吨，系宋代铸造，撞击声“远大化而张天声，发雷霆而震万物，上可以通乎九天，下可以彻乎九地，远可以达乎四境”，音质浑厚而嘹亮，声传十里之外。这就是“声远楼”的来历。

二、传说内容

声远楼原名神医楼，又名伸冤楼。传说楼的主人是一名世家名医，叫高志远，其人乐善好施，行医只求救死扶伤不为名利，对病人如父母兄弟，对疾病如仇人大敌，备受人们爱戴。由于医术高明，每每药到病除，被称作神医。

有一年，山东西南部暴发疫情，村村庄庄哀叹不绝，家家户户悲悲戚戚。年轻少壮的尚能延缓生命，年老体弱者往往不日死去。高医生急得心急火燎，忙里忙外，茶饭不思，困眼难合。心想：与其等病人登门问医，不如前去上门送医。于是便将全家人分成几支小队，分别去各个村庄巡回治病，拯救了很多人的生命。老百姓十分感激，纷纷登门致谢，送钱送物。高医生一一婉言谢绝。百姓们便凑出财物，为高家盖了一座小楼，也便于病人前来就医，取名“神医楼”。知州老爷的夫人，觉得自己地位尊贵，坚决不去高医生家治病，小命儿立刻被病魔夺去。知州老爷不但不自责，反而怨恨高医生眼里没有他，一心要置高医生于死地。一天，京城里来了一位巡按大人，到处搜刮民财，不仅沿途百姓，就连随行人员对他也是恨之入骨。他来到济宁州不到半个月，夜里被人割掉了脑袋。这下子可闯了大祸，州府上上下下，惶惶不可终日。知州老爷心生奸计，一边兴师动众，发签捉拿凶手归案，一边用重金收买钦差随员，封锁消息。随后上奏朝廷，说是巡按大人患病求医，被高医生暗中下药害死了。皇帝看了奏折后大怒，命知州老爷将高家人全部处死。知州老爷接旨后，将高家数十余人，尽皆处死，并将神医楼推倒，夷为平地。谁知过了十多天后，被推倒的小楼又高高耸起。知州老爷闻之，气急败坏，又派人推倒。就这样，白天推倒，半夜又站起，一连数十日都是这样。知州老爷很害怕，觉得自己触犯了神灵，不敢再轻举妄动。后来，钦差的案子被揭发，知州一家被满门抄斩，老百姓听到后无不拍手称快。

此后，神医楼白天默默矗立，夜晚则发出呜咽悲哀的声音，传向方圆数百里。人们听了，长夜难眠，泪如雨下，思之再三，惊叹不已，于是神医楼又有了新名字——伸冤楼。后来，乡民们每看到自己一家老少幸福地生活在一起，便想起高医生一家的不幸，到清明节相约到伸冤楼烧香焚纸，祭奠神医。为了寄托对高医生的哀思，弘扬高医生的美德，便将此楼改叫声远楼。

三、传说价值

声远楼的传说体现了儒家主张“仁爱”的思想观念。传说中的高医生，就是一位颇具仁心仁术的名医。身为医者，他能将病患的伤痛感同身受，以博爱的胸怀和高超的医术解救民众于苦难中。这是儒家仁者爱人的集中体现。这种爱是人间大爱，不因性别、阶级、身份而改变。只有真正的仁爱之人才能得到民众的认可与怀念。同时，该传说也表达了民众对贪官污吏和为富不仁者的痛恨。当面对黑暗与不公，无力反抗时，便希望能够借助神秘力量来达成心愿。传说中的小楼推倒复起，就是民意的集中体现。知州一家的下场，宣扬了善恶终有报的价值观念，符合民众朴素的理想信念，也引导人们积极向善，勿生恶念。

项目二
民间传说之人物篇

单元一 梁祝传说

名　　称：梁祝传说
编　　号：Ⅰ-7 国家级非物质文化遗产
申报地区：济宁市

一、传说溯源

《梁祝传说》（梁山伯与祝英台的故事）与《孟姜女传说》《牛郎织女传说》《白蛇传传说》并称中国古代四大民间传说。《梁祝传说》是中国最具影响力的口头传承艺术，也是唯一在世界上产生较大影响的中国古代民间传说，被称作“东方的《罗密欧与朱丽叶》”。2006 年，浙江省宁波市、杭州市、上虞市，江苏省宜兴市，山东省济宁市，河南省汝南县，四省六市联合申报成功，《梁祝传说》入选首批国家级非物质文化遗产名录。

孔孟之乡的梁祝传说是发生在尊儒重孝社会风气浓厚的汉代时期——山东济宁及周边地区民间广为流传的梁山伯与祝英台的爱情传说。

在唐代邹县马坡（今属微山县）就建有梁山伯祝英台墓及祠堂。元代至元年间（1264 年）邹县（今邹城市）梁祝读书的峄山上就有梁祝祠。元代诗人陈云游峄山时就留有《万寿宫梁祝像》诗句：“信是荣情两未终，闲花野草尽成空。人心到此偏酸眼，小像一双万寿宫。”明正德十一年（1516 年），对微山马坡梁山伯祝英台墓、祠进行重修，并详细记载了梁祝传说产生的时代背景、传说内容，重修梁祝墓祠的原因。明代学者张岱在《陶庵梦忆》中记载：孔庙有梁山伯祝英台读书处。清康熙十一年（1672 年）修的《邹县旧志汇编》记载：“梁山伯祝英台墓城西六十里吴桥地方，有碑。”《峄山志》记载：峄山上有“梁祝读书洞”“梁祝泉”“梁祝读书处”等遗址。至今，马坡乡梁、祝、马故居村庄和家族后裔尚在，峄山读书处遗址尚存。

汉代产生的梁祝传说，经过在民间的广泛流传，被编为戏文、元曲，明清时期，又有多种版本的传说问世，这样产生于孔孟故里——山东济宁的梁祝传说经过民间广泛的口头传播，由山东济宁沿古老的泗河、运河及相关水系传播到全国各地。

二、传说内容

根据当地老人传说：在昔日的济宁九曲村，有一户姓祝的人家，因家中很富有，乡人称他为祝员外。当时社会上有男孩的家庭，孩子通过读书，求得官位，会受到世人的尊重。而祝员外因自己家中没有男孩读书，虽富，但并没有社会地位，不受人尊重，整日唉声叹气。他家中有一个女儿，叫祝英台，很聪明。祝英台看到父亲因没有男孩读书而发愁，为了解除父亲的忧愁，她女扮男装到邹县（今邹城市）峄山读书，在去峄山的路上，遇到也去峄山读书的邹县西居村的梁山伯，两人相见后情投意合，一同到峄山读书。在峄山读书期间，二人同吃、同住，祝英台三年衣不解带。学业完成后，梁山伯应祝英台之邀，到祝英台家拜访时，方知祝英台为女子。他向祝英台求婚，祝英台虽内心深爱梁山伯，但因此时祝英台父母已将她许于邹县西庄的马家，祝英台已无法答应梁山伯的要求。梁山伯回家后不到一年，就因思恋祝英台而死。

马家迎娶祝英台的那天，祝英台也因思恋梁山伯而死在家中，马家迎亲的队伍空车而返。梁山伯和祝英台因相互思恋而死的事，在当地很快传开。一些开明人士被梁祝二人真心相爱的故事所打动，多方商议，决计把祝英台葬于梁山伯墓中，他们二人生前虽不能结合，死后能永远相伴。

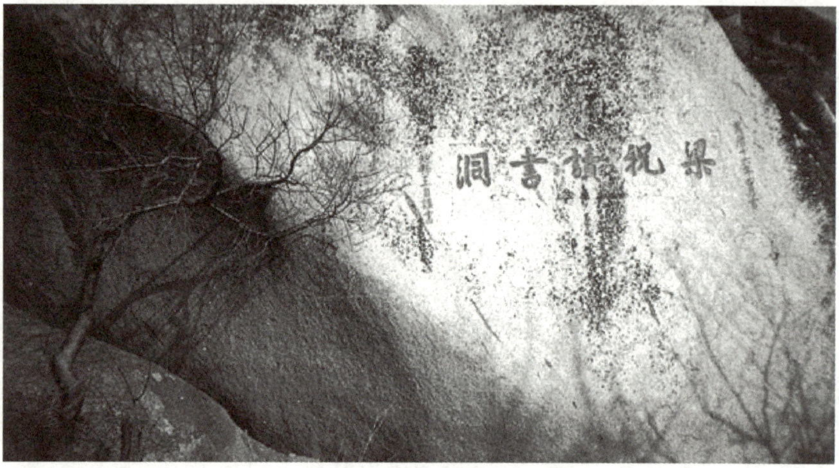

梁祝读书洞

后人为了纪念他们，就在梁祝墓地建了祠堂。到了明正德十一年（1516 年），皇帝钦差大臣、南京工部右侍郎、前都察院右副御史崔文奎对墓、祠进行重修，并立“梁山伯祝英台墓记”碑纪念。2003 年 10 月 27 日，此碑在济宁市微山县马坡乡（原属孟子故里邹县，即现在的邹城市）梁祝合葬墓地被发现。此碑的出土，为孔孟之乡的梁祝传说提供了更为有力的考证。

三、传说价值

梁祝传说是一部爱情悲剧。梁祝二人之所以未能结合，根本原因在于封建礼教对他们的束缚，在英台已许配他人的情况下，他们通过自由恋爱并结合是不可能如愿以偿的。不过，他们二人之间的爱情是纯真的，没有受到权利、金钱、才貌等因素的影响，完全出于心灵的契合，是以对方的可亲、可爱、可以信赖为条件的。这种爱情观，对于现代的青年男女来说，有现实教育意义。

梁山伯祝英台的传说在孔孟故里广为流传，并对当地的婚姻风俗产生了影响。梁山伯祝英台二人因相互思恋而死，没能结成美满的婚姻；马家因迎娶祝英台时，祝英台因思恋而死，使马家喜事变成了丧事，故而梁、祝、马三家都忌讳提梁山伯祝英台的传说，以至在梁祝传说长期传播过程中，在梁祝的家乡，特别是在微山马坡周围，形成了梁、祝、马不通婚的风俗，至今还颇具影响。

可以推断，梁祝传说在孔孟故里的流传产生了久远的社会影响，并阐发出尊重人权、崇尚自由、男女平等、生命意识、爱情信仰等多重文化价值。

（一）珍贵的民间文学价值

梁祝传说深深扎根于民间，富有孔孟之乡——山东济宁的地方特色。特别是民间曲艺山东琴书的唱词表现得尤为突出，所写人物、所用语言都颇具地方特色，梁祝传说就像发生在民间的真实的爱情故事。山东琴书《梁祝下山》《十八里相送》等唱词的基本内容，成为梁祝文艺创作内容的主要来源。

（二）重要的社会价值

孔孟之乡梁祝传说的流行，具有重要的社会价值。一是有利于倡导中华民族尊老爱幼的传统美德；二是有利于倡导追求知识、敢为人先的良好社会风气；三是有利于倡导男女平等，树立正确的爱情观；四是有利于倡导和谐社会的建设；五是有利于倡导尊重人权；六是有利于正确理解认识儒家思想对梁祝传说的正面影响。

（三）深远的推广价值

孔孟之乡的梁祝传说丰富了各类文艺形式的内容，如故事、歌谣、诗歌、小说、戏剧、曲艺、影视、美术、舞蹈等，梁祝这对轻盈的蝶翅，碰触到任何一种艺术门类，都使其大放异彩。而这些艺术门类，也因成功演绎了梁祝，使自身得到发展。特别是经过民间曲艺山东琴书的祖传曲目《梁祝下山》《梁祝姻缘记》等的说唱，越剧电影《梁山伯祝英台》的播放，更进一步扩大了梁祝传说的宣传。一部《梁祝小提琴协奏曲》的产生，更使梁山伯祝英台的传说传遍了世界。因地域相邻、文化相近，梁祝传说先以文本形式在一些亚洲国家传播。古称高丽的朝鲜半岛，是梁祝传说最早的外传地区。20世纪中叶以后，梁祝又以电影、戏剧、音乐等形式远涉欧美。

（四）创新发展的价值

作为优秀的非物质文化遗产，梁祝传说蕴藏着丰富的再生产、再创造的价值。不同保护地加强协同合作，共同面对传统的消解和变异，以开放和共享的理念保护和传承梁祝传说和相关文化。

传说来源：该传说内容由济宁非物质文化遗产保护中心提供

附：

梁山伯祝英台墓记碑全文

梁山伯祝英台墓记

丁酉贡士前知都昌县事古郓　赵廷麟撰

文林郎知邹县事古卫　杨　环书

亚圣五十七代世袭翰林院五经博士　孟　元额

《外纪》二氏出处弗详。迩来访诸故老，传闻：在昔济宁九曲村祝君者，其家巨富，乡人呼为员外。见世之有子读书者，往往至贵，显耀门闾。“独予无子，不贵其贵，而贵里胥之繁科，其如富何！”膝下一女名英台者，聪慧殊常，闻父咨叹不已，卒然变笄易服，冒为子弟。出试家人不认识；出试乡邻不认识。上白于亲毕，竟读书，丕振门风以谢亲忧。时值暮春，景物鲜明，从者负笈过吴桥数十里，柳荫暂驻，不约而会邹邑西居梁太公之子，名山伯，动问契合，同诣峄山先生授业，昼则同窗，夜则同寝，三年衣不解，可谓笃信好学者。一日，英台思旷定省，言告归宁。倏经半载，山伯亦如英台之请，往拜其门。英台肃整女仪出见，有类木兰将军者。山伯别来不一载，疾终于家，葬于吴桥迤东。西庄富室马郎亲迎至期。英台苦思：山伯君子，吾尝心许为婚，第无父母之命，媒妁之言，以成室家之好。更适他姓，是异初心也。与其忘初而爱生，孰若舍生而取义！悲伤而死。少间，愁烟满室，飞鸟哀鸣，闻者惊骇。马郎旋车空归。乡党士夫，谓其令节，从葬山伯之墓，以遂生前之愿，天理人情之正也。越

兹岁久，松楸华表，为之寂然。俾一时之节义，为万世之湮没，仁人君子所不堪。矧惟我朝祖宗以来，端本源以正人心，崇节义以励天下。又得家相以之佐理，斯世斯民，何其幸欤？时南京工部右侍郎前都察院右副都御史，奉敕总督粮储新泰崔公讳文奎，道经顾兹废圮，其心拳拳，施于不报之地。乃托阴阳训术鲍恭干，昔有功于张秋，升以爵禄，近有功于阙里，书以奏名，授今兹托岂无用其心哉！载度载谋，四界竖以石，周围缭以垣，阜其冢，妥神有祠，出入有扉，守祠有役。昔之不治者，今皆治之；昔之无有者，今皆有之。始于十年乙亥冬，终于今岁丙子春。

恭干将复公命，请廷麟具其事之本末，岁月先后，文诸石。不得已而言曰：土帝降衷不啬于人，惟人昏淫丧厥贞耳。独英台得天地之正气，萃扶舆之清淑，真情隐于方寸，群居不移所守，生则明乎道义，没则吁天而逝。其心皎若日星，其节凛若秋霜，推之可以为忠，可以为孝，可以表俗，有关世教之本，不可泯也。噫！垂节义于千载之上，挽节义于千载之下。伊谁力欤？忠臣力也，忠臣谁欤？崔公之谓也。不然，太史尝以忠臣烈女同传。并皆记之。

大明正德十一年丙子秋八月吉旦　立

卷里社林户符　孜

石匠梁　圭

单元二　鲁班传说

名　　称：鲁班传说

编　　号：Ⅰ-44 国家级非物质文化遗产

申报地区：曲阜市

一、传说溯源

鲁班姓公输，名般，生于春秋末年，鲁国人。因为“班”与“般”同音，后世多以鲁班相称。他出身于世代工匠的家庭，从小就跟随家里人参加过许多土木建筑工程劳动，逐渐掌握了生产劳动的技能，积累了丰富的实践经验。鲁班在各个领域里匠心独运，发明创造，取得累累硕果，把中国古代科技发明推上了前所未有的高度，在木工、建筑、生活用具、军事科学和航天等领域都创造了前无古人、后启来者的发明成果，成为木、瓦、石、雕、舟、车、机械、土木建筑等多个行业的祖师，被誉为“天下巧匠”“平民圣人”“百工祖师”，后世尊称其为“巧圣”“工圣”“艺圣”。

曲阜市民间文学《鲁班传说》入选第二批国家级非物质文化遗产名录（编号Ⅰ-44）。

二、传说内容

鲁班传说就是对鲁班发明创造的过程和成果的记录，经世世代代的人们口耳相传，不断丰富和完善，成为民间文学的一朵奇葩，具有一种独特的魅力。鲁班传说的基本内容有以下几个方面。

（一）锯的传说

传说鲁国君要建一座豪华的宫殿，就把这个任务交给了鲁班。

鲁班把徒弟分成两班，一班准备石料，一班准备木料。

准备石料的工作进展很快，一批一批石料运下山来。可是准备木料的工作进展很慢。那时候还没有锯，木匠只能用斧子砍树。看着徒弟们一斧子一斧子地砍倒一棵大树要用很长时间，鲁班心里着急，因为建这座大宫殿需要很多木料，这样干活，费力不说，又不见成效，恐怕要耽误工期了。

一天，鲁班一边招呼徒弟们干活，一边自己也抡起斧子砍树，由于心急，一脚踩空，滑倒了，顺着山坡滑了下去。鲁班双手不断抓山坡上的野草，两只脚蹬住一棵树，才站了起来。

鲁班发现自己的双手都被划破了，他觉得奇怪，一棵小草为什么这样锋利？于是他摘下了一片叶子细心观察，发现叶子两边长着许多小细齿，非常锋利，用手轻轻一摸就能把他的手划破。这件事给了鲁班很大启发，于是他在铁片上打上一排小齿，经过多次试验，终于发明了锋利的锯子，大大提高了工效，也使大家免于处罚。

这就是锯的来历。后来人们就称这种草为锯齿草。

（二）墨斗和刨子的传说

鲁班在木工工具的发明创造上，得到家人各方面的支持和帮助，尤其是他的母亲和妻子对他的帮助更大。鲁班在做木工活、用墨斗放线的时候，都是由他的母亲拉住墨线的一端，他自己拉住另一端，以便弹墨放线。这样每次放墨斗线都需要他母亲帮忙，很不方便，鲁班也觉得有必要想出一个办法解决这个问题。后来他在生产实践中经过不断探索、反复试验，设计了一个小弯钩，拴在木头的一端，这样放线的时候就可以用这个小弯钩钩住木头的一端，以代替原来的手工操作。从此以后，弹墨线就不用再让母亲帮忙。后来木工就把这个小弯钩称为“班母”，以纪念帮助他的母亲。又如，刨木料时顶住木料的卡口，人们称之为“班妻”，据说是因为鲁班以前刨木料的时候，都是由他妻子扶着木料，后来他发明了卡口，便不用他妻子帮忙了。

鲁班发明的木工工具（部分）

（三）杵臼成磨的传说

相传在6000年以前人们就开始用石头将谷物压碎或者碾碎，4000多年以前，人们发明了一种名为“杵臼”的碾米工具。但杵臼比较费时费力，每次只能舂少量谷物，时间一长人还会腰酸背痛。

一天，鲁班干活回来，看见邻居家的主妇蹲在院子里，双手抱着一块石头，在臼里又挤又磨，很是费劲。他好奇地问：“大嫂，你怎么不用石杵舂呀？那样还省劲些。”主妇说：“石臼已经破了，用杵一舂，粮食都跑到外头来了。”

鲁班仔细一看，主妇手中的石头很粗糙，在它的挤磨下，臼里的麦子变成了面。

鲁班脑子里突然冒出一个想法：要是两块石头摞在一起，中间放上麦子，两块石头一挤，麦子不就变成面了吗？

他家也不回了，找了两块石头，打成圆形磨盘，在磨盘的表面上凿出一道道齿槽，上边的磨盘凿一个孔往里顺粮食，又在下边的石头中间留了一个凸起的石橛，上边的石头凿了一个孔，把石橛子插在孔中，这样就把上边的石块固定住。后来人们把这个石橛子称作磨脐。

就这样，第一盘石磨就发明出来了。

（四）飞鹊（木鸢）的传说

《墨子·鲁问》记载："公输子削竹木以为鹊，成而飞之，三日不下，公输子自以为至巧。"对这件事情，《论衡》《列子》《淮南子》《韩非子》《文选》《初学记》《太平御览》等典籍中都曾提及，足可见其在当时的影响。鲁班发明的"飞鸟"，虽然没有燃料作为动力支撑，但却能依靠某种机械的传动在空中维持飞翔。这是鲁班对机械和自动化原理的大胆运用，极具创意，显示了鲁班非凡的科学智慧。

（五）云梯和钩强的传说

钩和梯是春秋末期常用的兵器。

鲁班曾将钩改制成舟战用的"钩强"，楚国军队曾用此兵器与越国军队进行水战，发挥了很大的作用，越船后退就可以钩住它，越船前进又可以进行阻挡，既能攻、又能守，颇具威力。

鲁班还曾将梯改造成可以凌空而立的云梯，用以越过城墙攻占城地，非常有效。《墨子·公输》记载："公输盘为楚造云梯之械，将以攻宋。"《战国策》卷三十二"宋卫策"也有记载："公输般为楚设机械将以攻宋……"鲁班在原有攻城器械的基础上，发明创造了攻城的云梯。鲁班设计的云梯，弥补了临冲、楼车的不足，既能瞭望城内的情况，又能乘梯登上城墙，这在当时算得上最先进的攻城军事装备。

（六）雕凤凰的传说

古书记载，鲁班曾在石头上刻制出“九州图”，这可能是我国最早的石刻地图。《列子·新论·知人篇》中记载了鲁班雕刻凤凰的传说。有一次，鲁班雕刻一只凤凰，当他还没有雕成时，就有人看了讥笑道，你刻的凤凰一点都不像，脑袋不像脑袋，身体不像身体。鲁班听了非常生气，但并没有灰心丧气停止工作，他决心用自己的实际行动回应他人的讽刺。因此他更加努力学习，刻苦钻研，经过他的不懈努力，最后终于将凤凰刻成。他刻出的凤凰栩栩如生、非常逼真，赢得了众人的赞誉，那些曾经讥笑他的人也不得不佩服他的高超技艺和刻苦精神。

（七）奎文阁的木楔子传说

宋代天禧年间，修建孔庙奎文阁。泥瓦、木工工匠们在工地上忙碌非常。一天，来了一个奇怪的老头，他什么话也不说，在一截木桩上画满了道道，谁也看不明白是什么意思。工匠们怎么问他，这老头就是不说话。画完以后，老头就走了。老头的怪异行为让工头很生气，他朝那个画满了道道的木桩踢了一脚，奇迹发生了，哗啦一声，木桩裂开了，大家定睛一看，裂开的全都是木楔子。工匠们惊呆了，突然有人醒悟过来，鲁班爷显灵了！工头忙命人追赶，直追到东城门外，只见老头出了城门，顺护城河向北一拐，一眨眼便不见了。后来，匠人们在鲁班消失的地方建了鲁班庙。鲁班画的那些木楔子，全部都用在了奎文阁的建筑上，不多不少，正好。

鲁班传说是匠人们在一代代传授技艺的过程中，把鲁班的发明创造、精湛工艺、扶危济困的道德情操和他的生平事迹糅合在一起，编织成的一个个传说，既表现了鲁班的强大创造力，又对一代代匠人传递着行业规范的具体信息，同时也进行着道德教化。

三、传说价值

（一）鲁班是勤劳与智慧的代表

在关于鲁班的传说中，鲁班的高超技艺源自他本人的勤学好问，更源自他长期从事的手工业一线实践。在求学期间，鲁班为勤练技艺，吃尽了苦头，也最终磨炼出了高超的技艺。同时，鲁班不仅天资聪颖，更善于观察、勤于思考，才有如此多伟大的发明。学习鲁班的传说，不仅要了解传说的内容，更要学习鲁班认真刻苦、勤学好问、善于思考的精神。

（二）鲁班是开拓创新精神的象征

在民间流传最广、影响最大的鲁班传说是反映鲁班巧智结合、开拓创新精神的传说。鲁班善于观察和思考，根据实际情况创造性地解决实际问题，极具首创精神。鲁班以他的创造发明、聪明才智，在中华民族数千年的文化历史中，树起了一座丰碑。“锯”的发明、“墨斗”的发明等传说，表现了鲁班善于在实践中观察、思考，积极探索钻研、勇于创新的作风。这些发明创造不仅世代相传，更惠及四方。他身上体现的积极创新的精神，正是实现中华民族伟大复兴的动力。

（三）鲁班是道德与技艺双修的楷模

鲁班精神的本质是科学精神，其核心内容包括尊重科学的态度、敢于创新的勇气、自我反省的魄力和乐于奉献的胸怀。鲁班不仅在长期的实践中积累了丰富的经验、练就了高超的技艺，而且几千年来他造福人民、解困济难、无私奉献的道德情操也为人们称道。作为最基层的手工艺匠人，他有着强烈的社会担当意识。为减少人力、提高工程效率，他发明了“柱顶石”；为修建高层建筑，他发明了“二鱼抬梁”“土堆亭”。鲁班的发明创造解决了工匠们在实际操作中的诸多难题，鲁班的传说成为匠人们的心灵寄托。特别是鲁班传说中具有神话色彩的传说类型，塑造了鲁班用高超的技艺帮助人们解决难题、扶危济困的道德形象。同时，作为匠人之师，鲁班广收门徒、言传身教，用严谨的治学态度，为后世树立了榜样。

（四）鲁班是弘扬行业规范的典范

鲁班也有犯错误的时候，可贵的是他知错能改，有自我批判和反思的能力。鲁班传说中有一大部分在讲述鲁班扶危济困、诚实无欺的事迹，如“没有量（良）心”表达的是一种木匠人要有良心，要有道德操守的行业规范；是（柿）木不开这个传说，讲的是工匠要诚实，不可偷懒和撒谎，否则必遭报应。通过学习和研究鲁班，有助于提高广大劳动者的自我批评意识，弘扬爱岗敬业、乐于奉献的时代精神。

（五）鲁班是工匠精神的完整体现

何为工匠精神呢？工匠精神指工匠对产品精雕细琢、精益求精的理念，指掌握了精湛技艺之后将之应用于生产实践和日常生活中的做法，是一种由技入道的自然境界，这种境界体现了技术与自然之间的和谐。

在快节奏的当代社会，精益求精，与自然和谐共生的工匠精神更值得倡导。我们应该学习鲁班身上的这种精神，不忘初心，让工匠精神代代相传！

传说来源：该传说内容由济宁非物质文化遗产保护中心提供

单元三　孟母教子传说

名　　称：孟母教子传说

编　　号：Ⅰ-134 国家级非物质文化遗产

申报地区：邹城市

一、传说溯源

孟母教子的传说最早起源于距今 2370 年左右的古驺国（今邹城）

一带，后以邹城为中心辐射周边多个县市区，具有鲜明的历史文化特色和地方特色。该传说不仅以口耳相传的方式流传于民间，古籍中也有相关文字记载。最早记载“孟母教子传说”的是西汉韩婴的《韩诗外传》，刘向的《列女传》中首次出现了“孟母”这个专用名词，东汉女史学家班昭曾作《孟母颂》，西晋女文学家左芬也作《孟母赞》，南宋王应麟的《三字经》中，孟母教子成为第一个被引用的典故。宋哲宗高度评价了“功不在禹下”的孟子，更高度评价了培养教育出孟子的孟母。元延祐三年（1316 年）孟母被追封为“邾国宣献夫人”，乾隆三年（1738 年）在孟母封号上再加“端范”二字，称“邾国端范宣献夫人”。孟母与三国时代的徐庶之母，宋代的岳飞之母，并称为“三大贤母”，孟母列贤母之首。随着传说的传播，各地民众又不断丰富发展传说的内容，甚至还兴建了众多以孟母教子传说为主题的墓碑和庙宇等建筑。现邹城市境内有孟庙、孟府、孟林、孟母三迁祠等多处与传说相关的实物传播载体。

孟母三迁祠

2014 年，孟母教子传说经国务院批准列入第四批国家级非物质文化遗产名录。

二、传说内容

孟母教子传说包含多个故事，广为人知的有三迁择邻、断织喻学、杀豚不欺子、孟子出妻和劝子远行。

（一）三迁择邻

孟子小时候，居住的地方离墓地很近，孟子经常看到别人出殡发丧，小孩子模仿性强，就学着他们的样子，玩起办理丧事的游戏。孟母仉（zhǎng）氏一心想使孟子成为好读书、有学问的人，看到儿子的这些怪模样，心里很不好受。孟母认为这个地方不适合孩子居住，于是将家搬到集市旁。集市上人来人往，络绎不绝。孟子天天在集市上闲逛，并和集镇上的孩子一起玩起了做生意的游戏，与同伴们学习商贩叫卖吆喝、讨价还价，还模仿邻居屠夫杀猪宰羊。看到孟子的表现，孟母认为这个地方还是不适合孩子居住，又将家搬到学宫旁边。学宫是国家兴办的教育机构，聚集着许多既有学问又懂礼仪的读书人。学宫里书声琅琅，学习氛围浓厚，孟子常到书院里跟着学习诗书，演习礼仪。孟母认为这才是孩子居住的地方，就在这里定居了下来。

（二）断织喻学

孟子少年时比较贪玩，读书不专心。有一次，孟子放学回家，孟母正坐在机前织布，她问孟子："《论语》的《学而》篇会背诵了吗？"孟子回答说："会背诵了。"孟母高兴地说："你背给我听听。"可是孟子总是翻来覆去地背诵这么一句话："子曰：学而时习之，不亦说乎？"孟母听了又生气又伤心，举起一把刀，就把刚刚织好的布割断了，孟子既害怕又困惑，忙问母亲出了什么事。孟母教训儿子说："学习就像织布一样，你不专心读书，就像断了的麻布，布断了再也接不起来了。学习如果不时时努力，常常温故而知新，就永远也学不到本领。"说到伤心处，孟母忍不住哭了起来。孟子很受触动，从此以后，他牢牢地记住母亲的话，起早贪黑，刻苦读书。

断织喻学

（三）杀豚不欺子

孟子少年时，有一次邻居杀猪，孟子问他的母亲说：“邻居为什么杀猪？”孟母说：“要给你吃肉。”孟母后来后悔了，说：“我怀着这个孩子时，席子摆得不正，我不坐，肉割得不正，我不吃，这都是对他（孟子）的胎教，现在他刚刚懂事而我却欺骗他，这是在教他不讲信用啊。”于是即使生活困窘，孟母仍买了邻居的猪肉给孟子吃，以证明她没有欺骗孟子。

（四）孟子出妻

一个夏日的中午，天气异常炎热，孟子的妻子田氏在田间劳作后，回家进了房间就脱衣纳凉。恰巧这时，孟子推门而入，见妻子衣衫不整，认为妻子行为放荡，有失礼仪，便立刻要休妻。孟母知道后呵斥孟子说：“礼制规定，进门时，要先问谁在屋里；上堂时，要发出声音；进到屋里，目光要向下，这样是为了尊重别人的隐私。你要求别人守礼，首先要对别人尊重，而你自己没有按照礼制的规定去做，是你失礼在先，并不是妻子的错，怎么能够责怪他人呢？”孟子听了深感惭愧，打消了休妻的念头，并向妻子赔礼道歉。孟母用家庭小事教育孟子“万事礼为先”的做人道理，也督促孟子形成了严于律己的品质。

（五）劝子远行

在齐国，孟子的政治主张并不被齐宣王采纳。为了推行自己的政治主张，孟子一心想效仿孔子，周游列国。考虑到母亲年事已高无人照料，孟子迟迟未能成行。孟母知道了儿子的心事，对他说："作为女性，自己的职责是在家中处理家务、赡养公婆，无须远行。作为男子，他的职责应该是四方游学，实现自己的远大抱负。现在儿子已经长大成人，母亲也逐渐老去。儿子去实现自己的理想，做母亲的在家中恪守母辈的礼仪，是各得其所的事情，没有什么好犹豫的。"孟母的一席话把孟子的担忧和犹豫一扫而空，孟子随即离家周游列国。他的政治主张也在许多诸侯国得到推行，最终成为一代亚圣。

三、传说价值

孟母教子的传说，历经两千多年的流传，仍具有积极的现实教育意义。作为一位普通的中国母亲，孟母培育出中国历史上杰出的思想家、教育家孟子。孟子的民本思想、仁政学说、道德伦理、教育主张和哲学思想，对后世影响深远，他也成为孔子之后最重要的儒家代表人物。在孟子的成长过程中，孟母的教育功不可没。三迁择邻反映了当时邹鲁文化的价值取向，既是对知书懂礼的儒家学者的推崇，也为孟子与子思学派结下渊源、传承孔子思想打下了基础，还进一步说明了环境在育人过程中的重要性，这在今天依然具有积极的教育意义。断织喻学以浅显的道理指出做事必须要有恒心，一旦认准目标，就不该为外界所干扰，如果半途而废，后果十分严重。杀豚不欺子反映了邹鲁文化对诚信精神的重视，也强调品格培养在孩子成长过程中的重要性。作为父母，尤其注意在日常小事上培养孩子守信的品格，所谓"言必信，行必果"，孟母通过自己的实际行为证明了身教重于言传这个道理。孟子出妻的传说从一个侧面反映出礼乐文化在其时已经由官府走向民间，并渗透到人们的日常生活。孟母的言行彰显了她知礼懂礼守礼且严于律己的胸怀，自然能培养出孟子这样的儒学大家。在劝子远行的传说中，孟母以大局为重，以孟子对远大理想的追求为重，将个人利弊置于一旁，这种眼光、胸襟和拳拳爱子之心值得当代父母学习。

习近平总书记指出："家庭是社会的细胞，是人生的第一所学校，不论时代发生多大变化，不论生活格局发生多大变化，我们都要重视家庭建设，注重家庭、注重家教、注重家风，紧密结合培育和弘扬社会主义核心价值观，发扬光大中华民族传统家庭美德，使千千万万个家庭成为国家发展、民族进步、社会和谐的重要基点。"孟母就是注重家庭教育的典范，她选择合适的教育方式，循循善诱，积极引导，对孩子动之以情、晓之以理，进行言传身教，在现今仍有积极的借鉴意义。

传说来源：该传说内容由济宁非物质文化遗产保护中心提供

单元四　孔子诞生传说

名　　称：孔子诞生传说
编　　号：Ⅰ-9 省级非物质文化遗产
申报地区：曲阜市

一、传说溯源

孔子，春秋末期伟大的思想家、政治家、教育家，儒家思想的创始人。孔子生于鲁襄公二十二年（公元前 551 年），出生地在鲁国陬邑昌平乡（今山东省曲阜市东南的鲁源村），父叔梁纥与母颜征在曾祷于尼丘山，生孔子，故名丘，字仲尼。至今，有关孔子诞生的传说仍在这里广为流传。

孔子在世时，他的思想并没有得到统治者的重用，直至汉武帝“罢黜百家，独尊儒术”，孔子创立的儒学才居于统治地位，成为官方的意识形态。从此孔子的地位得以提高，官方对孔子的祭祀也越来越重视。

西汉中期，天灾频发，社会动乱。儒者梅福认为，这是由于未能妥善安排对于孔子的祭祀，因而导致上天发怒。当时的国家政权接受了梅福的提议，封孔子为商汤的后代，接续先王的祭祀。

到东汉，国家才正式把孔子作为国家的公神，其地位与社稷神同等。

唐代，命令每个县都要建庙祭祀孔子。每年春秋两次大祭，每月初一和十五两次小祭。大的祭祀起初由学官主持，后来改由地方官主持。

唐代以后，孔子的地位不断提高，对孔子的封号也不断增加。

清代，孔子祭祀一度成为和国家的祖宗神同等级别的“大祀”。这种殊荣除老子外万古唯有孔子而已。

圣地尼山

孔子是人类文明史上的一座光辉的丰碑。他自古以来被誉为中华传统文化的“集大成者”，世人颂其为“天下文官祖，历代帝王师”，古人誉其为“至圣”“万世师表”，其儒家思想对中国和世界都有深远的影响。孔子被列为“世界十大文化名人”之首。

孔子诞生传说，在典籍中最早记载于司马迁的《孔子世家》，后有金孔元措撰的《孔氏祖庭广记》，明重修的《阙里志》，清孔继汾纂辑的《阙里文献考》。

二、传说内容

孔子的一生都充满了传奇，关于他诞生的传说更是颇具几分神话色彩，著名的传说有夫子洞传说，凤生、虎养、鹰打扇传说，扳倒井传说。

（一）夫子洞传说

相传，孔子的父亲叔梁纥曾娶妻施氏，生九女而无一男，他的妾生了一个男孩，却先天残疾。按照当时的封建宗法制度，这样的男孩不具备继承人的资格。为了生下合格的继承人，60 多岁的叔梁纥向颜家求娶不满 20 岁的颜征在。叔梁纥与颜征在成婚后，盼子心切，经常去附近的尼山上祈祷。夫妻俩的诚意终于感动了上苍。鲁襄公二十二年（公元前 551 年）农历八月二十七这一天，夫妻俩又一次去尼山上祈祷，下山在一个山洞里休息时，生下了孔子。后人把这个山洞称为“坤灵洞”，也称“夫子洞”。

（二）凤生、虎养、鹰打扇传说

孔子降生时非常丑陋，头顶如反盂，面部有“七露”，眼露筋、耳露轮、鼻露孔、嘴露齿等，看上去像个怪物，叔梁纥担心这是不祥之兆，害怕给自己的家族带来灾祸，就把孔子扔在了野地里。

此时正值炎热的八月，天空飞翔的雄鹰看到这个孩子哭得满身是汗，连忙飞落在他附近，用翅膀给他打扇遮阳。

初生的孔子嗷嗷待哺，这时从山上下来一只雌虎，守候在他身边，并为他哺乳。

夫子洞

上山的人们看到这些奇异的景象，都认为这个孩子是凤凰之子。这就是民间流传的“凤生、虎养、鹰打扇”传说。

（三）扳倒井传说

在曲阜尼山脚下有一个村庄叫颜母庄，庄子的东南边有一口井，井身倾斜，清澈的井水长年流出，甘甜清澈，即使在最干旱的季节，井水依然不断，这就是传说中的扳倒井。这个扳倒井也与孔子的出生有关。传说自从叔梁纥夫妇把孩子扔掉后，颜征在日夜思念儿子，就背着丈夫上山寻找，正巧遇到上山打柴的老者把孩子抱下山来，颜征在非常感激老者。她看到孩子后，心里非常高兴，连忙急着往家赶，走到村头的时候热得大汗淋漓，累得气喘吁吁；看怀中的孩子，也热得浑身汗水。这时，忽见路旁一眼水井，旁有垂柳，颜征在把孩子放在树荫下，想用水擦擦脸，清凉清凉，可井深又无水桶，只好作罢。但她手扶井口自言自语道：“要是能把你扳倒，水能自己流出来该多好呵！”哪知她话音刚落，水井竟随着她手扶之势，真的慢慢倾斜起来，接着一股股清凉的水溢出井口，令人惊叹不已。

三、传说价值

孔子因其卓越的贡献，成为被万世景仰的典范。作为“圣人”，他的降生自然是不能与常人一样的。中国传统文化中的一个习俗，便是将圣人都奉为“天人”“神人”的化身。在普通人看来，只有这些庄严神圣的吉祥征兆，才能淡化掉他普通的身世，才配得上圣人的诞生。这些传说是后世为了美化孔子，凭借自己的聪明和智慧，发挥浪漫主义幻想，充满敬仰地为其诞生编织出的神秘故事。人们认为也只有这样的传说才能配得上孔子独一无二的身份。

扳倒井

通过了解孔子诞生的传说，以及探索孔子日后的贡献，心中对孔子的敬佩更是不言而喻。孔子被誉为“人类文明史上的一座光辉的丰碑”“天下文官祖，历代帝王师”“至圣”“万世师表”，是我国伟大的思想家、教育家。关于孔子的这些传说，正说明了人们对孔子的敬仰之情。孔子自谓“述而不作”，实际是以“述”为“作”，通过对历史传统作当代诠释，来实现价值的叠加和转换。他正直、乐观向上、积极进取，一生都在追求真、善、美，一生都在追求理想的社会。他的成功与失败，无不与他的品格相关。他品格中的优点与缺点，几千年来影响着中国人，特别是影响着中国的知识分子。

传说来源：该传说内容由济宁非物质文化遗产保护中心提供

单元五　闵子骞传说

名　　称： 闵子骞传说

编　　号： Ⅰ-10 省级非物质文化遗产

申报地区： 鱼台县

一、传说溯源

闵子骞，名损，字子骞，春秋末战国初鲁国闵家村（今山东鱼台王鲁镇大闵村）人。15 岁拜孔子为师，小孔子 15 岁，为孔门高足，是我国著名的思想家、政治家、教育家，其晚年帮助孔子整理过典籍，对“礼记”最有纂订之功。据记载，闵子骞为人沉稳持重，平时少言寡语，然而一旦讲话就讲得中肯到位。闵子骞从政时，鲁国要扩建新库房，派人征求他的意见，他说：“原来的库房就很好，为什么再劳民伤财去改造呢？”孔子评价他说：“夫人不言，言必有中。”

闵子骞一生注重“仁”的道德修养，淡漠仕途利禄。鲁国权臣季桓子想聘请闵子骞做费邑宰，因为孔子主张“学而优则仕”，所以在孔子的劝说下，闵子骞担任了费邑宰，并把家迁到东蒙之阳的闵子庄（今闵家寨）。他治理费地很有成绩，但因看不惯季桓子的作为，最后毅然辞职。因此可以看出闵子骞刚正不阿的品格。

闵子骞随孔子周游列国，孔子曾说：“随我曾游者，皆不及闵也。”并赞誉“孝哉闵子骞！人不间于其父母昆弟之言”。（见《论语》）

而最值得让人传颂的还是他的孝贤品德。元代郭居敬所纂辑的“二十四孝”把闵子骞放在了显著位置。明朝编撰的《二十四孝图》，闵子骞排在第三，是中华民族文化史上的先贤人物。

二、传说内容

闵子骞的纯真至孝突出表现在他对继母的宽容大度上。据《史记·仲尼弟子列传》载：闵子骞 8 岁丧母，父续娶后妻姚氏，生闵革、闵蒙二子。继母对亲生的两个孩子十分疼爱，对闵子骞却十分刻薄，平时不打就骂，不给饭吃也是常事。冬天，继母用棉絮给自己的孩子做棉衣，而给他的棉衣填的是芦花。子骞怕影响父母间关系，并没有告知父亲。

有一年冬天，闵子骞驾马车送父亲外出，因寒冷饥饿无法驭车，马车滑入路旁沟内。父亲不知情，认为闵子骞装冷偷懒没志气，于是对着闵子骞猛打一鞭，结果芦花从衣中飞出，父亲方知闵子骞受到继母虐待。盛怒之下，要休掉继母。闵子骞双膝跪地向父亲进言：“母在一子寒，母去三子单。”其父这才饶恕了后妻。从此以后，继母被感动，终生善待闵子骞。后人把这一传说称为“单衣顺亲”和“鞭打芦花”。有诗赞曰：“闵氏有贤郎，何曾怨后娘；车前留母在，三子免风霜。”

单衣顺母

三、传说价值

闵子骞的传说，作为在民间广为流传的孝德故事，以纯真至孝处理与继母、父亲的关系，是中华传统伦理、孔子孝道文化的生动体现，千百年来已深深扎根于广大人民群众心中，是影响东方乃至世界的千古孝德典范，是灿烂的中华民族瑰宝，对后人敬老孝亲具有一定的启发教育作用。

2006 年 11 月，民间文学《闵子骞的传说》，被山东省列为首批非物质文化遗产名录，由济南市历城区和济宁市鱼台县共同拥有。非物质文化遗产项目“闵子骞传说”的传承人，闵子骞的第 78 代传人闵维君，是鱼台县大闵村的一位儒雅之士，曾当选为鱼台县首届孝贤文化节的 72 孝贤之一，他认为文化需要传承和发展，尤其是闵子骞的孝贤文化。他和一些闵氏后裔成立了闵子宗亲会，联络闵子后裔，不定期开展各类孝贤文化主题活动和寻根寻源活动，发扬和传承孝贤文化。

保护、弘扬传统孝道美德，对于教育青少年尊老敬贤、促进家庭和睦、提高公民道德水平、构建和谐社会以及建设文化名市和对外交流等都将起到积极的促进作用。

闵子骞的传说流传甚广，其孝德故事已成为全国乃至世界人民效仿的典范。

传说来源：该传说内容由济宁非物质文化遗产保护中心提供

单元六　秃尾巴老李的传说

名　　称： 秃尾巴老李的传说

编　　号： Ⅰ-46 市级非物质文化遗产

申报地区： 汶上县、梁山县

一、传说溯源

秃尾巴老李的传说源远流长，自唐朝中后期开始流传，特别是秃尾巴老李普救众人，战天魔、斗白龙、为民除害等英勇的事迹，经后人加工修改，披上了神秘的面纱，成为深受人们喜爱的民间神话故事。

秃尾巴老李的传说，流传地区遍及全国各地，仅在山东，入选国家级非物质文化遗产的地方就有即墨、莒县、文登、诸城四地。秃尾巴老李的叫法也有多种，有的地方称为“朱龙王”“龙王冯”“秃尾巴”，也有的地方叫“小黑龙”，或干脆呼为“老李”。作为一则流传于整个山东省的传说，在济宁市的流传也十分广泛和久远，主要集中在汶上县、梁山县、嘉祥县、曲阜市、邹城市和任城区等地。

秃尾巴老李战白龙

传说秃尾巴老李系唐太宗李世民三弟李元吉的后代，因避祸逃到山东汶上县汶上镇草桥村落户。传到明洪武初年李家仁这一支，生下一怪胎，婴儿长有一肉片状尾巴，取名李黑龙。李黑龙在两岁时尾巴没有了。李黑龙心地善良，疾恶如仇，长大后，李黑龙修道成仙，解救众生，常帮助穷苦人民降雨种庄稼；此外，他还用身躯拱挖小汶河，用身躯当作浮桥，搭渡明英宗皇帝及官兵过河；救山东百姓，施法使水不淹山东而淹关东；打败小白龙，由此把白龙江改为黑龙江。整则故事曲折离奇，老李成为正义战胜邪恶的化身。

二、传说内容

秃尾巴老李流传在民间的传说很多，内容也很丰富，但主体故事基本是一致的。主要有：秃尾巴老李的来历；秃尾巴老李出世；秃尾巴老李大战小白龙；秃尾巴老李如何治理洪水、惩治官吏、造福百姓等。秃尾巴老李的传说，寄托了当地人民群众对现实生活状况的强烈不满，对未来美好生活的崇高期盼，他们借助秃尾巴老李这一传说展现了一幅根治洪水、杀富济贫、辛勤劳作、丰衣足食的美丽画卷。

传说一年夏天，汶上县草桥村李姓人家的妻子，晚上在自家院子里乘凉，犯了女人不准露宿的大忌。此后有了身孕，生下一个黑黑胖胖的男孩，男孩屁股上竟长着一条长长的尾巴。李父恼羞成怒，抓过菜刀把孩子的尾巴砍掉了。孩子一声惨叫，随着一股青烟，升腾而去。这就是秃尾巴老李的来历。

秃尾巴老李来到东北的黑龙江畔。当时黑龙江叫白龙江，掌管这条江的是一条修炼7万年的白龙，它为害一方，弄得老百姓四处流浪。秃尾巴老李知晓白龙作害后，决定为民除害。他与逃荒来的山东人商量好，他入江斗白龙时，如果江面上泛白，就说明白龙占了上风，人们立即往江里撒石灰；如果江面上泛黑，说明老李占了上风，人们就往江里投馒头、大饼。这天，老李在乡亲们的欢呼呐喊声中，纵身跳入江中，与白龙展开了生死搏斗。秃尾巴老李与白龙大战三天三夜，在老乡们的帮助下，终于战胜了白龙，从此掌管了黑龙江，“黑龙江”也因此而得名。现在，黑龙江一带若有灾害，只要对着黑龙江大喊三声“秃尾巴老李”，灾害就会减轻；船过江时，船老大一定要问："船上有山东老乡吗？"如果有，就开船，如果没有就要等。遇见个穿"蚕鞋"的就会很客气地让上船。"蚕鞋"俗称"牛鼻子鞋"，是山东人穿的一种鞋。

"汶上县下雹子（冰雹），一年一回。"这句俗话来源于一种自然现象，每年的5、6月份，在梁山、汶上一带，大概都要遭受一次狂风暴雨，甚至夹杂冰雹的侵袭，人们都确信这是秃尾巴老李从东北回来给父母上坟的缘故。因东北天冷，老李是龙王离不了水，无论到哪里都要随身带着水，所以从东北飞回汶上时，他身上带的水就变成了冰雹，落了下来。对此当地百姓深信不疑，为祈求风调雨顺，全家平安，庄稼丰收，此时，当地百姓都会在家中摆供设宴，迎接远道而来的秃尾巴老李。

三、传说价值

在民间传说一系列家喻户晓的形象中，秃尾巴老李是一个在山东省境内被普遍认同的地方保护神，是山东人的形象代表，也是整个山东文化的显著标志之一。秃尾巴老李作为山东人的保护神成为特定地域文化中一个意义符号，承载着诸多功用价值。

秃尾巴老李的传说塑造了直率、仗义、勇敢、孝敬的山东人的形象，在民间广为流传，是中国龙文化的重要组成部分。传说体现了中华民族的传统理念，流传区域广，具有广泛的群众基础和民间传承性，直接反映劳动人民的思想感情和生活愿望。他是心理安慰剂，在无法预知的天灾面前赐予人们实际的帮助；他是词语释义，可以解释众多超自然现象的渊源；他是信仰的对象，传承着相关的民俗知识与节日仪礼，直接影响着传统社会中人们的生产与生活。

“秃尾巴老李”这一形象具有鲜明的地方性，其内容有一定的教育和娱乐功能。秃尾巴老李的传说流传地区遍及全国各地，追溯、探究它的创造起源、创作方式、传播渠道及传承心理，不难发现，历经时光洗礼而久传不衰的传说形象，其所具备的互动媒介功能是与生俱来的必然产物。

作为传说形象的“秃尾巴老李”，其具体功用已远远超出了佑护风调雨顺、平安出行等表象性范畴，从深层次的角度来说，其传说核心具有强化家族历史感、提升家族地位的意义。

在今天大众传媒如此发达、信息传播如此快捷的条件下，“秃尾巴老李”作为知识体系的传承需要已大大降低，但其作为面对面交流互动的工具特性依然强大。在家族、村落等群体内部或群体之间发生互动时，“秃尾巴老李的传说”作为一种文化资源自然就成为重要议题，不仅承担着前述的回忆祖先历史、提升家族地位的责任，而且具有标志性的群体区分功能。

但是以保佑家乡为主要神格的“秃尾巴老李”在山东省内有传说不一的出生地，于是就出现了以其家乡或其乡亲的传说为标志的信仰圈，因此在这种狭隘的功利目的和地方保护主义思想的支配下，信仰活动经常带有明显的地域印记。

传说来源：此传说来源于汪林的《二月二，炒蝎子爪》，部分内容由济宁非物质文化遗产保护中心提供

单元七　柳下惠传说

名　　称： 柳下惠传说
编　　号： Ⅰ-38 省级非物质文化遗产
申报地区： 兖州市

一、传说溯源

柳下惠，姓展，名获，字禽，又字季，春秋时期鲁国人，是鲁孝公的儿子公子展的后裔，因食邑于柳下而得名。

柳下惠做人正派，做官也清正廉洁，执法严谨。孔子对柳下惠的人品赞不绝口，认为柳下惠以正道立身，以正道事人，以正道处世，视功名富贵为粪土，是难能可贵的高尚君子。孟子更是将柳下惠与伯夷、伊尹和孔子并称为“四大圣人”，称柳下惠为“圣之和者也”，后世尊之为“和圣”。

柳下惠

柳下惠弃职归隐于柳下后，仍为国效力。齐国犯鲁，鲁僖公请教他退敌之策。他授计于侄子展喜，智退齐兵。“授词却敌”，被后人传为佳话。《论语》记载，柳下惠生性耿直，不事逢迎，自然容易得罪权贵，竟接连三次受到黜免，很不得志。柳下惠虽然屡受打击排挤，失意潦倒，他的道德学问却名满天下，各国诸侯都争着以高官厚禄礼聘他，但都被他一一拒绝了。有人问其故，他答道："直道而事人，焉往而不三黜？枉道而事人，何必去父母之邦？"（《论语·微子》）意思是说，自己在鲁国之所以屡被黜免，是因为坚持了做人的原则。如果一直坚持下去，到了哪里也难免遭遇被黜免的结果，如果放弃做人的原则，在鲁也可以得到高官厚禄，那又何必离开生我养我的故乡呢？

对于柳下惠，人们广为流传的还是他"坐怀不乱"的传说，他也因此被认为是遵守中国传统道德的典范。

关于柳下惠"坐怀不乱"的传说，相传较广的说法是，在一个寒冷的夜晚，有一个没有住处的女子来投宿，柳下惠恐她冻死，叫她坐在怀里，两人同坐了一夜，并没发生越礼的行为。

但柳下惠后人认为，《展氏族谱》中，关于"坐怀不乱"的故事记载得更为详细，涉及具体人物、时间、地点、对象、情节等，"坐怀不乱"的故事并非传说。族谱记载："桓公十六年乙酉，和圣，年二十五岁，六月十八日，尝独行至瑕邱城东坡野，遇雨持盖坐，有少妇文曲英氏，四顾无避雨处，招之同坐。妇不得已，坐于怀间，惠毫不为意。"也就是说，柳下惠帮助的对象，是一位少妇，也就是已婚的年轻女子，当时是为了躲雨，而非广为流传的投宿。

柳下惠"坐怀不乱"的传说发源于兖州。现兖州市兴隆庄镇有和尚堂村，《兖州县地名志》"和尚堂"条也说："本村原有明代末年建的和圣祠堂，内供柳下惠塑像。查孟子曾称赞柳下惠为圣之和者也，故名。"兖州人民为纪念历史上的这位先贤圣人，在城内曾建"和圣祠"，世代敬奉。

二、传说内容

相传，两千多年前的一个寒冬深夜，兖州公子柳下惠正在家中研习学问。忽听院内"咕咚"一声，似有人跌倒，接着微弱的"救命声"传来。柳下惠不敢怠慢，急忙开门奔出，只见雪地里躺着一位妙龄少女。这位女子衣衫单薄，看样子就要冻僵了。救人心切的柳下惠哪管“男女授受不亲”，忙将女子抱到房内，抱着女子“为其取暖”，少女的体香与发香沁人心脾，但柳下惠如和尚坐禅，心如止水，一心救人，并无邪念。少女苏醒过来，见躺在一位陌生男人怀里，又羞又愧，又见自己衣衫完好，那男子并无非礼之处，不由感激柳下惠救命之恩。遂说：“如此恩德，小女子终身难报，如君子不弃，妾愿与公子结为百年之好，以报大德。”说完，女子红晕上脸，更添娇媚。柳下惠正色答道：“小姐此言差矣，吾岂能施恩图报，做苟且之事，那样既侮辱小姐名节，又污柳下惠清明，徒惹世人笑谈，君子不能为也。”少女听了柳下惠这番陈词，愧疚中更增添了对柳下惠高尚人品的敬畏之情。天明后，柳下惠护送少女返家。世人皆知柳下惠的品行操守，并无人怀疑他俩有苟且之事。从此，柳下惠坐怀不乱的传说就流传了下来。

三、传说价值

柳下惠坐怀不乱的传说，千百年来被人们作为评判人的品德的标准。柳下惠传说是世代人民群众智慧的结晶，是人们崇尚高尚的道德情操和真善美的一种表现形式，也是人们对古代圣贤的追忆和颂扬。不仅如此，柳下惠在中华民族的历史上，在老百姓的心目中，已经成为道德的化身，成为在两性问题上作风正派、一尘不染的代名词，成为历代正人君子效仿学习的榜样，潜移默化地影响了无数人的德行和社会风气，体现了中华民族的传统美德。

如今，柳下惠传说世代相传至今，充分表达了人们对这位先贤的怀念和崇拜之情。柳下惠的传说不仅对于研究齐鲁文化的发展和影响具有重要的价值，而且对当代构建和谐社会也具有重要的现实价值。

传说来源：该传说内容由济宁非物质文化遗产保护中心提供

单元八　孔子师项橐传说

名　　称：孔子师项橐传说

级　　别：市级非物质文化遗产

申报地区：兖州市

一、传说溯源

孔子师项橐（tuó）的传说据传萌发于春秋战国时期，早在《论语》一书中就有记载。《战国策·秦策五》中记载："甘罗曰：'夫项橐生七岁而为孔子师，今臣生十二岁于兹矣！君其试焉，奚以遽言叱也？'"《三字经》中也有"昔仲尼，师项橐，古圣贤，尚勤学"的内容。

兖州城西北旧关村，原为古城西关外，称"达巷堂"，当年孔子任中都宰，往来憩息于此。《论语·子罕》载："达巷党人曰：'大哉孔子！博学而无所成名。'"

二、传说内容

相传有一年冬天，孔子游说讲学，一日行至兖州西关（今旧关），遇见一个小孩正用树枝在路上画画。孔子凑近一看，见小孩画了一座城，孔子见他画得认真仔细，城也画得很漂亮，不忍从上面踏过，便从一旁绕着走。

孔子刚刚走过，不想那小孩竟气恼地甩掉画画的树枝说："你这老先生好没道理，放着城门不走，为何绕城而过？"

孔子以为小孩误解自己，便解释说：“我是看你城画得好，怕踩坏了，才绕道而过，你应该感谢我才对呀！”

小孩不以为然地说：“城若不让人过，要城有何用？我画的城就是让大家走的。”

孔子见小孩聪明伶俐，顽皮中显露才智，有心试探他一番，故意为难地说：“你画的城门这么小，我如何过去呢？”

没想到那小孩一拍脑门，恍然大悟地回答：“对，画上的小城门是给小人走的，你是大人，应该走大城门，这如何办呢？我再给你画个大的吧。”说着，小孩转过身去对着兖州城方向，用手指在空中虚画一番，然后恭敬地对孔子说：“大人，那座城画好了，请上路前行吧。”

见到这么聪颖的孩子，孔子顿起爱才之心，就约他一路同行。因为是冬天，树上的叶子早就掉光了，只有松树和柏树仍挂着绿，小孩指着路过的几棵松树问孔子：“老先生，你说松树为何冬天也不落叶，天再冷也能枝茂叶青？”

孔子说：“松树心实不虚，所以才耐得严寒。”

“老先生说得不对，竹子倒是心虚不实，可它也跟松树一样耐得严寒。”

孔子见小孩说得很有哲理，感叹地说：“虚心之竹，四季常青，人应学松之品质，竹之虚心，吾常言三人行必有吾师焉，这孩童可为吾师也。”

两人走到护城河时，正巧有一群鹅“哦哦”地叫着跳进了水里。小孩又问孔子：“老先生你说说鹅的叫声为什么这样响亮？”

孔子想了想说：“鹅的脖颈长，故能引吭高歌。”

小孩摇摇头说：“老先生，那井里的蛤蟆河里的蛙，脖子能算长吗？却是叫声震天不亚于鹅。”

孔子暗自佩服这小孩子才智过人。

两人又往前走，来到城门口，忽然听到一阵阵吹吹打打的喇叭声，只见从城里走出一队送葬的人，领头的那个人披麻戴孝，挥舞着哭丧棍边走边唱，后面的那些人却没有哭的。

孔子心里老大不快，正想走过去教训他们一番，却被那小孩拉住了胳膊。待到送葬的人走远，孔子责问小孩说：“生之于父母，养之于父母，父母过世悲哭才是。刚才那帮人不光不流眼泪，而且还边走边唱，真是不成体统。我要去教训教训他们，你却把我拉住，这是什么道理？”

小孩反问孔子：“老先生可曾听清他唱些什么？”

孔子说：“不曾听清。”

“您连人家唱些什么都没有听清，却要去教训人家，不知老先生怎样‘对症下药’？”

孔子问小孩：“你可曾听清他唱些什么？”

“听清了。他们唱的是‘肥猪出了圈，野马上了羁，金银入了柜’。”

孔子不解，他问小孩：“你可解得这其中之意？”

小孩说：“这有啥难？‘肥猪出了圈’就是闺女找了婆家，‘野马上了羁’就是给儿子娶了媳妇，该操心的事都操完了。”

孔子又问：“那金银入了柜又作何讲？”

小孩说：“‘金银入了柜’指的是父母享尽天年有了归宿。老先生刚才讲过，生之于父母，养之于父母，这话不假，但是父母过世不一定悲哭就好，有的人在父母在世时对其百般虐待，是不孝之子，而在父母去世时却装出一副孝敬悲伤的样子，放声号哭，以欺世人。而有的人却不这样，父母在世时他们问寒问暖，百般敬重；父母过世时，心中虽然悲痛，但却问心无愧。真正孝敬的人，悲痛只是装在心里，有些啼啼哭哭的人不过是做样子给别人看的。刚才那人一路走一路唱，我看他是个懂得孝道的人。唱只是有意警醒世人，并不为过。”

孔子点点头，觉得这孩童不但才华过人，而且深知孝道。礼贤下士的孔子便和这孩子结下忘年之交，拜他为师。

这个孩子就是项橐。

三、传说价值

孔子师项橐的传说长久被人们传颂，历代文化典籍多收入此传说，以象征中华民族人杰地灵，英才辈出。同时，此传说也是中国“尊师重教”人文道德理念的最初民间文本之一。

孔子曰“三人行必有我师焉”，这句话，表现出孔子自觉修养，虚心好学的精神。而孔子师项橐的传说，正是孔子“择其善者而从之，其不善者而改之”思想的最好诠释。

传说来源：该传说内容由济宁非物质文化遗产保护中心提供

单元九　大禹的传说

名　　称：大禹的传说

级　　别：市级非物质文化遗产

申报地区：兖州市

一、传说溯源

大禹是中国奴隶社会夏朝的创始人，划定中国版图为“九州”。大禹以天下为己任，率领百姓治理水患，有“七年闻乐不听，三过家门不入”等美谈。铸九鼎、划九州，从此天下一统。在中国到处都有关于大禹的遗迹和传闻。安徽、陕西、山西、河南、湖南、湖北，甚至远在西南的四川都有有关禹王的传说。

但据专家考证，大禹治水定州的区域，在 4000 年前应在兖州区域内。据《尚书·禹贡》载：“济河为兖州。”此说是指兖州的位置在济水和黄河之间，是今河南省的东部、山东省的西部及河北省的南部一带。明代于慎的《兖州府志》的《沿革志序》说：“禹贡之界在济河”，大意是说，大禹治水定州的功绩，主要在济河和黄河之间的兖州区域一带。关于九州的划分，几千年来中国人一直在求证，而“兖州”的来历，据说是源自大禹治水划天下为九州，兖州是九州之一。今天地质考古和历史研究表明，4000 年前，在中国东部出现海侵，发生了泱泱洪水，这是大禹治水的地理背景。禹率领先民经过 13 年艰苦努力，治水成功。

山东兖州《大禹的传说》于 2000 年被认定为市级非物质文化遗产。

二、传说内容

尧在位的时候，黄河流域发生了很大的水灾，尧召开部落联盟会议，征求四方部落首领的意见，首领们都推荐鲧。

鲧花了九年时间治水，没有把洪水制服。

舜当部落联盟首领后，发现鲧办事不力，就把鲧杀了，让鲧的儿子禹去治水。

大禹继承父志，立下宏愿，决心根治水患，造福黎民百姓。为了治水，大禹“身执耒锸，以民为先”，亲自指挥和带领百姓劳动，与民众同甘共苦。禹不断寻求治水之道，吸取了父亲治水失败的惨痛教训，为求治水良方，千里跋涉，寻至涂山，获得了《水经图》。他改变了单纯筑坝堵水的做法，采用疏导的策略，开渠排水，把洪水引到大海中去。

兖州大禹像

大禹治水的决心坚强如山，三次经过自己的家门，都没有进去。初过家门，妻子临盆，大禹治水受挫，抱愧不入荆门；二过家门，大禹为追回治水的同伴，越过家门，门外夫妇父子竟不能相认；三过家门，大禹远远看到家中的景象，为了不动摇治水的决心，又毅然越过了家门。经过 13 年的艰苦努力，终于制服了洪水。在兖州筑台召集天下九牧按照山川河流的界限，将天下划为九州，并汇集各部落所冶炼的青铜，铸成 9 只巨大的铜鼎，上面镌刻各州的山川形貌和物种特产，从此成为象征国家权力的礼之重器。

治理洪水以后，大禹又带领人民发展农业，在黄河两岸的平原上开出了许多桑土良田，使之成为人们安居乐业的地方。《诗经》歌颂大禹的功绩“奕奕梁山，维禹甸之”，说他平治了水灾，把梁山之野开辟为良田。

三、传说价值

大禹治水之所以成功，就是因其运用了正确的方法，垂范子孙后代，造福人类；更因其为天下谋利益的牺牲精神，成为后人敬仰的典范。大禹治水的传说，蕴藏着丰富的科学价值、精神价值和文学艺术价值，为中国民间文学宝库提供了极为重要的篇章，具有永恒的传承意义。

兖州民间文学《大禹的传说》流传于境内城乡各地。它以历史上真实的史迹和事件为依据，以口耳相传的方式对人类生活和生命现象进行讲述，成为人们寄托思想感情和憧憬理想的一项文化创造活动。

以大禹治水的方法所引申开去的疏导法，一直以来被中国人民广泛应用，不但是治理水灾，更作为一种思想教育方法，为人们所利用。

传说所传颂的大禹的忘我牺牲精神和无私奉献精神，是中华民族精神文化的重要组成部分，是中华民族自强不息、百折不挠精神的具体体现。

传说来源：该传说内容由济宁非物质文化遗产保护中心提供

单元十　颜子传说

名　　称：颜子传说

编　　号：I-42 省级非物质文化遗产

申报地区：曲阜市

一、传说溯源

颜子传说是山东省古老的民间传说，发生在山东曲阜。

颜子名回，字子渊，是春秋末鲁国（今山东曲阜）人。颜子是孔子的得意门人，以德行著称。他贫而好学，笃于存亡，虽箪食瓢饮，不改其乐。死时三十二岁，后人称其为“复圣”。

复圣庙

在孔门弟子中，颜回以突出的德行修养而著称。对于“仰之弥高”的孔门哲理，他坚守先生“不耻下问”的教诲，以其毕生精力“研之弥坚”，“欲罢不能”，深得孔子的赞赏。自汉代起，颜回被列为七十二贤之首，有时祭孔时独以颜回配享。此后历代统治者不断追加谥号：唐太宗尊之为“先师”，唐玄宗尊之为“兖公”，宋真宗加封其为“兖国公”，元文宗又尊其为“兖国复圣公”。明嘉靖九年改称其为“复圣”。山东曲阜还有“复圣庙”。

曲阜民间文学《颜子传说》2006年被认定为市级非物质文化遗产，2013年被认定为省级第三批非物质文化遗产。

二、传说内容

颜子“年十三，入孔子之门”。颜子刚入孔门时，在弟子中年龄最小，性格又内向，沉默寡言，才智较少外露，有人便觉得他有些愚。

有一次颜子随子路去洙水洗澡，见五色鸟在河中戏水，便问子路是什么鸟。子路回答说："这叫荧荧鸟。"过了些日子，颜子与子路又去泗水洗澡，又在河中碰见五色鸟，颜子再次问子路是什么鸟？子路又答曰："这是同同鸟。"颜子反问："为什么一种鸟有两个名字呢？"子路说："就像我们这里出产的鲁绢一样，用清水漂洗就是帛，用颜色染就是皂，一种鸟两个名字不是很自然吗？"颜回无言以对。实际上颜回的忠厚与内向，掩盖了他的聪颖善思，就连孔子一时也难以断定颜回的天资究竟属于哪个层次。经过一段时间的深入观察了解，孔子才指出颜回并不愚。有一次，孔子以对联"狗芽菜上狗压菜"来考众弟子，只有颜子以"鸡冠花下鸡观花"对出下联。孔子又以"荷花莲花藕"试颜子，颜子以"拳头巴掌手"作对，使孔子不得不称赞"颜回果然聪明"。《论语·为政》记载："子曰：'吾与回言终日，不违，如愚。退而省其私，亦足以发，回也不愚。'"

颜子家中贫寒，常常只能以粥充饥。有一次孔子见颜回饭后又是第一个到私塾，便问："颜回吃的什么饭？"颜回说："一张饼，一碗汤。"其实是一碗粥。他把粥上凝结的薄皮称作一张饼，粥很稀，他称作汤。颜回家贫，心地却十分善良，乐于帮助有急难的同学，他曾劝说父亲向别人借碎银给他的同学的母亲治病。家中富有的同学看不起他，暗地里说他偷别人的东西。孔子不信，但又没有理由堵住多事人的口舌，于是想办法试探颜子。第二天，颜回来到私塾。一进门，见地上有一锭金子，上面还写着："天赐颜回一锭金。"颜回本想不理，但见写有自己的名字，于是在金子上批了"外财不发穷命人"，弃之原地。直到随孔子周游列国，在陈绝粮时，还有人怀疑他偷吃粥。由于孔子善辨是非，才未使颜子长期被人误解。

颜回聪敏过人，虚心好学，他较早地体认到了孔子学说的博大精深。他对孔子的尊敬已超出一般弟子的尊师之情，他以尊崇千古圣哲之情尊崇孔子，其亲若父与子。《论语·子罕》曰："颜渊喟然叹曰：'仰之弥高，钻之弥坚。瞻之在前，忽焉在后。夫子循循然善诱人，博我以文，约我以礼，欲罢不能。既竭吾才，如有所立卓尔。虽欲从之，末由也已。'"其大意是："颜回曾感叹地说：老师的道，越抬头看，越觉得它高明，越用力钻研，越觉得它深奥。看着它似乎在前面，等我们向前面寻找时，它又忽然出现在后面。老师的道虽然这样高深和不易捉摸，可是老师善于有步骤地诱导我们，用各种文献知识来丰富我们，提高我们，又用一定的礼来约束我们，使我们想停止学习都不可能。我已经用尽我的才力，而夫子的道依然卓立在我的面前。虽然我想追随上去，却没有前进的路径了。”所以

颜子

在少正卯与孔子争夺弟子时，使“孔子之门三盈三虚”，唯有颜回未离孔门半步，因而后人评价说：“颜渊独知孔子圣也。”（《论衡讲瑞》）在周游列国的路上，由于出了个假孔子化粮米的事，使真孔子反而化不到米粮，是颜子念了段真、假经，才借来了粮米。

传说中的颜子，个性十分突出，他敢于当面指出孔子的错误，但方式很委婉。例如，他认为孔子既然批评宰予昼寝是“朽木不可雕”的表现，自己却在讲坛上打盹，那是很不应该的，于是他当着大家的面，站起来大声喊道：“老师，你怎么睡啦！”孔子猛地被惊醒，见弟子们都眼睁睁地看着他，很不好意思，一时寻思不出词儿来，随口说道：“我没有睡，是周公托梦把我叫去，说有事等着我商谈呢。”颜回知道老师是编着词儿骗弟子，等到下午上课的时候，他听课时，听着听着，也学孔子的样子假装打起盹来。孔子大声喊道，“颜回，你怎么睡了！”颜回猛地睁开眼说道：“我没有睡，是周公托梦把我叫去，悄悄地告诉我，说你头午撒了个谎呢。”孔子当着弟子的面，承认了自己的过错，高高兴兴地说：“我很幸运能有个颜回这样对待过错知无不言的学生。”

三、传说价值

颜回通过自己讲学授徒，传授儒学六经；通过协助孔子整理古代典籍，逐渐扩大了自己的影响，形成了儒家的一个宗派——颜氏之儒。《韩非子·显学》指出：自孔子死后，儒分八派，“颜氏之儒”是其中的一派。后世儒学专家大多认为韩非子所说的颜氏之儒，是指颜回弟子在继承颜子思想的基础上发展起来的儒学支派。

颜回重于立德。颜回之德是颜回留给后世最丰厚，也是最不朽的文化遗产。后世称他为“复圣”，便是对其重于立德的肯定。颜回之德的核心是“仁”，他把孔子的“仁”落实于个人的行动中，而不是停留在口头上。

颜回的言行体现了他善于领略天地造化的力量，尊重客观规律，顺应自然，但又重视人的能动性，守道而不移其志。颜回有入仕为相的愿望，希望通过人的努力，达到“无伐善，无施劳”。在条件不成熟时，能主动退让，待时而行。“用之则行，舍之则藏”，居陋巷箪食瓢饮不改其乐，把自我化于自然之中。“同于大道”（《庄子·大宗师》），使自我行动符合客观规律。

孔子晚年，鲁哀公、季康子曾问他弟子中谁最好学，孔子对曰：“有颜回者好学，不迁怒，不贰过。不幸短命死矣，今也则亡，未闻好学者也。”（《论语·雍也》）。孔子最喜欢颜回，不仅因为他好学不倦，始终努力实践孔子的理想，还因为他有“不迁怒，不贰过”的修养。“不迁怒”意为不把自己的怒气发到别人头上；“不贰过”是指不重复犯错误。人难免要犯错误，但决不能重复犯错误。

颜回以其高尚的道德人格影响社会，启迪后世。由于后人对颜子的崇敬，还有些传说把颜子极力神话，如《古小说钩沈》中的“颜回斩蛇精”“颜回知子贡必返”等。更有传说把颜子说成是掌管文人生死的神，如《子不语》中的《颜渊判狱》。

传说来源：该传说内容由济宁非物质文化遗产保护中心提供

单元十一　鸡黍之约

名　　称：鸡黍之约
编　　号：Ⅰ-57 省级非物质文化遗产
申报地区：金乡县

一、传说溯源

《过故人庄》是唐代诗人孟浩然创作的一首五言律诗，写的是诗人应邀到一位农村老朋友家做客的经过。在淳朴自然的田园风光之中，举杯饮酒，闲谈家常，充满了乐趣，抒发了诗人和朋友之间真挚的友情。这首诗初看似乎平淡如水，细细品味就像是一幅画着田园风光的中国画，将景、事、情完美地结合在一起，具有强烈的艺术感染力。

诗歌全篇都明白如话，只有一个地方稍微有一点晦涩，那就是第一句：故人具鸡黍中的"鸡黍"。它是一个典故，鸡黍一词在这里出现，专指丰盛的饭菜。《论语·微子》载："丈人止子路宿，杀鸡为黍而食之。""鸡黍之交"出自《后汉书·独行列传》，说的是金乡人范式和汝南人张劭结交为友的故事。

八拜之交是旧时汉族社会交际习俗。原表示世代有交情的两家弟子谒见对方长辈时的礼节，旧时也称异姓结拜的兄弟姐妹。后来八拜之交指：管鲍之交（管仲和鲍叔牙）、知音之交（俞伯牙和钟子期）、刎颈之交（廉颇和蔺相如）、舍命之交（羊角哀和左伯桃）、胶漆之交（陈重和雷义）、鸡黍之交（张劭和范式）、忘年之交（孔融和祢衡）、生死之交（刘备、张飞和关羽）。

八拜之交

二、传说内容

在东汉明帝年间，汝南秀才张劭，在赶赴东都洛阳应举途中，与山东金乡范庄（今鸡黍）人范式同宿一店。范式害时疫，张劭怜其同为赴选之人，便尽力地照顾范式，范式甚为感动。病好后，范张遂结拜为生死兄弟，之后二人同游太学。毕业时，正值重阳佳节，二人便达成了一个君子协定，即重阳节“鸡黍之约”。二人约定隔年互拜尊亲。兄弟间你来我往，杀鸡煮黍厚待对方。彼此的交往多少年都雷打不动，一直坚守着。范式辞官回归故里，因忙于事务，一时疏忽了重阳“鸡黍之约”。当他想起来时，已不可能在重阳节这一天赶到汝南张家。金乡、汝南千里相隔，古时又没有先进的车船。范式对妻子说：“今天又到了重阳佳节，该我去汝南赴‘鸡黍之约’，常闻古人云：‘人不能日行千里，可魂能日行千里’。今天，我人去不了汝南，也要让我的魂灵去汝南赴约。”言讫，范式引颈向刀，自刎而死，驱使魂灵赶赴“鸡黍之约”。汝南人张劭得信后，念及范兄为守信而死，顿觉肝胆欲裂，痛不欲生。在赶往山东金乡范庄凭吊兄长范式后亦撞棺而亡。不求同年同月同日生，但求同年同月同日葬。按其生前嘱托，人们把范张二人同葬于一金井（墓穴）中。为纪念二位贤士，范式家乡范庄村的老百姓把范庄更名为鸡黍村；张劭故里汝南张庄的百姓将张庄改名金乡铺，并筑“鸡黍台”供人凭吊。当时的山阳郡太守将二贤士情况上报后，汉明帝感其诚信，下拨银两，在两地修建了“二贤祠”。

鸡黍之约

三、传说价值

诚实守信作为一种道德追求，在我国古已有之。“仁、义、礼、智、信”是祖先提倡并遵循的行为准则。所谓“信”，即诚信。儒家把诚信作为人的基本道德。《中庸》认为“诚”是“天之道”，“诚”是“人之道”，这等于是把“诚”作为至高无上的价值源头来看待。要取信于人，根本在于“反身而诚”。《大学》也以“正心诚意”作为“修身”的前提。

孔子说“人而无信，不知其可也”“民无信不立”。孔子主张与人交往要“言而有信”，治理国家要“敬事而信”。君子应当言行一致，诚实笃信。“言忠信，行笃敬”才能行于天下。孔子说：“信则人任焉。”只有当你被证明是一个值得信赖的人时，别人才会觉得你可靠，才会把大事托付给你。古代山东人范式是诚信的实践者、捍卫者，他和张劭二人“鸡黍之约”的传说，带出诚信重于性命的道理。

“信”的道德要求，内涵很丰富，包括说话算数，言行如一；尊重事实，反映真相；信守承诺，忠于职守；勇于承担责任，认真履行义务，等等。与“信”相反的便是表里不一，背信弃义，虚伪欺诈，不守信用，不负责任。如果一个社会缺失了诚信，人与人之间尔虞我诈，这个社会将是个丑恶而可怕的社会。范式的诚信精神对重塑中国人的人生观、价值观，是最重要、最稀缺的传统诚信文化资源。特别是在当今拜金主义、享乐主义、贪渎腐化、假货泛滥、诚信大面积缺失的社会大背景下，更需要“鸡黍之约”，更需要范式的诚信精神。

中华民族有着悠久的诚实守信的优良道德传统。诚信是中华民族的传统美德，是中华传统文化的精华。品读鸡黍之约的传说，领会传统诚信文化的内涵，感受诚信文化的魅力，接受诚信文化的教育，让诚信精神重放光彩。

传说来源：该传说内容由济宁非物质文化遗产保护中心提供

单元十二　仲子传说

名　　称：仲子传说

级　　别：市级非物质文化遗产

申报地区：微山县、泗水县

一、传说溯源

仲子，姓仲，名由，字子路，又字季路，鲁国卞（今山东泗水县泉林镇卞桥）人。生于公元前542年，卒于公元前480年。少孔子九岁，是孔子弟子中年龄较大的一个。仲子是孔门的文武双才，轻生死重大义，待人诚实守信。仲子出身寒微，其性耿直好勇，为人爽直、粗莽。从师以后先后在鲁、卫两国当官，后随孔子游学于列国。鲁哀公十五年（公元前480年），卫国发生内乱，子路不顾安危挺身入险，死于内乱中，时年62岁。

仲子一生跟随孔子布道、立教40余年，是孔子的得意门生，位列孔门十哲，世称先贤。在《论语》中，曾经40次提到子路或他的言行。仲子也是儒家思想的得力实践者和忠诚捍卫者，后人尊他为“至贤”，清代皇帝封他为“卫圣”。仲氏尊其为始祖。

有关仲子的传说有很多，主要有两类内容：一类是记录仲子生平，正面刻画仲子形象，这些传说大体记录了仲子的生平，其中将仲子不同年龄段的性格特征刻画得十分形象：少年的仲子争强好胜，机智可爱；成年的仲子耿直率真，抱负远大；老年的仲子忠君爱国，大义凛然。如《仲子难师》讲述的是仲子用字谜刁难孔子并以此为契机拜孔子为师的事，表现出仲子性格中耿直、率真的一面；《仲子负米》表现仲子孝敬父母；《子路井》中，仲子机智巧妙地教训了乡里的不良之徒，并使之改邪归正，二人成为好友；《子路屠龙》中仲子以自己的一身武艺铲除了祸害百姓的恶龙，成为百姓心中的英雄；《仲子治蒲》表现了仲子的政治才能；《不签不义盟约》表现的是仲子的忠诚信义；《子路丧生》记录了仲子生命中的最后一刻，仲子忠君爱国、慷慨赴死的气节令人感叹。

第二类是讲述仲子跟随孔子学习时的故事，侧面烘托仲子形象。孔子善于因材施教，对仲子，孔子多采用分析说理的方式进行施教。此类故事有《仲子借粮》《师生比武》《仲子服输》《砸饭缸》《赎人与救人》《见阳虎》《弹指之辱》等。

仲子从一个出身寒微、勇武过人、率直尚强的少年逐步成为诚实信诺、为子至孝、善政为民、忠义仁勇的一代贤哲，主要原因是其注意修身，勇于改过。一部《论语》中只有仲子敢于提出质疑，批评孔子，也只有仲子挨孔子的批评最多，但二者的感情最深。正是孔子的批评，点拨了仲子，提高了仲子。孟子曰“子路，人告之以有过，则喜。禹闻善言，则拜。大舜有大焉：善与人同，舍己从人，乐取于人以为善”“闻过则喜”，一个“喜”字活现了仲子乐于闻过、勇于改过的生动形象，升华了仲子高尚的思想境界，展示了仲子美好的道德风貌。所以，孟子把他和禹、舜相提并论。朱熹等人称仲子的“闻过则喜”是“勇于自修、令名无穷，可谓百世之师矣！”

二、传说内容

仲子的传说经过历代仲家子孙的传承与发展，流传至今。具体的传说有以下几则。

（一）仲子难师

孔子师生一行数人到卞国都城（今泗水之卞桥）东边游玩，走到仲村时口渴难耐，便向正在提水的仲子讨水喝。仲子说想喝水也容易，不过得先认这个字，不然喊三声师傅再说。说完便把扁担往井口上一放，直挺挺地站在井边。孔子师徒围着水井转悠来转悠去，揣摩了半天也没解答出是个什么字。仲子见他们实在猜不出，便哈哈大笑说：“井口一竖念‘中’，旁边加一个人念‘仲’，连仲某人都不认识，快喊师傅吧。”孔子满腹经纶却被一个小伙子难住了，实在难为情。前思后想，左右为难，只得叹了口气说“神童仲子乃吾师也”。这一说不要紧，仲子扑通一声跪下：“仲由有罪，原只想与先生开个玩笑，没想到先生当真了，请受小徒一拜。”孔子又惊又喜，忙扶起了仲子看看路旁的井，又看看井边的路，说：“仲子路边难师，实为奇事，你就取字‘子路’吧。”从此，孔子为仲子起名仲子路，这就是有名的“子路难师”的传说。

仲子拜师之后，勤学多问，加上孔子因材施教，有问必答，有难必解，学识大有长进，文武兼备。仲子除了跟随孔子学习六艺外，还为孔子赶过车，做过侍卫，跟随孔子周游列国多年，成为孔子最得意的门生之一。孔子曾经称赞子路说："自吾得由，恶言不闻于耳。"意思是说：自从我有仲由护卫，就听不到骂我的话了。孔子还曾经说过："道不行，乘桴浮于海。从我者，其由与？"意思是说：我的主张如果行不通，就乘木筏子到海外去。那时跟随我的怕只有仲由了。

仲子直到 61 岁时才离开孔子任卫国大夫。在一次制止宫廷叛乱的斗争中，仲子的帽子被打落，他扶正帽子，系上缨带，说："君子死，而冠不免。"说罢，被叛军砍倒，剁为肉泥。孔子闻讯大哭一场，此后再不食肉酱。

（二）仲子负米

汉刘向的《说苑·建本》记载了仲子负米的故事："子路曰：负重道远者不择地而休，家贫亲老者不择禄而仕。昔者由事二亲之时，常食藜藿之实，而为亲负米百里之外。亲没之后，南游于楚，从车百乘，积粟万钟。累茵而坐，列鼎而食，愿食藜藿为亲负米之时，不可复得也。"传说仲子的父亲是卞邑的大夫，鲁国有名的大将。在仲子很小的时候，他就在保卫卞邑的战斗中英勇献身。仲子和母亲相依为命，过着十分清苦的生活。仲子十多岁时已长成膀大身宽、体力过人的汉子。他用树枝做弓，削竹片为箭，用铁皮当刀。进入了山林，就像野人一样，身披兽皮，头插野鸡翎，追杀猎物。然后，步行百十里路，到鲁都曲阜卖掉猎物，换回米面挑回家奉养老母。后人为了纪念仲子负米孝母的事，就在仲子经常经过的济河边修了一座圆头石碑，上镌"仲子负米歇肩处"。

仲子在母亲过世后，南下到了楚国，楚王给他很优厚的待遇。他一出门就有上百辆的马车跟随，每年的俸禄非常多，所吃的饭菜很丰盛，每天山珍海味不断，过着富足的生活。但他并没有因为物质条件好而感到欢喜，反而时常感叹。他是多么希望父母能在世和他一起过好生活。可是父母已经不在了，即使他想再负米百里之外奉养双亲，都永远不可能了。

仲子负米

（三）赎人与救人

鲁国原本是个十分强大的诸侯国，由于后来的国君终日沉湎酒色，不问政事，大权旁落。几位执政大臣分庭抗礼，争权夺利，使得国势日衰。周围的齐、吴、晋等国趁机骚扰，大者强占土地，小者掳去人口、牲畜，被掳走的鲁国百姓便沦为他国的奴隶。据说春秋末年，沦为奴隶的鲁国人很多，边境上的老百姓终日提心吊胆，怨声载道。鲁国国君也觉得这样下去有损大国名声，于是颁布了一条法令：凡有人能够赎回在其他国家做奴隶的鲁国人，就可以从国库里领到一笔赏金。

有一次，孔子的弟子子贡从卫国赎回了十名鲁国人。当国君要给他赏金时，子贡谢绝了。鲁国上下交口称赞子贡的仁义之举。子贡高高兴兴地来见孔子，孔子非但没表扬子贡，反而阴着脸说："子贡你做错啦！从今以后鲁国人再也不会被赎回来了。你想一想，你拿了赏金，不会损伤你的品行；你不拿这笔赏金，以后谁还肯赎人回来呢？"

果然，此后很少有人再把奴隶赎回来了，因为自己垫钱把奴隶赎回来，再去领赏金，就会被人认为行为不仗义，品德不高尚。孔子对子贡的批评是正确的，因为看似高尚的现象却隐藏着深远的负面影响，好的名声后面隐藏着不可小觑的危害。

此事不久，子路从泗河里救上来一名落水的小孩。小孩的父亲牵来一头牛，送给子路作为酬谢，子路愉快地接受了。孔子听到这个消息后，十分高兴地对身边的弟子说："鲁国今后一定会有更多的人来搭救落水者啦。告诉子路，杀了牛分给我一碗牛肉！"

（四）不签不义盟约

仲子待人诚实，特别讲信用，所以格外受人信赖。有一年，郳国（今山东邹城境内）的射将军受鲁国人的引诱，率军投奔鲁国。执政大臣派冉求和射将军谈判，最后要签订盟约了，射将军指名让子路代表鲁国签约，而对其他人一概不相信。冉求便找到子路说："小郳国的射将军竟然不信任有千乘战车的大国，而只信你子路一人，真是怪哉！"子路知道经过后，坚决不去见射将军，更不跟着冉求去签订什么盟约。他说："射将军虽最信赖我一个人，但我也不能跟他签订这个盟约，因为我不能鼓励那些背叛国家的不义之事！"

（五）仲子治蒲

仲子 56 岁被任命为蒲邑宰，即县令。怎样当好蒲邑宰，仲子心里没底，就去求教老师孔子。仲子一见孔子就说："现在要我去当蒲邑宰，我不知道该怎么干，所以来请教先生。"孔子说："你觉得蒲邑这个地方怎么样啊？"仲子答："听说这里壮士很多，又很难治理。"孔子说："你说得不错，我教你 12 个字，只要你照着做，就能治理好。"仲子答："我愿听老师教导！"孔子说："要谨记'恭而敬，宽而正，爱而恕，温而断'。'恭而敬'，再勇猛的人也服你，因为你尊敬他；‘宽而正’，对那些有势力的人，你一定要宽容、正派、正直，他们就服你；‘爱而恕’，要用爱心和宽恕对待每一个人，特别是有困难的人，大家就会听你的；‘温而断’，处理事情要温和、果断、不徇私，大伙儿都会尊敬你。只要如此，就不难了。”

仲子治蒲三年，认真实践孔子的教诲，实行德治仁政，兴修水利，执政为民。

有一回，孔子路过，走到其境内时，孔子便称赞说：“子路做得真不错，做到了恭谨敬慎而又有信用了。”走到城中时，孔子又称赞说：“子路做得真好，做到了忠信而宽厚了。”到了子路办公衙府内，孔子不由得又称赞说：“子路做得真好啊，做到了明察而又有决断了。”

同行的子贡听了很奇怪，问孔子：“先生您还没有看到子路的政策与成效，然而却三次称赞他做得好，我怎么没有看出到底好在哪里呢？”

孔子说：“我已经见到他的政绩了。走到蒲地境内，看到田地都经过修整了，地里的杂草都锄掉了，还深挖了里面的沟渠，这表明他谦虚敬诚，所以百姓才为之尽力；走到城里时，看到房屋整齐坚固，树木茂盛，井然有序，这表明他忠诚宽厚，所以百姓不怠惰不偷懒；走进他的官署衙门，里边清静闲暇，手下人听从命令，各司其职，表明他明察以断，所以政局很稳。由此看来，我虽然三称其善，也不为过啊！”

这时候仲子匆匆迎来，把孔子请上大堂落座。孔子见有许多兵器放在大堂一侧，便对仲子说：“你还是改不了武士气呀，弄这么多枪棒舞得过来吗？”仲子答道：“这些兵器存放在这里，是为预防敌人来犯时，发动百姓拿去自卫的。敌人见我们全民皆兵，自然不敢轻举妄动！”孔子听了，连连点头，说：“我说三称其善还不够嘛！政绩再好，如果没有武备，一旦敌人来了，百姓无力抵抗，照样遭殃。那么，所有的政绩，都会前功尽弃。如此看来，子路不单单是一介勇夫，确确实实是一位好官啊！”

三、传说价值

在孔子的弟子中，仲子的德行和才能表现是多方面的，并且是突出的，特别是他率直坦诚的个性，求真务实、敢于直陈的正直人品，最令人可敬可亲。

仲子传说的现实意义主要体现在以下方面：

（1）《论语》中说："子路有闻，未之能行，唯恐有闻。"说的是子路对别人所托之事还没有办完之时，唯恐再有所托，影响一件事情的完成。《论语》中还说："子路无宿诺。"即是说，仲子没有不兑现的诺言，一诺千金，从不自食其言。可见他诚信人格的高尚。

仲子的诚信还表现在对孔子的尊敬和对儒学的笃信上。从 19 岁委质圣门，直至"结缨遇难"，四十年如一日，跟随其师捍卫圣道，无论遇到多大困难不动摇，像孔子一样，"笃信好学，死守善道"。一个人如果没有坚定的信念就毫不足取了，正是这种诚信的美德、坚定的信念，才使仲子成为一代贤哲。

（2）仲子孝行是闻名于世的。其一，他主张对待父母重在敬养。其二，他主张要及时行孝。《仲里志》记载他有一句名言："祭之丰不如养之薄。"仲子的孝行不同于《教经》中某些人的愚蠢行为，更不同于封建宗法制度下极端不合乎人情的做法，他的孝行合乎情理，发人深省。历史发展到今天，我们更应该把孝这一传统美德发扬光大，对父母应在经济上能供养、在生活上给予照料、在精神上给予慰藉、在权益上给予尊重。

（3）孔子的思想概括起来一个为"礼"，一个为"仁"，反映在政治上就是"德治仁政"。仲子在孔子弟子中位列十哲之一，擅长政事。仲子治蒲三年，实行的是德治仁政，表现了仲子"善政为民"的美德。在三年治蒲中，做到了"恭敬以信""忠信以宽""明察以断"，得到孔子"三善"的称誉，这正是德治仁政思想的具体实践。

仲子传说是当地民众的集体创作，体现出当地民众对仲子的崇敬之情，也是儒家思想在民间传承的重要途径。

传说来源：该传说由济宁非物质文化遗产保护中心提供

单元十三　匡衡的传说

名　　称： 匡衡的传说

级　　别： 市级非物质文化遗产

申报地区： 邹城市

一、传说溯源

匡衡，字稚圭，生卒年不详，西汉建昭年间丞相，誉满天下的邹鲁大儒。他祖籍驺县羊下村，即今邹城市杨下村。

匡衡

匡家世代务农，但匡衡却十分好学，他曾拜当时的博士学习《诗经》。由于勤奋学习，他对《诗经》的理解十分独特透彻，当时民间流传着“既说《诗》，匡鼎来。匡说《诗》，解人颐”的说法，是说听匡衡解说《诗经》，能使人眉头舒展，心情舒畅，可见匡衡对《诗经》理解之深。后世人对匡衡也有很高的评价：勤奋无比、通古博今，经学绝伦，直言进谏，刚直不阿。匡衡被《汉书》列为一代名相而世代相传。

匡衡传说是流传于邹城境内的一个古老的历史故事，现已被列入济宁市第二批非物质文化遗产名录。

二、传说内容

晋葛洪的《西京杂记》第二卷记载有“凿壁偷光”的典故：“匡衡字稚圭，勤学而无烛，邻舍有烛而不逮。衡乃穿壁引其光，以书映光而读之。”

传说匡衡少时就很有志向，勤奋好学。但家境贫寒，无钱买书。

凿壁偷光

匡衡出生的杨下村中有个富人，家中藏书万卷却目不识丁。匡衡就到这个富人家里去，请求为他免费打工。富人很奇怪，就问他不要报酬要什么，匡衡回答说，愿遍览您的藏书。富人为他求学若渴的精神所打动，就答应了他的请求。可是，为了维持生计，他从清晨起就要种田和打工，到傍晚时才能休息，且因家境贫寒，无钱买烛夜读，所以仅能在太阳落山之前就着余晖看会儿书，结果往往是一卷书要读半个多月，学习进展得很慢。有一天夜里，匡衡偶然发现自己家土墙的裂隙中透过来一丝光亮，原来是邻家的灯光。邻居太太每晚纺线织布直到深夜，家中灯火长明。匡衡立刻找到书卷，坐在裂隙旁边读书。在这样的条件下，匡衡博览群书，成了当世著名的学者。

三、传说价值

这个传说虽然短小，但它的教育意义却极为深厚，弘扬了中华传统美德，为莘莘学子树立了刻苦学习、奋发向上的好榜样。

千百年来，“凿壁偷光”与“囊萤映雪”“悬梁刺股”等故事都早已传为历史美谈，激励着莘莘学子自强不息，勤学不辍。

传说来源：该传说内容由济宁非物质文化遗产保护中心提供

单元十四 漆女的传说

名　　称：漆女的传说

级　　别：市级非物质文化遗产

申报地区：邹城市

一、传说溯源

“漆”为地方名，春秋时邾国的漆邑，战国时期鲁国的属邑。北魏郦道元在《水经注·泗水》中记其地为漆乡，并详方位。北魏时犹存，一直延续到隋唐才逐渐荒废。现旧址在今邹城市城西北宿镇和睦村西南。西汉刘向在《列女传》中为漆地之女立传，褒扬漆室女忧国不嫁，故又称该地为漆女城，俗称七女城。该遗址属于典型早期龙山文化，1985 年被公布为济宁市重点文物保护单位。

漆女的姓名已经无考，但“漆女忧鲁”的精神却难能可贵。东晋著名画家顾恺之也为漆女作画，并赋诗：“漆室之女，计虑深妙。惟鲁且乱，倚柱而啸。君老嗣幼，愚悖奸生。鲁国忧乱，齐犯其境。”

二、传说内容

根据刘向的《列女传》卷三《仁智传·鲁漆室女》记载：“鲁漆室邑之女，过时未适人。当穆公之时，君老，太子幼，女倚柱而啼。傍人闻之，心莫不惨惨者。邻妇从之游，谓曰：‘何哭之悲？子欲嫁乎？吾为子求偶。’漆室女曰：‘嗟乎，始吾以子为知，今反无识也。岂为嫁之故不乐而悲哉，吾忧鲁君老而太子少也。’”

漆女城遗址

按当时的社会习俗，漆女已超过婚嫁年龄，却还未嫁人。有一天，她倚靠在家中廊柱上号啕大哭，街坊邻舍都被她的哭声弄得莫名其妙。有一位热心的妇女问她：“你为什么会哭得这么伤心呢？是为婚事发愁吗？”漆女愤然对答：“我以前总认为你很懂道理，没想到你竟然如此没有见识。我忧的是鲁国国君已经年迈，太子幼小，恐怕国中有乱，祸在旦夕。”邻家妇女听后嘲笑道：“国家安危乃是鲁国臣子的事，妇人家考虑这么多有这个必要吗？”漆女说：“从前兵马一来，到处乱跑，践踏了我国的庄稼，使我们不得温饱。鲁国有患，君臣父子都受其害，祸患必然殃及老百姓，难道独有妇女能避其祸殃吗？”邻居家的妇女听后，深受感动，说：“你说得很有道理，可这些却不是你我妇道人家能够改变的呀！”漆女说道：“正因为如此，我才放声大哭呀！”

三年后，鲁国内部果然大乱，邻近的齐国、楚国趁机攻打鲁国，鲁国连连遭受侵扰，国内男子被抓去应付战争，女子运输粮草物资，人民得不到休养生息。无奈鲁国大势已去，鲁顷公二十四年（公元前249年），齐国攻进了鲁国的国都（即今天的曲阜），鲁国从此灭亡。

三、传说价值

在战国时代混乱的社会环境中，漆女以其敏锐的眼光和卓越的智慧预见到了鲁国将来的危难，这非凡的见识，远远胜过了当时的官僚大臣，这充分体现了中国古代女性的智慧和远见。

漆女虽为女子，能够关心国事，表现出对国家命运的无比关怀和深切忧虑，的确难能可贵，更体现了中国古代劳动人民朴素的爱国主义情怀，为后人所颂扬。

传说来源：该传说内容由济宁非物质文化遗产保护中心提供

单元十五　秋胡戏妻的传说

名　　称：秋胡戏妻的传说

级　　别：市级非物质文化遗产

申报地区：嘉祥县

一、传说溯源

《秋胡戏妻》是中国元代杂剧作品，石君宝著。这是一则早在民间流传的故事，事见刘向的《列女传》，唐代的《秋胡变文》。嘉祥县境内的东汉时期的武氏祠内，有秋胡及其妻画像石，其第七石第二层，画有一女，立桑阴下，旁置一筐，左一男人，冠服荷囊而向，与女作相语状。榜题曰：秋胡妻，鲁秋胡。这说明秋胡戏妻的故事在西汉已经广泛流传，但西汉前的相关文献已无从得知。全剧充满喜剧色彩，但又写出了妇女的不幸遭遇，讴歌了她们的反抗精神，至今仍常在舞台演出。

秋胡戏妻

二、传说内容

秋胡是春秋时期鲁国南武城人，即今嘉祥人。他出身于一个没落的贵族家庭，一心想恢复自己的贵族地位，娶妻五天便决定外出游学求仕。

秋胡妻邵氏，虽出身平民，但深明大义。她认为丈夫有雄心大志，毅然丢下儿女私情，挑起家中的生活重担，支持丈夫外出游学求仕。

秋胡辞了妻子和家人，上京求取功名。五年后，在陈国做了大官的秋胡已是功成名就了，秋胡决定回归故里。在回乡的路上，秋胡春风得意，快走到家门口的时候，却鬼使神差地生出了一点儿不大不小的岔子。

在家乡田野里，秋胡远远地望见了一位楚楚动人的女子，正在陌间采桑。此女子正是邵氏，而秋胡与邵氏已互不认识。秋胡被邵氏的美色所吸引，顿生邪念。他下车走到采桑女面前，没话找话地对她说："我走的路太远了，想在桑树下歇歇脚，吃点东西，可以吗？"采桑女对此不予理睬，继续不停地采桑。秋胡又向前走了一步，笑嘻嘻地说："尽力耕田不如赶上丰年，努力采桑不如遇上国卿。我这里有块金子，愿送给你，你收下好吗？"采桑女看到此人不怀好意，就坚定地拒绝说：“我采桑力作，以供应衣食，奉养老人，不愿要你的金子。我所希望的是你没有不正当的意图，我也没有邪淫之心。赶快收起你的东西走开。”

秋胡回到家里，见到阔别多年的妻子正是那位采桑女，顿感惭愧。邵氏见调戏自己的人正是丈夫，非常生气，义正词严地对他说：“我们刚成亲，你就外出做官，过了五年才回家，本应盼着一步走进家门，而你却在路上停下来调戏妇女，还用奉养母亲的金子收买人家，这是忘记母亲。忘记老母就是不孝，调戏妇女就是好色。事亲不孝必然事君不忠，处家不义必然居官不清。孝义并失，道德何存？我不忍心看你再娶别人，我也不能改嫁他人。”邵氏说罢，跑出家门，向东投河而死。秋胡见到妻子如此节烈，对她的死后悔不已，悲痛万分，流的眼泪冲出了一条大沟，就是今天的韩建沟。

人们为了纪念邵氏的节烈，便在她投河处附近的平山上建了邵姑姑庙，又称秋胡庙。

从那以后，许多地方建起了一座座“秋胡庙”，名字叫“秋胡庙”，却不是纪念秋胡的，而是纪念秋胡的妻子的。传说起源于山东嘉祥县，但是后来流传却极广。据考，全国有不少地方都有“秋胡庙”。

三、传说价值

首次记载秋胡戏妻故事的是西汉刘向编纂的《列女传》。秋胡妻言辞中均是儒家伦理道德，秋胡妻俨然成为“儒家卫道士”。作者刘向以儒家礼教赞扬秋胡妻的行为，固然达到了一定的规劝男子的作用，但也变相地肯定了女子守节而死的合理性。由此反映出汉代女子地位之轻，在男子眼中仅为符号或表征，没有自我，没有自主权，而以刘向为代表的经学家也肯定了女子的附庸地位。

石君宝在《列女传》中“鲁秋洁妇”故事的基础上，对整个故事做了进一步加工改造，将其改成杂剧，成功地塑造了勤劳、善良，具有坚贞的操守和顽强的反抗精神的劳动妇女的艺术形象，把一个自尊自重，富贵不能淫、威武不能屈的劳动妇女形象鲜明生动地刻画了出来，这便是传统的贞节观的艺术化体现。

秋胡戏妻的传说在中国历史上广为传播，并不断发展演变，由此绵延的演进历程可见中国古代女子地位有短暂上升期，但在封建礼教的束缚下，长期处于低下地位。中国古代文人对女性的态度有过尊重、赞美及怜悯，但就总体而言，还是肯定并赞同女性的附庸地位，或将女性形象脸谱化，起到代己之口发言的作用。

杂剧《秋胡戏妻》语言本色，成就较高，至今仍在舞台演出。秋胡戏妻的戏曲名叫作《桑园会》《马蹄金》。秋胡戏妻的传说作为一种文化范本，在漫长的历史演进过程中，体现了文化传承的本土化过程以及文化范本的功能与意义。

传说来源：该传说根据济宁非物质文化遗产保护中心提供的材料改编

单元十六　岳镇九的传说

名　　称：岳镇九的传说

级　　别：市级非物质文化遗产

申报地区：嘉祥县

一、传说溯源

岳峰秀（1627—1720），字镇九，号克亭，清代汶上县坡南岳家楼（今嘉祥县孟姑集乡岳楼村）人，是民族英雄岳飞的23世孙。顺治八年（1651年），科举人；顺治十八年（1661年），科进士第七名。岳峰秀秉质聪明，自幼拜韩康所为师，勤奋好学，品学兼优。他北上赴京赶考，西进河南任职，入京担任谏臣，还乡兴办义学，足迹所至，皆有惠政可闻。

科考中第后初任河南省开封府封丘县知县。在任期间，他守职尽责，体察民情。他视察全县各地，发现土地碱化，荒芜不收，百姓生活很苦，就组织百姓兴修水利，拉淤压碱，开垦荒地，推广种植高粱、稷黍等耐碱作物，提倡合理密植，改变了全县面貌，在较短的时间内把贫穷的封丘县治理得地肥年丰，深受百姓爱戴。后因政绩卓著被康熙帝召入京城做官，恩授礼部给事中，钦点壬戌会试同考官，殿试收卷官，复充武会试同考官。后又升刑部掌印给事中，特简稽察两局，并代管72座造钱炉。特别是升任刑部掌印并兼管钱财之后，更是执政严明，按大清条律办事，深得皇帝的赏识和百姓拥护。为表彰岳峰秀清正廉洁，在他告老还乡后，康熙皇帝钦赐伴朝銮驾一副、手书“清河岸”大字，至今这些珍贵文物依然存放在岳氏家祠。岳峰秀在任期间和卸任之后，为百姓做了很多好事，深得同僚和乡亲们的赞扬和敬仰。

岳镇九故去后，其品德和事迹在故乡流传，成为岳氏族人行事的楷模和准绳。

二、传说内容

《岳镇九的传说》是一个系列故事，包括《巧答先生》《收茅根》《妙审马莲墩》《破石槽和太湖石》《钦赐銮驾》等。

（一）收茅根

清顺治十八年大考，岳镇九中第七名进士，初任河南开封府封丘县令。

嘉祥县孟姑集乡岳楼村内的岳氏宗祠

他上任以后，带着三班六房的衙役，来到乡下视察，把封丘县遛了个遍。他看着大片土地荒芜，长满了茅草，极不忍心。可是叫百姓去开荒吧，谁也不肯。都说："如今少吃缺喝，现有的土地还没力气耕种哩，咋着再去开荒？"

岳镇九看着一个个饿得面黄肌瘦的百姓，怎么能硬叫他们去开荒呢？然而，老让这些土地荒着，百姓们何日才能富起来呢？想来想去，岳镇九终于想出来个主意。为了把封丘的百姓从贫穷饥饿中解救出来，使他们过上丰衣足食的日子，他先从自己的老家拿出一大笔银钱，又下了一道告示：用现钱收茅根。

消息一传出，四方百姓都动员起来了。为了用茅根换几个现钱糊口，男女老少，拖儿带女，都到荒地里去刨茅根。岳镇九吩咐衙役，在县衙附近腾出了个大场子，作为收茅根的地方。只见老百姓担的担，挑的挑，背的背，推的推，都向收茅根的地方涌来。值班衙役老不哄，少不瞒，过了秤就给钱。老百姓人人高兴，个个欢喜。就这样，挖茅根、送茅根的人越来越多，收茅根的人也越来越忙。

当时，县衙中的许多人并不都知道岳镇九的用意，老百姓也觉得这个县官很古怪，他们估摸着茅根可能有大用途，县大老爷收茅根，一定是为了做买卖，发大财。

不过几天，岳镇九又带人到坡里去转了一圈，看着茅根挖得差不多了，荒地也开出来了，就又下了一道告示：凡刨出茅根的荒地，是谁家的，由谁家种上庄稼或蔬菜。他又把从家乡弄去的大批北瓜子分发给百姓，一律种到新开出的地里。这一来，大家才明白了岳镇九收茅根的真正用意。

（二）破石槽和太湖石

岳镇九任河南省开封府封丘知县，夙兴夜寐，赤心耿耿，带领百姓兴修水利，开垦荒地，把封丘县治理得井井有条。他断案如神，狱无冤讼，深受百姓爱戴。封丘任上数年，岳镇九政绩昭然。时人评价他在封丘的政绩："真有琴鹤风度，考其治绩，惟有噪农桑，讲孝悌，视黄童白叟如父子家人。而清操饮冰……甘棠之爱，至今蔼蔼口碑间。"吏部考核地方官员，他获评循吏。事迹奏报清廷，康熙特举卓异第一，并将他调到京师任职。进京之时，岳镇九辞别封丘的官员和黎民百姓，百姓们都恋恋不舍，含泪相送，并赠送很多珍贵物品，以示感谢，都被岳镇九婉言谢绝。岳镇九执意不从，百姓便决不放行。僵持不下之际，他随手指着道旁的一块破石槽说："我在这里做官做事是履职尽责。如果你们觉得过意不去，这里有块太湖石，还有一个牛石槽，你们就把这两件东西送给我吧。"岳镇九以为，自己选中如此荒诞不经之物，又粗重破旧，百姓必然知难而退。未承想，封丘百姓在他走后，竟将破石槽连同县衙里的太湖石一并送到了岳镇九的故乡。这两样物件，至今保存完好，陈列于岳楼村岳氏宗祠中。更令人惊奇的是，在岳镇九离任后，封丘百姓始终感念挂怀，竟几度恳请朝廷再让他到封丘任职。朝廷为安抚民意，将其父岳崇功调任到封丘，父子县令成为一时美谈。

（三）钦赐銮驾

岳镇九被调入京城，深受皇帝的信任，后来皇上把他调任刑部掌印一职。这可是一个真正意义上的肥缺。因为他专管着七十二盘铸钱炉，也就是管着生产各种货币的地方。就每天送来的钱样子，在岳峰秀的后花园里就堆成了小山。这些可是真金白银呀！在长年累月积攒而成的这个小钱山上，竟然生出了绿锈。他知道这里的每一点金银都姓“公”，他从没有为自己花去这里的一个铜板。

由于岳镇九不甘与那些有着很大权势的蛇鼠之流同流合污，时常会受到各种威胁与打击，甚至会被谋害。再加上年岁已大，很多事力不从心，便萌生了退意，于是奏请皇上，请求告老还乡。此举获得了皇上的恩准。

岳镇九为官几十年，竟然毫无积蓄。他虽然觉得内心坦然，但面子上还是有点过不去，总不能只抬着那几件破家具回家吧！于是差人打造了一些箱笼，里面装一些石头碎瓦什么的，以壮行色。未承想，岳氏政敌闻风而动，立刻向朝廷上奏，告发他贪污纳贿，说岳镇九为官期间贪污了许多金银财宝要带回家。

康熙闻讯非常重视，派人将这些箱笼抬至大殿之上，亲自打开查验。打开一看，众人全都傻眼了。岳镇九据实而报，说道：“我伴驾多年，并无积蓄。今告老还乡，就这样走了，实在太寒酸了点，于朝廷也是脸上无光呀！所以才有此下策，望万岁恕罪！”

康熙深为感动，感叹岳镇九居膏腴之官，却能清廉自守，颇为难得。遂颁旨，钦赐岳镇九蟒服一件，半朝銮驾一副，鸣锣开道，送出京城，还乡崇祀乡贤。这半朝銮驾，包括旗、锣、牌、扇、金瓜、钺斧。300多年来，康熙钦赐给岳镇九的銮驾一直被后人完整地保存和珍藏着，銮驾的部分遗存，还保留在岳楼村宗祠里。

半朝銮驾祭祀活动

三、传说价值

岳镇九的传说塑造了岳镇九为官清廉、爱民如子、不谋私利、秉公行政的光辉形象，在他身上体现了中国传统知识分子忠心报国、为民造福的伟大抱负和高尚情操。

在任期间，他体察民情、关心民众、为官清廉，在较短的时间内把贫穷的封丘县治理得土地肥沃、百姓富足，深受百姓爱戴。特别是升任刑部掌印并兼管钱财之后，更是执政严明。这是岳镇九一生浩然正气、亲民清廉的无声见证，也是留给后人的宝贵精神财富。

岳镇九在乡间乐于公益，众人皆知。他还兴办义学，崇祀乡贤，兴建家庙，续修家谱，以自己的影响力为乡野文化事业做贡献。康熙五十九年，年逾九旬的岳镇九病故于家。正如同僚魏象枢所预言的："先生之德业日进，其福、其寿，当与国运同新。"

传说来源：该传说内容由济宁非物质文化遗产保护中心提供

单元十七　樊子迟的传说

名　　称：樊子迟的传说

级　　别：市级非物质文化遗产

申报地区：鱼台县

一、传说溯源

樊子迟（公元前505年—前454年），名须，字子迟，亦称樊迟，春秋末年鲁国人（亦说齐国人），出生于鲁定公五年丙申春任北樊庄（今济宁任城区南张乡）。当地现存有樊三公（樊子迟六世祖）冢、樊子迟父亲樊皮等樊氏汉墓群，俗称樊家堌堆。樊子迟是孔子晚年的得意门生、七十二贤弟子中较有影响的一位。樊子迟勤学好问，勇武有力，悯农重农。

《论语·子路》记载，樊子迟向孔子请教学习种庄稼，孔子说，"我不如老农民"；樊迟就请教学习种菜，而孔子又说，"我不如老菜农"。樊子迟离开以后，孔子批评说："小人哉，樊须也。上好礼，则民莫敢不敬；上好义，则民莫敢不服；上好信，则民莫敢不用情。夫如是，则四方之民襁负其子而至矣，焉用稼？"孔子认为："君子谋道不谋食。耕也，馁在其中矣；学也，禄在其中矣。"他觉得读书人应该走"学而优则仕"的道路，而不该提出去学什么种田种菜的事。

显然，孔子这里所说的“小人”，是从择业志向的角度说的，他认为学生不专注于礼义而想学圃稼，就是胸无大志，就是“小人”。

事实上，樊须在历史上也根本不是那种人格道德上有问题的小人。樊须是孔子七十二贤弟子内的重要人物，他年纪虽小但求知心切，三次向孔子请教“仁”的学说。他有谋略，并具有勇武精神，在齐师伐鲁时，毫不畏惧，奋勇杀敌。樊须还继承孔子兴办私学，唐开元二十七年(739年)，被追封为“樊伯”，宋大中祥符二年(1009年)，又被加封为“益都侯”。

二、传说内容

（一）樊子迟拜师

樊子迟少孔子40岁，18岁时，曾去曲阜拜孔子为师，但当时因孔子周游列国未回，未能如愿。后同冉求仕于季孙氏，深得冉求信任。鲁哀公十一年（公元前484年）春，齐伐鲁，冉求率左师御齐，樊子迟为副将，他作战勇猛，率师冲入齐军，大败齐师，取得胜利，立了战功。当年秋，孔子回鲁，收樊子迟为徒，并为孔子赶车，不离孔子左右，是孔子晚年得意弟子之一。

（二）樊子迟问孝

有一天，孟懿子与孔子交谈，问他什么是“孝”，孔子回答孟懿子说：“孝就是不要违背礼。”后来，孔子把这件事告诉了正在赶车的樊子迟，樊子迟问：“不要违背礼是什么意思呢？”孔子说：“父母活着，要按规定的礼节侍奉他们。父母死后，要按规定的礼节埋葬他们、祭祀他们。”

樊子迟明白了什么是“孝”，时刻牢记尊师教诲。一有时间，就回家探望父母。他按照当时的礼节，尽心地侍奉父母，尽力照顾好老人的衣食起居。两位老人在樊子迟的精心照顾下，衣食无忧，尽享天伦之乐。

樊迟墓

（三）问仁问智

樊子迟入孔门后，勤学好问，求知心切，经常向孔子提出一些问题，孔子见樊子迟求知欲强，越发喜爱，用心培养。樊子迟曾先后向孔子问“仁”“智”等一系列问题。孔子听了樊子迟的提问，喜形于色，释曰：“仁”就是“爱人”；“智”就是“善于鉴别人才”。孔子还告诉樊子迟：“知人”就是“选拔重用正直的人，罢免、远离有邪恶言行的人，这样就能够使邪恶的人改邪归正。”樊子迟还向孔子请教“崇德”“修慝”“辨惑”等问题。仅三年，礼、乐、射、御、书、数六艺精通。这是在孔子弟子中所少有的。

鲁哀公十六年，孔子卒，樊子迟守丧三年。时不久进入战国，樊子迟为避战乱，尤为昔战齐故，曾一度在郏、陶隐居。后同闵子、宓子来棠地（今鱼台县境内）办学，传道济水一带（现鱼台县武台村），弟子数百人，世称“五里三贤”，既出其故。

据传樊子迟来棠后，不但积极协同闵子、宓子办学，还关心当地的农业生产，他根据当地地势涝洼的特点，摸索出一套挖方坑筑台田，形成了粮基鱼塘、圃基鱼塘、果基鱼塘、桑基藕塘等生产模式，广为流传，至今还对农业生产起到一定作用。

三、传说价值

樊子迟的传说无人不知、无人不晓。他的“孝”“仁”“智”和“崇德”“修匿”“辨惑”的美好品德，在世人的心中产生了深远的影响。

樊子迟继承孔子兴办与推广私学，在儒家学派广受推崇的各个朝代享有较高礼遇。其重农重稼思想在历史上具有进步意义。

樊子迟于鲁悼公十四年（公元前 454 年）卒，葬于故居西南一里许的济水北岸，即今天的鱼台县武台村。樊迟墓作为名人墓冢，有着较高的历史价值，更有着深刻的文化内涵。

传说来源：该传说内容由济宁非物质文化遗产保护中心提供

单元十八　宓子贱传说

名　　称：宓子贱传说

级　　别：市级非物质文化遗产

申报地区：鱼台县

一、传说溯源

宓（mì）子，名不齐，字子贱，春秋鲁国人（现鱼台县张黄镇大闵村西宓家堌堆），孔子弟子，少孔子三十岁。生于鲁昭公二十一年（公元前 521 年），为孔子七十二贤弟子，排位十四。

宓子贱不仅是一个有道德、有才华的政治家，还是一位有名的学者。在人性论上，他突破了孔子“性相近也，习相远也”的学说，认为人性有善有恶（见王充《论衡·本性》），著有《宓子·十六篇》，可惜早已失传。

《孔子家语》中记载了关于宓子贱的轶事。有一次，孔子问宓子贱：“自从你做官以来，有什么收获、什么损失吗？”宓子贱答道：“自从弟子来这里做了官，并没有什么损失，却得到了三个益处：其一，过去从书本上读到的知识，如今能够在施政中得到运用，因而对所学的更加明了了；其二，有俸禄可以帮助亲戚们，故亲人与我更加亲密了；其三，虽然公事繁忙紧迫，但仍兼顾对死者的吊唁与生者的慰问，朋友之间的友谊反而越加深厚了。”从《孔子家语》中的一段记载，我们可以看出宓子贱是一个懂得感恩的人，所以孔子才由衷地赞叹他：“君子哉若人，鲁无君子者，则子贱焉取此？”

二、传说内容

（一）掣肘进谏

《吕氏春秋·察贤》记载了宓子贱在单父（今山东省菏泽市单县）为官的故事。

宓子贱

宓子贱去治理单父，担心鲁君听信他人谗言，从而使自己不能在单父实行自己的主张。要辞行的时候，请求鲁君派两个亲信官员随行。到单父后，单父的官员都来参见。宓子贱让那两个同来的官员书写文书。他们一提笔，宓子贱从旁边不时地摇动他们的胳膊。这两位官员写不好，宓子贱就为此大发雷霆。两位官员很为难，便告辞请求回去。宓子贱说：“你们写字都写不好，赶快回去吧！”两位官员回朝向鲁君报告说：“宓子贱让我们书写文书，却不时地摇动我们的胳膊，这样我们哪能写好啊，写坏了他却呵责我们。单父的官员们都笑话宓子贱。这就是我们要离开单父的原因！”鲁君听了长叹一声，感慨地说：“宓子贱是用这个方法来劝谏我呀！我经常扰乱宓子贱，使他不能实行自己的主张，这样的事一定有过好几次了。若不是你们及时回来禀报，恐怕今后我还会犯更多类似的错误。”于是立即派其亲信去单父传令：“从今以后，单父不是属我所有的了，而是属你所有的了。凡是利于单父的事情，你决定了就办吧！每五年向我汇报一次治理的大概就行了。”宓子贱这才得以在单父实行自己的主张。三年后单父大治。

这是宓子贱掣肘进谏的传说。

（二）访贤问能

宓子贱来单父上任前，先拜访了孔子，孔子告诉他：“不要因别人的意见与己相反而拒绝，随便拒绝就要出现蔽闻塞听；也不要轻率许人，轻率许了容易丧失操守。”又到渔者阳昼那里请教：“您有什么经验可以告诉我吗？”阳昼稍思道：“我从小地位低下，不懂得治理人民的办法。但是我有两条钓鱼的经验，送给您吧。”子贱说：“你钓鱼的经验是什么？”阳昼说：“钓鱼时，垂下钓丝，安好钓饵，马上迎上来吞食的便是‘阳桥鱼’，这种鱼肉薄而味不美；还有一种绕着钓饵游来游去，欲食又止的，便是‘鲂鱼’，这种鱼才是肉肥味又美的鱼。”宓子贱领悟了其中的道理，说：“妙！”

宓子贱去上任，还没走到单父，当地的官员纷纷赶来在半路上迎接他。宓子贱催促手下人说：“快赶路，快赶路！这些人便是阳昼所说的‘阳桥鱼’。”宓子贱到了单父，不是忙着接风洗尘，而是遍访当地德高望重又有才能的贤士，与他们一起共同治理单父。宓子贱治理单父政绩卓著，颇受百姓拥戴。

（三）德入民心

宓子贱在单父当政三年，孔子派巫马施前往观察政绩，巫马施来单父碰到一个打鱼的，见他打到鱼，有一些又放回水里，巫马施问为什么放掉，打鱼的回答：“大夫（指宓子贱）想叫小鱼长大，所以打到小鱼我们就放掉。”巫马施回去告诉孔子说：“宓子贱的德行真是达到极处了，使得人们暗里做事，好像有严厉的刑罚在身旁似的。”

（四）鸣琴而治

《史记》中说：“子产治郑，民不能欺；子贱治单父，民不忍欺；西门豹治邺，民不敢欺。”宓子贱治单，以礼法行政，知人善任，功绩卓著，为后人传颂。《吕氏春秋·察贤》上也记载：“宓子贱治单父，弹鸣琴，身不下堂，而单父治。”

宓子贱治理单父时，每天弹琴取乐，悠然自在，很少走出公堂，却把单父治理得很好。巫马施治理单父时，每天星星还高挂在天上时就出门工作，直到星星又高挂天上时才回家，日夜不得安宁，事事都亲自办理，这样才把单父治理好。

巫马施向宓子贱询问缘由。宓子贱说：“我的办法是凭借众人的力量，你的办法是依靠自己的力量。依靠自己力量的当然劳苦，依靠众人力量的当然安逸。”宓子贱的治理方案是君子之法，使四肢安逸，耳目保全，心气平和，而官府的各种事务处理得很好，与巫马施相比，他只不过是使用了正确的方法罢了。

三、传说价值

宓子贱掣肘进谏的传说虽然简单，但却富有哲理。宓子贱是一个有胆有识、刚正不阿、敢于向君主提意见的人。他敢用一个自编自演、一识即破的闹剧，让鲁君意识到自己的缺点且加以改正，为自己的工作创造争取了良好的外部条件，实现了自己的人生理想和抱负。在敬佩宓子贱敢于向鲁君进谏的同时，更应该敬佩鲁君敢于纳谏、听取不同意见的胸怀。正是鲁君博大的胸怀，成就了宓子贱在单父的事业，让他留下了流芳千古的美名。

宓子贱上任之前为把单父治理好，虚心向朋友求教。他并未因自己的荣升而沾沾自喜自命不凡，更未忘乎所以目中无人，而是放下架子虚心请教，谦虚谨慎，不骄不躁，善于听取合理的意见和建议，这也是当今为官者应具备的修养和品质。

宓子贱赴任之初，悟出了朋友赠言的深意，远离了那些见风使舵、阿谀奉承、趋炎附势之徒，在老百姓心中树立了威信，赢得了信誉。他到任后不徇私情，选贤任能，知人善任，这是宓子贱治理好单父的根本所在。

宓子贱展现了统领百官而不直接治理人民的高超治理才能。君主再有能力，再有智慧，也不可能逐个地管理民众。宓子贱的传说揭示了领导艺术最核心的问题——领导者的核心工作不是调动自己的工作积极性，而是调动他人的工作积极性。

宓子贱的治国管理理念，时至今日，仍具有现实意义和借鉴意义。

传说来源：该传说部分内容由济宁非物质文化遗产保护中心提供

单元十九 卞庄子刺虎的传说

名　　称：卞庄子刺虎的传说

级　　别：市级非物质文化遗产

申报地区：泗水县

一、传说溯源

卞庄子是春秋时期鲁国大夫。战国时陈轸说秦惠王，引卞庄子刺虎为喻，先待齐楚交战，乘其两败俱伤时进兵。见《战国策·秦策二》及《史记·张仪列传》，后因以“刺虎”为一举两得之典实。

二、传说内容

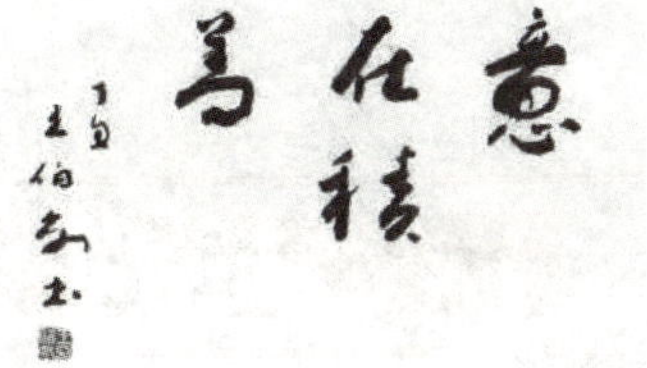

卞庄子要去刺杀老虎，有两只老虎为了争夺一头牛而打斗，馆舍里的一位童子制止他，说：“两只虎正要去吃那头牛，当它们吃得很香的时候一定会互斗，斗的结果必然是大虎受伤，小虎死亡，你再朝着受伤的老虎刺去，一下子必可得到杀死两只老虎的美名。”卞庄子认为这位童子说的有道理，就站着等待它们相斗。不一会儿，两只老虎果然斗了起来。大虎负了重伤，而小虎死了，卞庄子朝那只受伤的大老虎刺去，这一举果然立下了杀死两只老虎的功劳。

卞庄子刺虎

三、传说价值

这个传说告诉我们：对待同样一件事情，由于掌握的时机、处理的方法不同，会得到完全不同的结果。只有善于分析矛盾，利用矛盾，把握时机，有智有勇，才能收到事半功倍的效果。在现实生活中，面对强大的对手怎么办？贸然进攻？还是看到敌人内部的矛盾，耐心地等待这种矛盾的激化？智者往往会利用对手内部的矛盾，让对手内部你争我夺、两败俱伤，让其自我瓦解，这样，才可避免重大牺牲，取得预期的胜利，即所谓“坐山观虎斗”，这是一个非常重要的战略思想。另一个方面，我们也要看到局部利益要服从整体利益，眼前利益要服从长远利益的重要性，否则，内部争斗不休，互不相让，只会两败俱伤，使第三者得利，正所谓“鹬蚌相争，渔翁得利”。

传说来源：该传说由济宁非物质文化遗产保护中心提供

单元二十 泗水舜的传说

名　　称：泗水舜的传说

级　　别：市级非物质文化遗产

申报地区：泗水县

一、传说溯源

要想深入了解舜的传说，必须先了解尧、舜、禹禅让的故事。

尧、舜、禹是我国古代历史上，自黄帝之后，三位德才兼备的部落联盟首领。传说帝尧是帝挚之弟，帝喾之子。尧在位时生活非常简朴，古书说他“茅茨不剪，采椽不斫，粝粢之食，藜藿之羹，冬日裘，夏日葛衣”，也就是说，他住的是用没有修剪过的茅草芦苇、没有刨光过的椽子盖起来的简陋房子，吃的是粗粮，喝的是野菜汤，冬天披块鹿皮，夏天穿件粗麻衣。但是他对百姓却十分关心，与人民同甘共苦，尽心尽力地为国为民，深受人民的爱戴。

尧在位 80 年的时候，想把帝位让给许由。许由是个不问政治的“清高”的人，不但拒绝了尧的请求，而且连夜逃进箕山，隐居不出。后来，舜贤德能干的名声，传到了尧那里，尧经过考察，决定将帝位传给舜。

而舜接替尧担任部落联盟首领前，曾在历山耕田，在雷泽捕鱼，在陶城制陶。舜至孝，严于律己，宽厚待人。相传其继母与同父异母的兄弟要陷害舜，舜不计前嫌，宽待其继母和弟弟，使得他的一些仇人都大为感动。

尧舜之时，滔天洪水为患，大禹以天下为己任，率领百姓治理水患，发展生产，更是受到高度的赞扬。大禹为了治理洪水，长年在外与民众一起奋战，置个人利益于不顾，“三过家门而不入”。因大禹治水有功，“天下大和，百姓无事”，因此舜将帝位禅让给禹。

《泗水舜的传说》就是以禅让为背景的传说。

二、传说内容

传说尧微服私访，来到历山一带，看到绿油油的一坡好庄稼，便问一个老汉：“这里的庄稼为什么长得这么好？”

舜

老汉笑道：“这是按照舜教的方法耕种，庄稼才长得这么好。”

尧点了点头，又往前走。在井旁看到一个妇女打水，水罐瓦亮瓦亮的，他不禁问道：“你们这里的陶器真好啊！是怎么烧成的？”

妇女说是舜教授自己的烧陶方法，尧又连连地点头。

尧是个有心人，走走问问，问问走走，他碰见打猎的，打猎的也夸奖舜，他碰见捕鱼的，捕鱼的也称赞舜。

尧决定亲自会见一下舜，听说舜在田间耕地，便到了田间。看见一个青年，身材魁伟、体阔神敏，聚精会神地耕地，犁前驾着一头黑牛、一头黄牛。奇怪的是，这个青年从不用鞭打牛，而是在犁辕上挂一个簸箕，隔一会儿，敲一下簸箕，吆喝一声。尧等舜犁到地头，便问："耕夫都用鞭打牛，你为何只敲簸箕不打牛？"舜见有老人问，拱手以揖答道："牛为人耕田出力流汗很辛苦，再用鞭打，于心何忍！我打簸箕，黑牛以为我打黄牛，黄牛以为我打黑牛，就都卖力拉犁了。"尧一听，觉得这个青年有智慧，又有善心，对牛尚如此，对百姓就更有爱心。尧与舜在田间扯起话题，谈了一些治理天下的问题，尧发现舜明事理，晓大义，非一般凡人之见。尧又走访了方圆百里，都夸舜是一个贤良之才。

尧回去以后，还是不放心，除了大儿子丹朱以外，叫另外九个儿子轮流到历山来看望舜。弟兄们去了，个个回来都满口说舜的好处。轮到小儿子去的时候，正是庄稼快熟的时候，可一连几天下大雨。雷泽湖（位于历山北 5000 米处）湖水猛涨，眼看要淹到历山村了。辛辛苦苦种了一年的庄稼就要被冲毁，舜心里刀割般难过。他望着波涛滚滚的湖水，忽然发现了一桩奇怪的事情：原来雷泽湖中间有个小岛，圆圆的像一面大鼓一样，小岛始终露在水面上，舜又惊奇又纳闷：这是怎么回事呢？水涨它也涨！他顾不得多思索，要紧的是赶快把水引开才好。于是舜把三头牛都套上了，想从雷泽湖的西面，犁一条沟，让洪水从沟里淌出去。舜力大无穷，他使劲地按着犁把，犁出的沟又深又宽，水顺着这条沟，哗哗地往前流。刚犁到一半，黑牛黄牛花牛都累趴下了。舜也累得够呛，一停下来，不觉睡着了，似梦非梦地，他看到天明地明，从五彩的光亮里，走来了个白胡子老汉，递给了他一把斧头，指着雷泽湖的小岛说："要想洪水消，除非石窦开。"说完，一闪便不见了。

舜连忙睁开了眼，手里真有一把明晃晃的斧头呢！斧子把上还刻着“轩辕”两个字。舜立刻就明白了，老汉所说的石窦，一定是雷泽湖中那个小岛无疑了。可是浪滚滔天，要上岛去非得豁上命不可。舜想：要是我顾惜自己的性命，让大伙遭殃，这怎么能行呢？就是豁上命也要救大家。说到做到，舜上了小船，就顶风冒雨地朝湖中间的小岛划去，离岸越远，浪头越高，小船一会儿被推到浪尖上，一会儿又掉进浪涡里，眼看就要被打沉啦，可他还是不停地划，在浪涡里蹿上蹿下，一阵工夫，便靠近了小岛，舜举起斧头朝小岛劈去，只听“轰隆”一声响，小岛不见了，在斧子劈下去的地方，水里出现了一个很大的漩涡，洪水沿着漩涡“呜呜”地被旋了进去。大水飞快地消了，历山村得救了，人们又过上了安乐的日子。

从那以后，不管雨水多么大，洪水再没有泛滥成灾。只要水漫到湖岸上，湖中间就会出现大漩涡，那水往下落得很快，声音跟响雷滚动一般，隔老远都能听到。人们说，那是湖里的石窦开了！后来大伙就叫这水声为“雷泽秋声”，也把雷泽湖叫响水湖。

再说舜劈开了石窦以后，浪把小船和他一起颠起了老高，落到了一条白花花的水路上。船载着他很快便回到了岸上，乡亲们看到舜时那个高兴劲就不用说了。

自然，尧的小儿子把这一切都看在眼里，回去后，一五一十地告诉父亲。尧心里的一块石头落了地，连忙把舜招了去，十分放心地把君主位让给了舜，还把自己的两个女儿娥皇和女英嫁给他做妻子。

三、传说价值

“前人栽树，后人乘凉”，为子孙造福，这自古以来就是中华民族的美德。尧、舜、禹实行禅让而不将帝位传与子孙，把天下大事看作第一位，这就是最大的仁，是圣人的最高思想境界。

选拔人才是一个慎重的事情，历来关乎人心向背、社稷安危。用什么人，不用什么人，对大到党和国家事业发展的成败，小到一个单位的兴衰，都具有决定性的作用。在人才选拔任用工作中，只有坚持“任人唯才”“任人唯贤”“任人唯能”的干部路线，把人选准用好，才能实现国家的繁荣昌盛和长治久安。

传说来源：该传说摘自一九八九版《泗水民间文学资料汇编》第二分册，由著名民间文学搜集家董均伦、江源在泗水民间搜集。

项目三
民间传说之地方风物篇

单元一　麒麟传说

名　　称： 麒麟传说
编　　号： Ⅰ-43 国家级非物质文化遗产
申报地区： 嘉祥县

一、传说溯源

麒麟传说的流传以山东省嘉祥县、巨野县为中心，遍及整个鲁西南地区。嘉祥的麒麟传说历史悠久，具体起源时间已无法考证。民间传说主要是根据《春秋》及三传（《左传》《公羊传》《谷梁传》）所记载的“西狩获麟”而衍生的。

嘉祥县城西有麟塚和获麟台。据清光绪《嘉祥县志·方舆志·古迹》记载：“获麟台，县西二十五里，崇一仞，周二百余尺，中有台，高四尺许。成化十三年，知县高淳树石门于上，扁曰‘麟塚’，又立石碑，题曰‘获麟’。相传古获麟处也。”

麒麟塚碑

麒麟传说来源于《春秋》所记载的“获麟”一事，传说内容大部分是由劳动群众口头创作的，由于创作、传播的群体文化程度较低，并且创作与传播是在生活中自然进行的，所以麒麟传说是口头创作、口头流传、口头保存下来的。

据传，麒麟在古籍中最早见诸文字记载的，一为《春秋》，二是《诗经》。另一说麒麟的出现最早源于“河图洛书”的传说，说是“有一种龙头马身的神兽，生有双翼，身高八尺，身披龙鳞，凌波踏水，如履平地，背负图点，由黄河进入图河，游弋于图河之中，人称‘龙马’”。此一传说后被记载于《尚书》一书中。晋代史学家杜预的《春秋左传集解》云：“麟者，仁兽也，圣王之嘉瑞也。”

由于传说中的麒麟“其性温善，不履生虫，不折生草，头上有角而角上有肉，设武备而不用”（说麒麟因怕麟角伤及其他生灵，故而角上又生出肉），“含仁而戴义”，具有仁厚君子的谦谦风度，为祥瑞之兆，而被广泛用于地名、人名。古时人们对聪颖可爱的男孩，常称作“吾家麒麟”，在制作成版画的《麒麟送子图》上，也常刻有这样的对联：“天上玉麒麟，地上状元郎”。相传孔子降生时，有麒麟吐玉书于其家，上书“水精之子孙，衰周而素王”。意思是说，孔子具帝王之德而未居其位。这当然只是传说，但恐怕是后人“麒麟送子”之说最早的版本了。

以麒麟为地名，则不仅取其祥瑞之意，恐怕亦暗含有“降麟之地，人杰地灵”的意思，以附会“风水宝地、王者有出”的说法。其中又以《左传》中所载春秋时鲁哀公“西狩获麟”的传说流传最广：“十四年（公元前 481 年），春，西狩于大野，叔孙氏之车子鉏商获麟，以为不祥，以赐虞人。仲尼观之，曰：‘麟也。’然后取之。”类似的说法同时也散见于《史记·孔子世家》《东周列国志》《兖州府志·圣里志》《曹州府志》《巨野县志》等，这些著作中皆有关于“西狩获麟”的记载，其说法大同小异，各有取舍。一说为唐高祖武德四年（621 年），取“西狩获麟”意，

“置麟州于巨野”，其获麟处曾有“获麟集”“获麟堡”等地名，并以巨野城东七公里之获麟集曾有“麒麟台”，且有明嘉靖十四年（1535年）进士张九胥手书“获麟冢”刻石等，为鲁哀公“西狩获麟处”之佐证。

另据《嘉祥县志》载：“金皇统七年（南宋绍兴十七年，公元1147年），析巨野、任城二地置县，借春秋时鲁哀公十四年春‘西狩获麟’故事，取其祥瑞之意，定名为嘉祥县。”后人遂附会其意，称之为“麒麟之乡”“麒麟发祥之地”，亦有好弄文墨者名之为“麒麟城”，依嘉美祥瑞之意，附人杰地灵之说，遂启孰为“西狩获麟处”之争。有巨野人甚至引经据典，搬出《集解》《正义》注中“大野，薮名，鲁田圃之常处，盖今巨野是也”“巨野，因古有大野泽而得名，是春秋‘西狩获麟’之地”以为证明。

据《巨野县志》记载，明代有巨野知县方时化，曾在麒麟台建瑞麟寺，规模宏伟，占地百余亩，有僧侣百余人，“寺院附近有铺店、石碾、菜园、盐畦、车坊等……寺南有一河，曰八里河，岸柳成行，流水潺潺，游鱼可数”。南岸有一渡口，“每值阳春，风和日暖，鸟语花香，士家工商、男女老少来此观光游览者络绎不绝”，名曰“获麟古渡”。然而，另有一处亦被称作“获麟古渡”的，却在济宁城北二十公里之长沟镇获麟村。传说春秋时孔子曾任中都宰（中都即今汶上），到长沟附近狩猎，捕获麒麟一对，其获麟处因而得名“获麟村”。“获麟村”地临京杭运河，明代曾在此建有节制水闸，名“获麟闸”，并设闸官衙门，修河护堤，经营水运，此地遂成为水旱两路繁华商埠。“河内百舸争流，樯桅如林，桨声波影；岸上车水马龙，商贾云集，茶房酒肆，鳞次栉比。”当时文人凭借这一历史典故，名之为“获麟晚渡”，并以明代郡人潘呈念题诗为证，诗中有“枫叶芦花秋色里，舟人指点获麟川”句。这样说来，所谓“获麟之处”便不止巨野、嘉祥两地，此外至少还应再加上一个任城，甚至还有汶上。

二、传说内容

嘉祥民间流传的麒麟传说内容非常丰富，表达了人们向往追求吉祥幸福的愿望。麒麟传说将麒麟与孔子更紧密地联系在一起。传说孔子的母亲颜氏，怀胎十月，路过尼山的时候，忽然肚子疼痛难忍，马上就要生小孩。这时天空一阵轰鸣，一个独角麒麟驮着一个白胖小儿，驾着五彩祥云从天而降。此时，瑞气纷呈，满天红光，独角麒麟撞进颜氏的怀里，孔子接着就诞生了。鲁哀公十四年，武城的一个老农赶着一头黄牛耕地的时候，黄牛报了（生下的意思）一个小犊，不像猪，不像牛，头生独角不是鹿，身上长鳞不像龙，是个“四不像”。“四不像”刚生下来没多久，就站了起来把犁镜和犁铧头给吃下去了。老农害怕，请“四不像”到别的地方去，“四不像”点点头，摇摇尾，就走了。“四不像”就是麒麟。在那一年，鲁哀公到武城以西二十公里的大野地面打猎，把那只麒麟射死了，但都不知道这是一只什么动物，于是请正在南武城与弟子曾参在一块儿的孔子前来辨认。孔子看到是一只麒麟，非常心疼地说：“这是麒麟，是仁兽啊，现在这么混乱，你怎么在这个时候出现了呢？”说着便失声痛哭起来，从此搁笔，不再编《春秋》了。不过，尽管如此，世称“麟凤龟龙”四灵之一的麒麟，能在武城地面出现，人们还是认定这是一种极好的兆头，便取其嘉美祥瑞之意，将武城更名为嘉祥。

三、传说价值

（一）麒麟的创造与中国人的“集美”思想

麒麟所选择的鹿、牛、马、鱼等吉祥动物进行组合所代表的含义：鹿崇拜在中国属于原始动物崇拜，并在古代是一种帝王的象征，同时，还被纳入神学政治的范畴。在民间，鹿还以长寿仙兽的形象出现，在多种场合用以表达祝寿、祈寿的主题。此外，鹿还与"禄"谐音，象征福气、俸禄。牛，在上古时期就走向祭坛，成为祭祀活动不可缺少的神圣物。民间传说牛是来到人间帮助人类的天上神灵，其在田野默默耕耘，给人类带来了物质的财富，而且它身上所体现的奉献精神，也给人类以精神的财富。马，被认为是聪明、忠诚、勇敢而耐劳的动物，具有高贵、飘逸、优雅的气质。《易经》中将马象征天，即"乾为天"。鱼，作为一类水生动物的总称，其身上的鳞皮被珍视为吉祥、美丽的装饰，"鱼鳞锦"，就是传统的吉祥纹样。总结起来，所谓"集美"，通俗地说是将一切美好的东西集中在一个事物上的一种表现。这种理念一直是几千年来中国人精神世界和物质世界所追求的。因而，麒麟所选择的鹿、牛、马、鱼等吉祥动物进行组合是有一定的道理的。

嘉祥县标麒麟

（二）麒麟传说的传承与儒家思想

麒麟在传说中被赋予了十分优秀的品质，比如，说其性温善，不履生虫，不折生草，头上有角，角上有肉，设武备而不用，因而被称为"仁兽"。西凉武昭王的《麒麟颂》曰："一角圆蹄，行中规矩，游必择地，翔而后处，不蹈陷阱，不罹罗罟。"《宋书·符瑞志》曰："含仁而戴义，不饮池，不入坑阱，不行罗网。"《说苑》亦有"含仁怀义，音中律吕，行步中规，折旋中矩，择土而后践，位平然而后处，不群居，不旅行，纷兮其质文也，幽间循循如也"的记载。体现了麒麟仁厚君子的谦谦风度。

儒家学派是由春秋末期伟大的思想家、教育家孔子创立的，就其目的、功用、宗旨和结构来看，可以说是一个以教化伦理道德为核心的学派，对中国文化和世界文化的发展曾起过巨大的积极作用。儒家思想的核心就是“仁学”，“仁”可以说是儒学中伦理学说的根本和最高道德准则，其主旨是“爱人”，亦即“己欲立而立人，己欲达而达人。”“己所不欲，勿施于人”。儒家认为，人之所以为人，是因为具有“仁爱之心”，并以“爱人”与否这样一个道德标准来确定人们是否应该受到尊敬和重用。

麒麟传说之所以能在发展传承中被广大民众所接受，正是因为这种“仁兽”所具备的品质符合几千年来中国的礼教和儒家风范。

（三）麒麟传说的吉祥意义与人类的趋利心性

趋利心性的“利”，不可狭隘地理解为利益、钱财，它泛指对人类有利的一切事项，是人类向往、追求吉祥、幸福，希望万事万物向有利于自身的方向发展，对事物的发展往往做有利于自身的解释或赋予其有利于自身的特征的一种心理特点。审视古往今来存在过、存在着的人，不论他是何种民族，有何种文化，都具备这样的心理。没有人向往灾难、祸患，没有人希望万事万物朝着不利于自己的方向发展。基督教、佛教教义要求人们吃苦、禁欲，其指归也在于解脱原罪，了却前缘，导引人们进入天堂或极乐世界，体现了这种趋利心性。

麒麟传说也同样具备这样的心性。这也是麒麟传说之所以久传不衰的主要缘故。

（四）麒麟传说在现实生活中的应用

麒麟，是古代中国人最企望出现的吉祥动物，它们的出现代表着幸福。因此，那时的人们希望麒麟总是伴随着自己，给自己带来幸运和光明，而避除不祥。当时的这种信仰被传承下来的同时，麒麟所具有的吉祥意义也随之被广大民众公认且牢牢地存于意识之中，麒麟便成了某种意念的象征，某种意境的表现，某种力量的显示，并启发人们的想象，引导人们的精神去契合某种意念，进入一种特定的境界，给人们以希望、安慰和某种追求的力量，化入民俗生活之中，表现在民族文化的各个方面。

1. 求子与育子

中国传统的生育观念是希望早立嗣，多生儿女，子孙满堂，多子多福，并以“不孝有三，无后为大”，将不能生儿育女、传宗接代视为最大的不孝。这种传统观念根深蒂固，影响了一代又一代人。无论妇女怀孕，还是婴儿降生、“过百晬儿”及其他庆贺活动，无不体现出人们为此所做的不懈的祈福努力。因为麒麟曾降临过孔子这样的圣贤，因而人们相信麒麟既可以送子，又可以佑子。于是，以“麒麟送子”为主题的民俗文化现象不仅见于图画、祝祷之语，而且也见于岁时活动，表现形式十分广泛，意在祈求、祝愿早生贵子，子孙贤德。

2. 建筑装饰物

砖木雕刻是我国古代建筑装饰的重要方式，题材丰富，刻工精良，赋予建筑造型以生动的形象。砖雕多用于砖结构建筑贴面和木结构建筑的砖墙外檐；木雕除在建筑外檐使用外，更多地用于内檐装修。中国的建筑尤其是居民建筑多为砖木结构，盛行在房檐、房山墙、门楣、窗框、影壁、柱础、板墙、屋脊、抱鼓石等处以砖雕、木雕或石雕的方式装饰寓意深刻的吉祥图案，麒麟便是其中常用的吉祥动物。有的在大门的两侧装饰石雕麒麟，既显示门庭高贵，又镇宅避邪。

3. 佩饰与纹样

从古至今，人们都喜欢以麒麟的工艺造像作为护身符佩戴在身上，其质地有金、银、铜、玉等，尤其讲究为婴幼儿佩戴“麒麟锁”，以此为孩子祈祷长命百岁。此外，以麒麟的艺术造型为图案的传统纹样也被广泛使用。唐代武则天时，以麒麟作纹饰绣于袍服，名曰“麒麟袍”，专门赏赐给三品以上的武将穿用。清代时，将麒麟绣于武官一品的“补子”上，成为等级制度的标志。在民间剪纸、年画、刺绣、蜡染等工艺美术品中，都留下了麒麟那鲜活的影子。

4. 赞语与祝词

民间多以“麒麟儿”“麟儿”“麟子”等为美称赞扬别人家的孩子。如南朝《陈书·除陵传》曰：“时宝志上人者，世称其有道，陵年数岁，家人携以侯之，宝志手摩其顶，曰‘天上石麒麟也’。”唐杜甫《杜工部草堂诗笺·徐卿二子歌》：“君不见徐卿二子生奇绝，感应吉梦相追随，孔子释氏亲抱送，并是天上麒麟儿。”以“麟子凤雏”比喻贵族子孙；以“麟趾”祝颂子孙贤惠；以“麟趾呈祥”作为结婚喜联的横批，祝颂生育仁厚的后代；以“麟肝凤髓”比喻极为稀有的食品；以“麟角凤嘴”“凤毛麟角”称赞和说明物品珍贵。

总之，麒麟传说是劳动群众群体创作、群体传播、群体加工、群体保存的，表达了广大劳动群众的思想情感与精神理想，是众人智慧和才艺的结晶；集中表达了人们向往追求吉祥幸福的美好愿望。麒麟传说以传说的形式在鲁西南地区流传了两千多年，有着非常强的传承性。

传说来源：该传说来源于中国非物质文化遗产网《国务院关于公布第二批国家级非物质文化遗产名录和第一批国家级非物质文化遗产扩展项目名录的通知》

单元二　黄金塔的传说

名　　称： 黄金塔的传说

级　　别： 市级非物质文化遗产

申报地区： 汶上县

一、传说溯源

汶上黄金塔位于汶上县城西北隅的宝相寺后。宝相寺在唐代被称为昭空寺，宋咸平五年（1002年）重建时易名为宝相寺。寺后有一佛教级别最高的13层宝塔，全部由砖砌而成，高41.75米，呈等边八角形，每层皆为磨砖莲花型斗拱。从第一层向上，除第二、第四层外，其他各层的东、南、西、北四面均砌有对称的圆顶洞门佛龛，并交替与塔内螺旋阶梯相通。最低层东、南、西三面又砌圈门佛龛，北面设门，门距地面两米多。有45度斜坡台阶直达南门，翻过南门西侧石板，向上为螺旋台阶，盘旋向上如入螺壳之中，中层四门呈“十”字形相通。塔刹呈宝葫芦形，用红土外覆金黄色琉璃一次烧制而成。1979年12月公布为省级重点文物保护单位，塔因寺而名宝相寺塔。1994年春修葺时，于塔宫中发现了佛牙舍利等佛教圣物。石匣铭文中说葬于当县太子灵踪之塔，故今复名为太子灵踪塔。因该塔的塔刹全以金黄色琉璃烧制而成，当天气晴好时，在阳光的照耀下，塔身会反射出耀眼夺目的金光，所以民间俗称黄金塔。

汶上黄金塔

塔是佛教寺院中重要的建筑之一，黄金塔的建造修葺，与唐宋时期汶上县内浓厚的佛教氛围密切相关。在流传下来的黄金塔传说故事中，有相当一部分内容与佛教人物和圣物有千丝万缕的联系。

二、传说内容

民间流传的黄金塔的传说，内容相当丰富，有带有神话色彩的大和尚智斗黑鱼精、白蛇护塔、宝相寺千手千眼佛、宝相寺僧人受戒路遇三眼人等；有以康熙皇帝为主要角色的“里二外八黄金塔”的故事；也有与佛教圣物的发现和保护相关的“赵世昌京师求佛牙”的故事。

（一）大和尚智斗黑鱼精

相传很久以前，大汶河里出了一条凶猛的鱼精，它身长六丈余，腰粗八围多，性情残暴，妖术歹毒，施法时吐气即刮狂风，翻身就闹地震，摆尾河堤坍塌、洪水泛滥，腾跃则恶浪排空、楫倾船翻。当地百姓被这鱼精折腾得生计无着，流离失所。许多难民纷纷来宝相寺，乞求佛祖保佑。寺内知柔和尚，法力无边，能呼风唤雨，撒豆成兵。他非常同情百姓的遭遇，决心为民除害。他发动汶河两岸的民众，向河里抛撒生石灰，整条河面很快白烟四起，沸腾响哮，鱼精被呛得无处安身，只好浮出水面，游到岸边，和尚见状，骑在鱼精的背上，施法降服，用仙绳将其捆在神杵上，定入宝相寺后院的泉井里，用重石层层加封，又在其上筑起高耸入云的十三层八角飞檐斗拱青砖宝塔。知柔和尚为防鱼精从井中挣脱，便带领众僧在塔前日夜诵经布法。传说和尚多于寺院旁建塔和念经时敲木鱼，即由此而起。知柔和尚以慈悲为怀，因此并没将鱼杀死，反而留下后患。传说鱼精在井里六十年一翻身，可引发地震。但多年来，无数亭台楼阁毁于地震，唯有此地幸免于难，不知是由于宝塔的镇压作用，还是和尚日夜诵经布法的缘故。

（二）里二外八黄金塔

相传，有一次康熙皇帝到奉天去祭拜祖坟，路过敖汉地界，为了看看民情，扮成商人，带着侍从，沿着老哈河边延村走了起来。这一天，一行人走至半路坐下歇着，康熙站在沙坨上，深深地舒了一口气，欣赏起了这大漠风光，他看着看着，不由得走下了沙坨。

时值盛夏，“老爷儿”在天上照着，白茫茫的“干沙窝”，热得像个蒸笼，康熙皇帝平日在宫廷时，哪受过这样的罪呀，他又热又渴，眼前一阵迷糊，竟然不知东南西北了。

康熙皇帝在沙窝里转来转去，越转离他的侍从们越远，转着转着，转到了一座蒙古包跟前。

康熙口干舌燥，四肢无力，多么想高喊一声，让蒙古包里的人们把他搀扶到屋里躺一会儿。可是，他不敢暴露自己的身份，只好拖着沉重的步子，挪到一家门前。“喂，帐篷里有人吗？给我倒一碗水喝。”康熙大声喊道，院里走出一位白发老头儿，他推开门，惊奇地打量了几眼这位行路人，“吱吅”一声把门关上了。

康熙只好又走到另一家门口：“喂，院里的人快来开门，我到你家歇一会儿。”康熙又大声喊。院里走出个中年妇女，她撩开门帘，惊慌地望了望这位大腹便便的陌生人，也赶紧把门关上了。

康熙皇帝一连走了十几个蒙古包，都没有人搭理他，他饥渴难耐，又气又恼，只好一屁股坐在一棵大树下，不一会儿就昏倒了。

一阵旱风吹来，刮掉了他头上的帽子，把他的头发吹得乱蓬蓬的。

又一阵旱风吹来，卷起了地上的牛羊粪沫，把他的脸弄得灰蒙蒙的。

树上的老鸹（乌鸦）“嘎嘎”叫了两声，一拍翅膀，老鸹窝的鸟粪杂草落了下来，砸到了他的身上。

这时，康熙再也没有皇帝的模样了，他简直成了要饭花子！

大树对面，住着个老谢头。这时，老谢头一出门，忽然看见门前的大树下躺着这么个行路人，不由得起了怜悯之心，他急忙走到康熙跟前，轻轻地把他背到自己的屋子里。

老谢头把康熙放到炕上，往他嘴里灌了几匙清水，不一会儿，康熙就苏醒过来了。

康熙倚在炕上，感激地望着老谢头，老谢头见他头上冒着虚汗，知道他是饿急了，就急忙把自己早晨吃剩下的四个半糠半粮的窝窝头端到他的面前，抱歉地说："老弟，灾年欠粮，王府又催租逼债，牧民没有什么好吃的，先将就着吃点儿吧。"

"老头儿，你这干粮怎么这么香呀？"康熙吃饱了，喝足了，一边抹着嘴巴，一边不住地夸奖起来："这干粮叫什么名啊？是怎么做成的呀？"

老谢头是个好开玩笑的老人，他见这个行路人竟然没吃过这样的窝窝头，就顺便和他开上了玩笑："我这干粮啊，是祖传的手艺，做它时，一双手十个指头，两个大拇指在里头往外抠，另外八个指头在外面往里按，做出来像个塔样，因此叫'里二外八黄金塔'。"

"里二外八黄金塔，好，好！"

康熙皇帝正在高兴地称赞着这刚吃过的名饭，他的侍从们惊慌失措地找他来了，他不敢在外久站，记下了老谢头的住址和姓名，就急匆匆地上路了。

康熙皇帝回宫后，又过起了他那酒山肉海的生活。这一天他尝了一匙燕窝汤，觉得没滋没味，嚼了一口鲨鱼翅感到又腥又腻。吃什么呢？他突然想起，在敖汉旗私访时，吃的"里二外八黄金塔"最香，于是就马上吩咐厨师给他赶快做"里二外八黄金塔"吃。

厨师按着他的吩咐，用雪白的精粉，拌上焦黄的酥油，制成了宝塔形状的糕点，跪爬着送到他的面前，康熙拿起来咬了一口，更是毫无滋味，气得他“啪”的一声把糕点扔在地下，喝令厨师滚出皇宫。

康熙又传来了另一个厨师，另一个厨师端来了同样的糕点，又同样被撵出宫去。

康熙没办法，只好传下圣旨，火速传敖汉的老谢头觐见。

钦差大臣不敢怠慢，骑着骆驼，日夜兼程，把老谢头带进了京城。

直到这时，老谢头才知道那天自己搭救的过路人就是当今皇帝，只好硬着头皮给皇上做了个窝窝头。

康熙咬了一口老谢头做的窝窝头，味道更是难咽，只气得他把龙案一拍，大声喝道：“我以前吃你做的里二外八黄金塔那么好吃，现在为什么就这样了，你这是欺君！”

老谢头见皇帝发怒，眼见就有杀头危险，顾不得许多，跪爬半步，说：“万岁爷，我现在给您做的饭和您那次吃的饭一模一样，为什么这次味道不好了呢？因为那回您是在饿时吃的，这就叫‘饿了吃糠甜如蜜，饱了吃蜜也不甜啊！’”

康熙皇帝一听这话，这才如梦初醒，但是他不愿在群臣面前失了龙颜，于是把手一挥，说了声“给赏赐”，就退朝了。

这样，“里二外八黄金塔”的故事便流传开了。

（三）赵世昌京师求佛牙

汶上县宝相寺太子灵踪塔地宫出土有佛牙及佛舍利，人们从瘗藏佛牙舍利的石匣的铭文中得知：“郓州中都县郭内赵世昌，先于熙宁六年二月二十三日，躬诣京师，于嘉王宫亲事官孙政处，求得佛牙一肢，舍利数百颗……”

原来，赵世昌是宋神宗赵顼的堂兄弟。赵世昌是北宋开国皇帝赵匡胤的玄孙，而宋神宗赵顼和嘉王赵颢则是北宋第二位皇帝、赵匡胤的弟弟赵匡义的玄孙。在进入庙堂祭祀祖先的时候，赵世昌拥有同宋神宗并肩而行，共同参拜赵氏祖先的特权。按照北宋的制度，皇族是要被分封到全国各地为侯的，并且是世袭制。赵世昌即是继承了洋州侯的爵位，其封地在中都县（即今之汶上县）。

赵世昌信奉佛教，当得知嘉王宫中有一肢佛牙的消息后，便在进京省亲时，向堂弟、嘉王赵頵求取佛牙及舍利，嘉王当即应允，亲自安排亲事官孙政带着赵世昌到嘉王宫的佛牙阁迎取。这一天是熙宁六年（公元 1073 年）二月二十三日。佛牙舍利能这么轻易被赵世昌请出王宫，除了他的特殊身份外，还有一层不为人知的政治背景。宋神宗继位时，北宋已建国一百多年，全国的僧尼数量比宋初增加了很多，寺院也相应地增加到四万所。另外，还有贵族私建或侵占的许多功德坟、寺。这些寺院都拥有相当数量的田园、山林，得到豁免赋税和徭役的权利。于是寺院经济极为富裕，他们还兴办起长生库和碾磑、商店等牟利事业。

宋神宗当政期间，因年荒、河决等灾害频繁发生，国家需用赈款，开始发度牒征费。这一权宜之策，后来长期执行，数量渐增，致使寺院经济与政府财政间的矛盾日益加重，使佛教在北宋统治集团内部渐渐失去了过去的重要地位。

佛牙舍利被迎到汶上后，赵世昌和宝相寺僧人按照《涅槃经》上的记载，严遵佛言法则，起塔十三层，以示佛祖之灵骨的踪迹就在此塔。宝相寺要建太子灵踪塔的消息传出后，画工、银匠、石匠、泥瓦匠齐集宝相寺，至元丰四年（1081 年），金棺、银椁、石匣等皆已打造完成，费时八年。又过了三十年，一座高十三层，达 41.75 米的太子灵踪塔终于建好了，它耸入云端，岿然屹立。从熙宁六年至政和二年整整三十八年过去了，赵世昌把自己的一切都献给了佛，能做的事都做了，这项功德之举终于周全地完成了。

三、传说价值

（一）佛教学术研究价值

黄金塔的传说内容庞杂丰富，覆盖面广。但就传说价值而言，最重要的莫过于其中的佛教研究价值。佛教是中国文化的组成部分，在中国传统文化复兴之中自然有着重要的作用。儒、道、释是中国传统文化的主流，其实，儒、道、释以及其他文化又是相互影响、合为整体的，需要我们去有机地继承。佛教宣扬众生平等，劝诫人们珍惜每一个生命。佛教讲究因果循环中，教人以平和的态度积极进取，以善因得善果，通过自己的努力去获得相应的福报，这种思想对社会是有积极意义的。

黄金塔坐落于佛境圣地之一的宝相寺内，它的建造修葺，以及其中珍贵文物的发掘，都是其时汶上境内佛教文化传承发展的纪录，对后人研究佛教在孔孟之乡的传播有着重要的意义。特别是塔宫内发现的佛牙舍利，更是难得一见的佛教圣物。佛牙舍利对佛教徒而言，是佛一样的存在，供奉佛牙就是供奉佛本尊。对于佛牙舍利的追根溯源能更好地辨别其真伪，揭开笼罩其上的神秘面纱。黄金塔内与佛牙一起出土的珍贵史料，验证了佛牙的真实性，民间流传的相关故事也弥补了史料的不足，并和史料相互印证，还原了佛家圣物的真实面貌。

（二）文化旅游价值

因为黄金塔内珍贵的佛牙舍利，以及黄金塔本身附带的系列传说故事，现在黄金塔已经成为孔孟之乡著名的佛文化旅游景点。汶上县于每年的农历三月十五定期举行佛光节，传说中这一天，是佛祖驾临中原，传法布道的日子。届时，国内外的大德高僧、活佛、信徒、游客云集于此，瞻仰佛教圣物，敬观佛光重现。大宝相寺景区凭借神圣佛塔、神秘佛牙、神奇佛光声誉鹊起，成为海内外旅游者心中“祈福求祥、净化心灵”的灵验之地。

传说来源：该传说根据济宁非物质文化遗产保护中心提供的材料改编

单元三　峄山传说

名　　称：峄山传说

级　　别：市级非物质文化遗产

申报地区：邹城市

一、传说溯源

峄山，又称“绎山”，位于邹城市城东南 10 千米处，因其独树一帜的自然风貌和丰厚的文化底蕴，享誉神州大地。从古至今，赞美之作不可胜数，其异情别景非亲临其中不可言表。

论其高，峄山仅为泰山三分之一高，算不得巍峨高大；论其面积与周长，峄山与泰山不可同语。然而峄山却以其小巧之体、玲珑之态，集泰山之雄、黄山之奇、华山之险于一身，形成了独具一格的自然之秀美。其结构布局，起承转合；移步异景，自有玄妙；首尾相顾，起伏变幻。或者意象新类，别有洞天；或者草蛇灰线，横云断岭。加上雾气迷蒙，传神抒情；行云行雨，摄召魂梦。较之那苏州园林的“山重水复，柳暗花明”来，更当为自然之鬼斧神工叫绝！山间千岩竞秀，万壑纵横，目不暇接，令人观之竟生人造假山之疑。

峄山的神话与传说，是峄山文化的重要组成部分。

神话传说，不仅是人类童年的幻想，还记录了人类童年的心路历程，具有简约、模糊、象征意味等特点，它蕴含着丰富的神秘感，可激发人们潜在的共鸣，激发人们心灵的火花和想象力。在遥远的古代，人们把神话传说当成真实的客体来看待，现代人则不然，他们明知神话传说不真实，但仍然喜爱它。在一般情况下，正因为神话传说充满超现实的荒诞色彩、超自然的神秘性质，现代人才更乐于接触它，以便从中吸取某些现代生活与现代文化里缺乏、但又为人性所渴望的精神要素。一个地方，一旦有了神话和传说，这个地方就有了灵气。

而峄山的神话传说是相当丰富、精彩的。在漫长的历史长河中，很多远古时代的神话传说湮没了。人们今天常听到的只是峄山神话传说的冰山一角。

峄山

二、传说内容

传说峄山盘龙洞内有一龙王，每年冬天总是卧在洞里酣睡，来年二月初二出来行云布雨。

峄山脚下有个十来户人家的小村庄（小金庄），村里住着一位60多岁的老汉。老汉孤身一人，既节约又勤劳，天长日久，积攒了一些粮食。有一年，峄山龙王参加王母娘娘的蟠桃会，多喝了两杯，因而酣睡了三天。三天，对世间来说却是三年！这三年滴雨未下，庄稼枯死，未收颗粒粮食，乡亲们嚷着要逃荒了，老汉说："吃我积攒下的粮食。"可是，不几天老汉的粮食就被吃完了，人们又闹起了饥荒。

一天夜里，老汉做了个梦：一个长须老翁走进他的茅屋，推推他的身子说："好心老汉快起来，峄山街上仙人集。"老汉大惊，从梦中醒来，越想越觉得事情蹊跷，就爬起身走出小屋。见街上行走着许多人，走走停停，遇到合适的东西便拿起放进兜里。彼此和睦地笑笑，也不用掏钱。

老汉很纳闷，心想，既然如此，这里东西又那么多，不妨给乡亲们捎几件回去，可左挑右选没有一件合适的。老汉忽然在一堆珍珠旁发现了一口小铜锅，亮闪闪的，直照人眼。老汉心想，拿着玩吧，以后打下米来也可煮粥喝。于是，脱下身上的皮袄，换了这只铜锅。没想到刚刚把铜锅提起，眼前的集市就骤然消失了。

天亮后，老汉正为无米下锅时，忽然闻到一股饭香。仔细一闻，香味原来是从铜锅里飘出来的。老汉饱餐一顿后，锅里的饭又变满了。他想起挨饿的乡亲们，便把他们喊起来，可全村的人也没有吃完这锅米饭。

转眼到了春天。

二月初二，峄山龙王醒来行云布雨了，雨降得匀细丰沛。照往年，人们早该开始整理工具，准备春耕或开始给庄稼施肥了。可是如今，因为有了这口神锅，人们不愿意耕耘劳作了，天天东溜西逛，一个个变懒散了。

老汉很生气，心想：是仙人看我勤劳才给的神锅，若乡亲们一直靠神锅吃饭懒惰下去，不早晚要受穷吗？他就把神锅扔到了村外。随着一声巨响，竟砸陷了偌大一片土地，立即出现一方碧水粼粼的大湾，即今峄山水库的所在地。

大家没办法，又拾掇起农具，开始了春耕春播。他们挑池塘里的水浇灌庄稼。辛勤劳作了一年，得到了好收成。

从此，人们将二月初二定为庆贺之日，也就是传说中老汉摔神锅和峄山龙王醒来的日子，把自己最好的东西放在家里，像仙人集上一样，让真爱它的人无偿拿走。这天，方圆百里的人们也都会上山“许愿”“还愿”，给龙王进香，以求风调雨顺。久而久之，便形成了今天热闹、隆重的峄山古会。

三、传说价值

峄山传说的价值体现在它的自然景观上。

一是石美。那参差嶙峋、玲珑剔透，被地理学家称为当今世界之奇观的海蚀石，自不待说，满山遍野如禽如兽、静动有之的怪石更是数不胜数，使峄山缺了雕琢，多了野趣。怪石如龟、如鱼、如兔、如冠、如丸，子孙石、元宝石、五巧石、骆驼石、鹦鹉石、试剑石、八卦石……象形之惟妙惟肖，远眺、近视、上仰、下俯之变幻无穷，千姿百态，使人叹为观止，游人无不为其神奇所折服。故峄山与中华五岳相比，其主要特点是石美。

二是洞穴、泉水美。山上，磊磊巨石之下，有许多天然洞穴，据考察，有名洞穴 144 个。诸洞大如广庭、小如斗室，纵横通达、曲径通幽、深邃莫测；且洞多有泉水，每每东北风起，百泉涌涨，云气汹涌，“峄山戴帽”，大雨来到，其情景尤似仙山。

三是神话传说美。女娲炼五色石神工补天，而将滚滚乱石叠成峄山；梁山伯、祝英台求学于梁祝洞；贞妇明志的舍身台；金钟化作石；骑鹤隐仙升天去……千百年来，人们借物寄情，把许多美好的憧憬和愿望变成种种神话传说，曲折离奇，令人陶醉。

峄山还是道家活动的场所，甚得历代达官显贵的垂青，多有慷慨解囊捐资修山之人。经过历代经营，山上建有五大奇观，二十四景，三十六洞天，七十二庙宇，宫殿庙庵数百楹，瓦缝参差，错落山间，碧瓦红墙，十分壮观。

传说来源：该传说由济宁非物质文化遗产保护中心提供

知识拓展

峄山传说集锦

（一）峄山老人话长寿

从前，峄山附近的官吏、财主们常常吃峄山人参以求长寿，可不见他们有一个活到百岁的。而峄山周围的五个长寿老人却都没有吃过人参，因为他们穷，吃不起。这一年，五位老人的年龄加在一起恰好500岁。一天，风和日丽，百花吐艳，五位老人在峄山的一块大石坪上不期而遇，开怀畅谈中不知不觉交流起长寿秘诀。

100岁的张不量说："什么诀窍不诀窍的，我从来不管那一套。每天干活出点汗，至今干了九十年。还有一个小习惯，八十多年没有变，每年巧吃十瓣蒜，五毒恨我不沾边。平平常常往前走，今年过了九十九。"

108岁的肖参说："我是出家人，爬了一百年峄山，身体壮饭量大，却从不吃过量饭。每天喝甘露圣水菊花茶，山上的野菜我赶鲜，野果我先尝，越活越有劲。"

韩延龄102岁，外号"不知愁"，乐哈哈地说："我什么事都不放在心上，就一样忘不了——练拳脚，十岁学打太极拳，至今打了九十年。"

96岁的曹伯30岁丧妻无力再娶，60年只身一人，既不悲观，又不胡来，他风趣地说："人说棉袄破、媳妇丑，活到九十九，我不光棉袄破，连个丑媳妇也没有，恐怕能活两个九十九。"

94岁的陈年直截了当地说："我有小病不吃药，银针一根治百病。"

五位老汉不禁放声大笑，笑声苍劲洪亮，在山谷中久久回荡，仿佛峄山也发出深沉洪亮的笑声。后来，人们把他们畅谈长寿诀窍的这块巨石称为“五老石”，并在“五老石”上刻下“不参延百年”五个字，既巧妙地记下了五老的这次趣话，又道出了普通人的长寿诀窍。

（二）小孟轲峄山启蒙的故事

孟子小时候，他的家就在山下面的邾国都城里面，所以常常上峄山上游玩。开始他只是走走看看，眼见红男绿女，老老少少，来来往往好不热闹。他也越石探洞，跨涧听泉，玩得好开心。后来母亲嘱咐他：登山也要有收获，不光移栽花木，还要把登山的体会讲给娘听听。

小孟轲想着娘的话，不光登山游玩，还边走边想，想人间世态百相。思考得多了，心中突然一亮：登山不光是上上下下、跑跑颠颠，游中理趣甚多，玩也要有学问啊！他虽然黑了点，却更结实了，个头也长高许多。更使娘兴奋的是，小孟轲开始不断地向娘提问题，他一问世间的人为什么会有贫贱富贵之分；二问人间为什么会有真假善恶之别；三问人生同样短暂为什么有的成才成名而有的则碌碌无为。

一天，小孟轲从五华峰上下来，实在累了，便在居龙洞中躺下休息。忽有一老者爬进来，让他说出“慎终追远，民德归德厚矣”这话的道理。孟轲惘然若失，不知从何说起。老者失望地要离去，孟轲认为老者可能要打他，猛然一动，头碰在了石壁上，疼痛醒来，什么人也没有，原来是个奇怪的梦。晚上回到家里，便把自己在居龙洞里的梦讲给了母亲。接着又对母亲讲起钻洞的趣味：“钻那个居龙洞，真是好玩极了。一跨、二钻、三爬、四滑、五卧、六纵、七靠、八挣，拐两拐，卡三卡，窜四窜。要小心，要脚踏实地，聚精会神，要全神贯注。眼使手，手必得服服帖帖；心指挥手眼，眼手都得诚诚实实，毫不含糊，稍不小心就会造成终生遗憾。人一旦废了，则什么也不可多想了。小心二字，平平常常，好认易写，我三岁时您就教会了我，今天我才算真正明白了小心二字的含义，天下万事无一不需要小心。”孟子的这番话，使他母亲激动得热泪盈眶，孟母语重心长地对小孟轲说："孩子啊，在人生的路上，你才开头。记住：处处留心皆学问，小心方能走天下。"

小孟轲认真听着母亲的话，并默默反复背诵着："处处留心皆学问，小心方能走天下……"

（三）蝴蝶成双不分离

相传祝英台是一个美丽又聪明的姑娘，她不但会绣花做针线活，还会读书写字。一天，她忽然想到外面求学去，但她又觉得自己是个女孩儿家，单身孤影地到外地求学，很有些不便，不如装扮成一个男子。于是，她就穿了男人的服装，离开家乡到很远的地方去了。

那个遥远的地方，就是风景秀丽的峄山。到了峄山，拜过了"圣人"和先生，便和同学们相见了。同学当中，有一个名叫梁山伯的，在祝英台眼里看来，他是一个非常可爱的少年，因为他不但相貌清秀，性情也温和，读书尤其用功。因此她和他的感情，一天天亲密起来。两人整天共案读书，联床睡觉，她虽然热烈地爱他，但防范却非常严密，常常把她的书箱安置在两个床头的中间，书箱上边，放着一盆水，并告诉梁山伯："你睡觉的时候，要安分一点，如果在床上乱滚乱翻，把盆子里的水弄泼了，我马上告诉老先生，叫他责罚你！"

梁山伯听了她的话，只好规规矩矩的，动也不敢动，因此祝英台在梁山伯面前始终没有露出半点女孩的痕迹。梁山伯与祝英台那样要好，却毫不怀疑她是一个女孩，因为他本有些书呆子气，容易被祝英台蒙混。别的同学更无从知道她的底细了。

祝英台虽然会瞒人，却瞒不过师娘。一天，师娘告诉老先生："祝英台是一个假扮男生的女孩子。"

"你怎么知道的？"先生问。

师娘说："因为男人磕头，左膝先跪，女人磕头，右膝先跪。你不是看见那天祝英台来拜圣人，右膝先跪的吗？"

"那也不见得就是女人呀！"老先生有点不信。

有一天师娘请祝英台吃饭，拿酒把她灌醉了，在她身上查验了一下，果真是女儿身。

祝英台醒酒之后，知道自己的秘密被师娘识破了，打算立刻离开这里，回家乡去。梁山伯不知究竟，见祝英台突然动了归心，未免感到离别之苦，于是千方百计地挽留她，但怎么也留不住。当她走的那天，梁山伯恋恋不舍地送她，一直送了很远很远。将要分别的当儿，祝英台很想让梁山伯知道自己的性别身世，好为两人将来结合做准备，可是自己又不好直截了当地说出，只好打比喻和哑谜给他听。

当他俩走着的时候，看见前面有两只鹅，祝英台指着告诉梁山伯："山伯哥哥，你前边有两只鹅，母鹅在前面走，公鹅在后面笑呵呵。"梁山伯听了，却不明白她的意思。

再走到前面，又看到两只鸡，祝英台指着告诉梁山伯道："山伯哥哥，前面有两只鸡，母鸡前面走，公鸡在后面笑嘻嘻。"梁山伯听了，还是不明白她的意思。

再往前面走，又看见空中飞着两只雁，祝英台指着告诉梁山伯说："山伯哥哥，你看天空有两只雁儿飞，一只东来一只西，雁儿雁儿我劝你，你们最好不分离！"梁山伯听了，还是不明白她的意思。

梁山伯说："英台弟弟，我们快分别了，我心里真难过，你只是鹅呀，鸡呀，雁呀，说这些无关紧要的话，我真不明白你的意思。"

祝英台说："好吧，我不说这类的话了！你送了我这么远的路程，也该回去了。"

"英台弟弟，我真舍不得和你分别，还想再送你一程。"

"山伯哥哥，你待我真好，我很感激你！现在快分别了，我有几句要紧的话告诉你，你的婚事，不是没有定么？我家里有个妹妹生得很聪明，样子和我一样，我回去后，定和我母亲商量，把她许配给你，想你也会愿意的，不过你要早一点到我家里来一趟才好。"

"好极了！我一定到你家去！"山伯答应着。

再走到前面，泗河横阻着他们的去路。祝英台看看潺潺的流水，告诉山伯："山伯哥哥，你看这河水不知深浅，你快向那个村子借一根竹篙探探看，我们好脱衣过去。"

梁山伯答应，就往那附近村庄里去了。祝英台便趁着这时，脱下衣裳，独自渡河过去。一会儿，梁山伯跑得气喘吁吁，拿着竹篙子来了，见她已经站在对面的河岸整理衣裳，很失望地道："英台弟弟，你为什么独自过去了？"

"山伯哥哥，对不起，我已经过来了，你回去吧，不必再远送了。只是我刚才告诉你的话千万不要忘记！"

英台说着，头也不回地走了，只剩下梁山伯孤零零地站在原地，怅惘地目送她渐渐消失的身影。

梁山伯回来以后，虽免不了离别之苦，但也没有办法，只照常埋头读书，这样一天天过下去，倒把祝英台临别时说的话给忘了。

时光如流水般过去，距离祝英台回家的日子已经很久了。一天，梁山伯忽然想起祝英台临别约婚的话，于是就立即动身，到祝英台的家里去了。进了门，向她的家人说明来意，坐在大厅里等了多时，总不见祝英台出来见他。原来这时候，祝英台的父母早把她许配给马家了，因此她不肯出来和他相会。但是，时间一长，祝英台不忍心让心爱的梁山伯久等，于是从绣楼上跑了下来，和山伯会晤。梁山伯看见祝英台已经改变了以前的装束，宛然是一位天仙似的美丽姑娘！梁山伯才知道她从前所说的妹妹，便是她自己！就满面现出怀疑的神气问她道："你从前和我相约的话，总还记得吧。"

"唉，我临别的时候，不是叫你早点来吗？如今你来得太晚了！再也不要有什么幻想了。因为现在由家父做主，把我许给马家了。你要见我还有什么用处呢？"

"唉！"梁山伯两眼满含失望的泪水，无可奈何地回去了。

梁山伯回家以后，就害了相思病，病到快死的时候，只得央求母亲到英台家里去问英台："对他的病有没有可以挽救的方法？"

"除非老龙头上的角，蜢虫颈上的浆，才能治好他的病。"祝英台这样回答他的母亲。

梁山伯的母亲回来，把祝英台的话告诉山伯。山伯知道自己的病是无望了。不多久，梁山伯就真的长辞人世了！他临死的时候，告诉母亲："我死了以后，定要把我埋到马坡正南的泗河沿，马家到祝家的大路旁。”

那天，祝英台的嫁期到了，马家兴高采烈地来迎娶，祝英台坐在花轿里面，刚刚走到梁山伯的墓旁，便喊声：“住轿！”英台跳下花轿，向墓前拜了几拜。忽听见呼啦啦一声响，那坟墓突然裂开，英台趁势低头钻了进去，几个轿夫急忙伸手去拉，但已经来不及了，只撕下一片裙角，一松手就变成了一只蝴蝶，那裂开的坟墓已迅速地合拢了。

此时，只见墓中也飞出了一只蝴蝶，两只蝴蝶一起在空中自由自在地飞舞了起来。

后来人们都传开了，说梁山伯与祝英台二人情投意合，活着时不能结成夫妻，死后化成蝴蝶永不分离。

单元四　梁山地名传说

名　　称：梁山地名传说

级　　别：市级非物质文化遗产

申报地区：梁山县

一、传说溯源

地名是地理名称的简称，是人们为了对地理事物加以区分而约定俗成的语言代号，也是写在大地上的历史。在人类五千年的历史长河中，地名也在不断地变化着。有些淘汰，有些变更，有些新生。这些变化，既缘于自然界的变化，也缘于人类文明的发展。探究其起源和演变过程，解读其文化底蕴，常常可以分析出地理、历史、民族等方面的有用信息，自然包含不少知识性和趣味性。所以，地名文化也成了旅游文化的一部分。

梁山一带处于汶水和黄河下游的冲积平原，历史的沧桑变迁决定了其丰厚的文化底蕴，自然也反映到地名上。

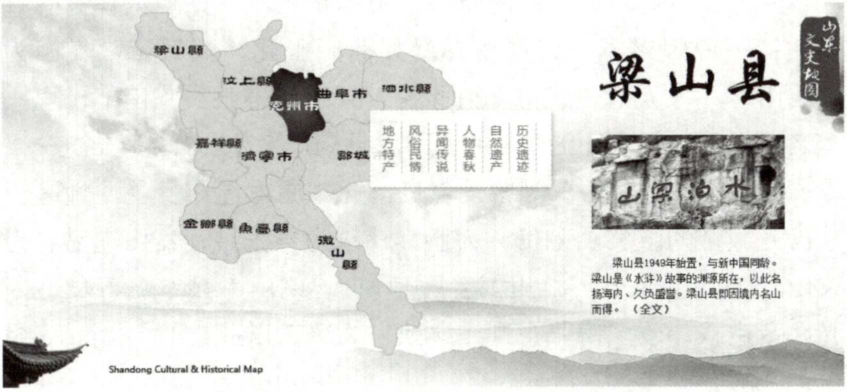

梁山县

二、传说内容

梁山，本名良山。据《辞海·梁山》释：“汉时一作良山，汉文帝、梁孝王曾在此田猎。”晋宏的《北征赋》中，“背梁山，截汶波”讲的即是此地。在今山东省东平湖西，梁山县南，周约10千米，附近地区为古梁山泊。《史记·梁孝王世家》有“北猎良山”句。《山东通志·古迹》载：“……一名良邑，梁山本名良山，邑以山得名……”

良山一名何来？史书未见记载。但梁山一带的人们却有一个说法：在远古时代，良山本名蛇山，因山上有一条大蛇而得名。这条大蛇有三搂粗，头像碾盘，嘴像簸箕，吃人无数，危害乡里。附近住着一位名叫“良山”的少年，父母都先后被蛇吃了，他立志要为父母报仇，就让铁匠打了很多刀子。这天，良山把刀子绑在身上，又一手拿了一把，向蛇出没的地方走去。还没有看到蛇便被蛇吸到了嘴里，他看不到任何东西，只凭感觉把两臂伸开，蛇感觉到疼痛便一直往下咽，随着良山被吞到肚里，蛇也被刀子割成了两半。蛇死了，良山也被闷死在蛇的肚子里。人们感激良山为民除了大害，为纪念他，便改称蛇山为良山，并世世代代传承下来。

关于良山更名为梁山的原因，史书记载不一，但大体有两种说法：一说因梁孝王曾游猎并暴死而葬于此，汉景帝赐良山为“梁山”。《大清一统志》衍此说：梁山在寿张县东南七十里，本名良山，以梁孝王游猎于此而名（见《山东省梁山县地名志·梁山》）。另一说是西汉时曾设寿良县，辖原寿邑和良邑两地区。东汉光武帝的叔父名刘良，为避其讳改为寿张县，良山遂易名为梁山。《山东通志·山川》袭后一说：“梁山考县本名寿良，因光武帝避叔讳改名寿张，则山之改良为梁，以此。”而《辞海·梁山》未解释此事。

三、传说价值

梁山地名传说能够更好地弘扬水浒文化，发扬梁山精神，为水浒故事申报第三批国家级非物质文化遗产提供支持。水浒传说故事一旦申遗成功，推动者可谓水浒文化发展的千古功臣。更重要的是，水浒传说故事如果申遗成功，还将会给山东欠发达的梁山、郓城、东平、阳谷、高唐五个水浒县的经济注入巨大活力。

传说来源：该传说由济宁非物质文化遗产保护中心提供

知识拓展

杏花村

梁山东麓山坳间的一片开阔地，上植千株梨杏，人称十里杏花村。每至阳春三月，梨花、杏花一片雪海琼涛，争艳斗芳，云蒸霞蔚，香飘十里，景象十分壮观。旧志称曰“杏林飞霞”，有诗赞曰：“桃杏值春开，馨香趁风起，闲步莲台间，生机千万里。”相传这里即是《水浒传》中描写的王林卖酒的地方。而今的杏花村，老树犹在，步入杏林之中，只觉得花更艳，香更浓，树上杏花薄粉轻红仿佛少女含情微笑，枝头春色锦绣似在邀人共赏春色。那飘落的杏花纯白如雪，仿佛给人铺上了杏花地毯，徜徉在杏花村里，展现在游人眼前的是一幅洋溢着青春气息的春光画图。

宋江马道

宋江马道起自梁山北麓的后寨，蜿蜒南伸，穿越青龙山、狗头山、骑三山，曲折回旋，越过黑风口，直达虎头峰上的宋江大寨，是义军将士搬运粮草、报事上哨、防卫进攻的要道。传说梁山寨上原本没有这条道，宋江上山以后，为了便于搬运粮草和调兵遣将，一心想修一条贯通前后寨的大道，可是从大寨到后寨，要翻过骑三山、狗头山、狗爪山、鏊子山等群山诸峰，曲曲折折数里之长，并且满山遍野荆棘丛生、怪石突兀，荫蔽锁日，爬山行路非常困难。宋江迫于战事需要，跑了七七四十九天，也没找出合适的路线。正在发愁之际，宋江夜里做了一个梦，梦中听到一阵马蹄响，“嗒嗒嗒”由远而近。宋江大喜，心想：既能奔马，必有大道，急忙循声看去，只见一匹白龙大马飞驰而来。那马见了宋江，掉头便往回跑，四蹄踏出一条平整整的大道，从虎头峰过骑三山，跨狗爪山、鏊子山，蜿蜒而去。第二天，宋江按梦中之景实地查看，果然是条好路线，便派金大坚率众士卒，依山势开路，遇沟壑填石架桥，终于修出一条可供兵马来往的山路。“宋江马道”之名便由此而来。

两关一寨

梁山一关：山寨第一道门——梁山一关，是木质结构，栅栏形式，有浓郁的山寨特点，也是进入梁山的第一道屏障，根据《水浒传》第七十回描写，第一关由解珍、解宝两头领驻守在此。壁垒森严，雄浑壮观，后多次遭到破坏，2002 年又在原址上进行了修复。走进这条杂草陈槐、曲折逶迤的古寨道，就会从这荒野的气息中，领略出当年好汉啸聚山林、八方共域、异姓一家、豪放不羁、快活洒脱的绿林生活情景。

梁山二关：为边关哨卡式建筑，寨墙和大门全为石结构，因为受环境、条件限制，当年义军用干碴式堡垒。占地面积 200 多平方米，长 40 余米，高 8 米，该建筑卡谷而立、森严壁垒，旗掩霸寨，由鲁智深、武松把守。

梁山寨：“替天行道”杏黄大旗和“聚义厅”巨匾同时映入眼帘，其意是天罡地煞星的会合之地、108 将大本营。它是景区的核心建筑，也是当年义军的心脏——指挥中心。建筑强化了水浒特色，追求强悍、粗犷、苍劲、豪放的阳刚之气，从建筑到内饰均以场景化为主格调。在建筑造型上体现出质朴与力度，用建筑体现了梁山的个性魅力。该建筑由演兵场、山门、忠义堂、中廊、回廊栈道、议事房及望楼组成。

菊花会

菊花会是梁山风景区聚义厅内的实景剧表演。

剧情：宋江自盟誓之后，一向不曾下山，不觉炎威已过，又到秋凉，重阳节近。宋江便叫宋清大摆筵席，与众兄弟同赏菊花，唤作“菊花会”。但有下山的兄弟们，不论远近，都要召回山寨来赴筵。

李逵塑像

李逵塑像屹立在山巅，双手紧握板斧，豹眼圆睁，胡须怒乍，头扎一顶头巾，身穿一件罗汉布褂，裸露着胸膛，双臂上青筋毕露，毛发竖立，脚穿草鞋，步履坚定，似有踏平世间不平事、双斧砍尽佞恶人之气。

号令台

号令台是当年义军察望寨情，向各寨通报信息，出征、收兵的指挥枢纽，坐落在分军岭与黑风口的制高点，也是梁山诸峰的核心位置和中段制高点，是非常重要的战略要地。该建筑占地面积238.38平方米，建筑面积为329.88平方米，总高度13米，由四部分组成，主台为三层，用栈桥与周围三个望台相连接，东台为巨锣亭，西台为大鼓亭，南台为望台，设信号灯、标志旗、响箭。号令台主台二楼与三个台直接相通，可迅速传达号令，通报敌情。该建筑别具雄险，粗犷奔放，寨势气势足尽人心。

黑风口

黑风口在虎头峰与骑三山相连的山凹处，两侧悬崖峭壁，谷幽涧深，有“一夫当关，万夫莫开”之势。此处风大且急，素有“无风三尺浪，有风刮掉头”之说，故名“黑风口”，号称梁山第一险关。现建有李逵塑像，并树有著名书法家沙孟海手书碑，题字笔力雄劲、结构宽博。

莲台寺

莲台寺为唐代高僧创建，石佛是在一块天然巨石上雕凿而成。佛像趺坐于盛开的莲花之上，底部是六尺多高的莲花石座，所镌佛像庄重、肃穆、仪表自然、线条简洁、淳朴厚重，这座石佛就是佛教创始人释迦牟尼。据《旧唐书》载：唐高宗于麟德二年在武则天的挟持下封禅泰山，曾两次驾临梁山莲台寺，焚香拜佛。千百年来香火不断，每年农历四月初八，万名香客云集，祈福迎祥。与莲台寺相对应的就是法兴寺，它与莲台寺并称上下莲台，旧有“法兴夕照”“法兴钟声”之景观。

宋江井

水浒寨西有一石井，人称“宋江井”。传说很久以前，这里是个深不可测的石潭，池水甘甜清冽，取用不竭，饮之爽心滋体，被当时樵夫猎户誉为天露。这池另一个出奇处便是天旱水长，正常年景只有半池碧水，大旱之年则有溢出。后来梁山泊义军在这里安营扎寨，人马均赖此为生，故称此潭为宋江井。宋江率兵平辽之前，曾在此井中藏下许多兵器盔甲。平辽归来，梁山好汉十之八九战死疆场，幸存下来的活阎罗阮小七不贪高官厚禄，回到石碣村重操打鱼旧业，怎奈渔霸横行，官府欺凌，他便率众乡亲重返梁山，取出井中之兵器盔甲，又扯起义旗，杀贪官，诛渔霸，抗官兵，干出了一番轰轰烈烈的事业。

忠义堂

梁山寨内，苍松翠柏之中，有一座古朴壮观的建筑——忠义堂。忠义堂原称聚义厅，是当年梁山好汉商议军情、调兵遣将、排定座次的地方。托塔天王晁盖在曾头市中箭身亡后宋江把聚义厅改为忠义堂。

“义”不但体现在朋友交往，而且涵盖了责任、诚信、感恩、感情、回报、宽容、忍耐等诸多因素在内。体现了做人的一种道德，一种精神。

八百年前，梁山好汉在此结义，人数之众，实为罕见，可谓五湖四海皆兄弟，人无同面，人和一心，乐必同乐，忧必同忧，共存忠义之心，同著功勋于国，替天行道，保国安民。梁山精神，尊忠扬义，古往今来，众多志同道合的义士前来梁山，效仿当年好汉义结金兰，广为传播。

宋江寨

梁山主峰虎头峰顶端开阔平坦，易安营扎寨，东、西、南三面危岩壁立，四周有两道内外石砌寨墙围绕，北侧有两重扭头门，这便是梁山主寨——宋江寨。当年，宋江寨墙固若金汤，易守难攻，而今虽变成残垣断壁，但仍给人以森严壁垒之感。宋江寨构思缜密，具有强大的内聚力，是梁山泊首要的军事重寨。寨中央有忠义堂、旗杆窝、宋江井等遗址。历史虽匆匆而过，但宋江寨上仍铭刻着当年战火的遗迹，那巍峨的虎头峰，仿佛在告诉人们它昔日的威严。

单元五　陷留城的传说

名　　称：陷留城的传说
级　　别：市级非物质文化遗产
申报地区：微山县

一、传说溯源

留城位于微山岛西南 6000 米处，是微山古城中年代最久远的一个，可以上溯到唐尧时期。《路史》中载：尧的儿子“丹朱庶弟九，其封于留者为留氏”。据此记载，留之封国至今已有 4000 余年的历史了。留国在殷末灭亡，春秋时为宋邑。《左传·襄公元年》：“楚子辛救郑，侵宋吕、留。”留即留邑。秦统一六国后，实行郡县制，在此置留县，属泗水郡。西汉建立，留县改属楚国。《汉书·张良传》记载：“汉六年，高祖以三万户封良，良不敢受，自愿封留足也，乃封良为留侯。”留县即成为张良的封邑。东汉初，留县属彭城国。魏晋南北朝时期，留县先属彭城国，后属彭城郡。《晋书·地理志》记载：“留属彭城。其时军旅迭兴，留为东西门户。”这时可能是留城较为繁盛的时期。南朝宋孝武帝大明元年（457 年），撤广戚县并于留县。明帝泰始三年（467 年），留县入于北魏，仍属彭城郡。北齐末，废留县，并于沛县。县虽废，城犹在，称为留城镇。隋开皇十六年（596 年），复置留县。唐初又废。从此，历时 800 余年的留县，只作为沛县的一个城镇存在了。

微山湖——留城沉陷地

二、传说内容

留城存在几千年，随着黄河的泛滥和微山湖的形成，逐渐沉入水中，但在微山湖畔却长久流传着一个“陷留城”的故事。

传说明朝初年，留城里住着一户叫刘伯通的人家。有一天，祖上显灵告诉他“留城要陷”，命他速造一条木船，只要大门口两旁石狮子的眼睛变红，全家人就快速上船躲避，直到遇有火光的地方才能下船上岸。于是，全家人一边急忙伐木造船，一边派人轮流观察着石狮子的动静。邻里知道后都笑他家太傻，根本不相信留城会陷。当时，刘伯通有三个儿子和一个女儿，女儿早已出嫁到一户姓陈的人家，生有一子。船快造好的那天，女儿正巧带着其子回娘家，刘伯通就让这个小孩在门口帮着看石狮子，并反复叮咛，千万不能到处乱跑，一定得认真盯着石狮子的眼睛。小孩子贪玩，哪里有耐性，看守了一会儿就耐不住了，于是灵机一动，就抓了把红土把石狮子的眼睛涂红了，然后跑进院里，大声地告诉家人“狮子的眼睛变红了”。话音刚落，只见天昏地暗，大水陡涨，很快把留城的房屋、树木淹没了，人和牲畜全部葬身水底，只有刘伯通一家包括他女儿和外孙凭借着船的保护才得以活命。水大浪急，他们只能听天由命，随波漂流。一天夜里，他们突然看见远处有一丝火光，一明一灭，就拼命地划过去，在此上岸，原来是一位老汉正在树下吸旱烟，他们看到的火光就是老汉吸烟时发出的光亮。他们把这个地方起名“遇火地”，这就是目前韩庄镇前性义村最早的名称。刘伯通一家在此居住下来，经过一代代的繁衍，逐渐成为一个村落。其外孙成家后居住在“遇火地”的北边，经过一代代的繁衍也成为一个村子，称为后性义村。正是因为这个缘故，这两个村子刘陈两姓至今都还互称“老表”。

韩庄刘氏族谱碑及家谱中有类似的记载，“吾祖刘氏，世居彭城，始迁留城。永乐二年八月十三日子时，尹河涨水，湮没留城。刘伯通携三子来峄阳定居……”当然，留城如同地震般沉陷和只生存刘陈数人的传说，固不可信，但它却能给后人研究留城沉陷以启示。根据志书记载推算，留城陷没，约在明末清初。留城陷入微山湖之后，曾在湖水干涸时露出过遗址。后来，由于微山湖的淤积，留城遗址再没有呈现过，但民间却有留城六十年一现的传说。其实这种再现，只不过类似“海市蜃楼”的幻影罢了。

三、传说价值

传说的产生主要是为了解释留城和大片良田沉于地下的原因。因为先民缺少一定的科学知识，所以附会出了一系列带有神秘色彩的传说故事。它从一个侧面告诉我们，留城曾经是存在的，也为后人探寻微山湖的成因提供了借鉴材料。同时，传说向我们展现了人类面对天灾、人祸的被动，以及积极探索解决问题，化逆境为顺境的能力。关于陷留城的传说，在微山有多个版本流传于世，人物情节各有不同。但无论哪一个版本，都传达了善恶有报的理念，目的在于引导人们乐善好施，积德行善。

传说来源：该传说由济宁非物质文化遗产保护中心提供

单元六　范氏牌坊的传说

名　　称：范式牌坊的传说

级　　别：市级非物质文化遗产

申报地区：兖州市

一、传说溯源

曾耸立兖州数百年之久的两座范氏牌坊，美名远播，被誉为“天下第一坊”。两座美轮美奂的稀世牌坊和范氏祖孙紧密地联系在一起。建立牌坊，是为了表彰范氏一门忠烈，而其中主要是彰扬范淑泰以身殉国的壮举。

范淑泰，号木渐，字大来，生于明万历元年（1573 年），卒于崇祯十五年（1642 年）。其父范廷弼、叔父范廷辅，皆为进士出身。其祖辈随鲁王来兖就藩，至范淑泰已九代。范氏一族历代均有人考取功名，多在军中任职。其父任过户部主事、广西按察使司兵巡道副使等职，后加尚书衔，出使南洋诸国，弘扬了“天朝威风”，卒后，被朝廷加封为太仆寺正卿、赐联“天朝忠孝无双士，鲁国人文第一家”。范淑泰受祖辈忠烈家风影响，进士及第后升兵科都给事中，忠孝刚烈，不惧权奸，上书参劾奸相王梦熊卖官鬻爵祸国殃民之罪，这一壮举，得到士民及同僚赞佩。崇祯十五年，范淑泰归兖省亲，在大荒之年，他力劝知府开仓放赈，并将范氏存粮、金银相助贫民及死者家属，受惠者达 3000 余人，体现了范淑泰体恤民众、乐善好施的正直情怀。不久，清兵攻打兖州，范淑泰力主抗战守城，与兖州知府邓藩锡日夜奋战在城楼上。后城破受伤被俘，坚贞不屈，清将许以高官厚禄，让其投降，范淑泰痛骂不止，清将也感佩范淑泰英武不屈，为全其忠节，十二月初八日，将范淑泰及其弟范淑晋一同杀死在城北三义庙内。清兵撤走后，家人寻其尸，葬于范氏祖茔（范家林）。崇祯皇帝得知此事后，嘉其忠烈，赠太仆寺少卿，敕建范氏牌坊。两座牌坊雕画了范氏祖孙事迹（如出使南洋等）、花鸟鱼虫、人物山水，莫不技艺精湛、栩栩如生，为举世所罕见。其中，东坊阴阳两面有鲁王题“万邦为宪”“父子同朝”，西坊题“忠孝名臣”“祖孙进士”等字，系大书法家王铎手笔，西坊专为表彰范淑泰而建。

二、传说内容

据传，兖州城内曾有两座石坊——范氏牌坊，一座叫“父子同朝”坊，一座叫“祖孙进士”坊，其精湛的石雕艺术世所罕见。上面花鸟鱼虫栩栩如生，神仙怪兽惟妙惟肖，令人叹为观止。民间故事《范氏牌坊的传说》就由此而生。

明朝年间，范淑泰父子同朝为官，功高位显。为表彰其功德，皇上降旨，让他们在家乡立牌坊。范家赶紧派人四处寻访名匠，重金相邀，请到一批身怀绝技的匠人。

范氏牌坊损毁前照片

匠人们经过千锤万凿，精雕细刻，顺利地将两座石坊竖了起来，果然是光彩照人，真不愧是“天下第一牌坊”。

牌坊竖好后，范氏一家准备了丰盛的酒席款待匠人。席间，主人问他们：“各位劳苦功高，不知还能不能造出比这更好的牌坊？”匠人们喝得醉眼惺忪，早忘了那句“子孙遭殃”

的告诫，答道："只要肯花银子，还能造出比这更好的牌坊。""是啊，俺还有好多绝招没用呢！"匠人们也借机炫耀。自古祸从口出，范家听了这话，暗想："要是叫这批能工巧匠造出更好的牌坊，天下第一牌坊的美名就让别家夺去了。干脆一不做二不休，把他们打发了吧！"范家主人心生毒计，在酒菜内下了砒霜，把匠人们全部都毒死了。

当天夜里，乌云翻滚，电闪雷鸣，倾盆大雨下了一夜，好像老天爷也在为这些冤魂们悲伤流泪。第二天清晨，云开日出，人们再去范式牌坊前观赏时，都大惊小怪，只见石雕上的各色人物眼中淌泪，满脸悲戚。再仔细看，所有的石人眼睛半睁半闭，瞳仁不见了，泪水正从眼窝里汩汩流出。

三、传说价值

（一）延伸价值

这个传说未必是真，但告诉人们要坚定自己的立场，做诚信的人。兖州本有端信之意，待人以诚，人必以诚待之。人生不过短短25 000多天，名利富贵不必看得太重，生不带来死不带去，一味追逐失了本真反而不好，人要活出正面影响。有些民间传说实在让人无法相信，而传说本身情节精美、逻辑严谨，用超常的思维方式解释了老百姓无法用正常思维解释的问题，还告诉人们做人的道理，不失为中国传统文化的瑰宝。

（二）文化价值

每个城市都有不同的牌坊，代表着当地的文化，成为当地的地标性建筑。同样，兖州的牌坊代表着兖州独特的文化。兖州城内，还有多处牌坊，比如北顺城街的牌坊、八一礼堂西的牌坊等。

传说来源：该传说由济宁非物质文化遗产保护中心提供

单元七　金口坝下聚金石的传说

名　　称：金口坝下聚金石的传说
级　　别：市级非物质文化遗产
申报地区：兖州市

一、传说溯源

金口坝为兖州市古建筑，位于城东泗河、沂河交汇处。据《滋阳县志》载："金口坝为东魏天平二年高欢将娄昭攻兖时，堰泗灌瑕丘之迹。"隋开皇中，薛胄为兖州刺史时，泗河、沂河南流，泛滥淹没，胄乃于城东二水交流之处，积石筑堰为金口坝。元至元二十六年（1289 年），开会通河，为引泗河水接济运河，重新修复旧坝，中间开三洞，并装置闸门，视季节水势而启闭。明代、清代重修。

金坝口景貌

金坝口文字记载

二、传说内容

从前，有个做生意的南方人，每年夏天来到金口坝，在坝前的一家茶馆里落脚。一年又一年，南方人夏天来秋后走，走时怀里总是揣着个沉甸甸的布袋。茶馆老板不见他做生意，却大把花钱，觉得再富的人坐吃山空也不行呀！

俗话说天有不测风云，人有旦夕祸福。这年秋天，南方人病倒在茶馆，老板哪能不管不问。他忙着抓药请先生，端汤送水伺候他。南方人的病越来越重，眼看着阎王爷有请。临死前，他感激老板的恩德，告诉老板一个秘密：金口坝下第三座涵洞里有块聚金石，每年夏秋发大水之际常聚下金沙，随拿随有。

原来这个南方人在泗河洗澡，正巧赶上三伏天气，发大水，水漫金口坝，漩涡磨盘大，南方人被两块石头卡住了脖子，他闭上眼睛听天由命。后来实在憋不住了，吸了口气，却并没有被水呛着。睁眼一看，眼前是片空当，水都从身下流走了。再一看，靠着河底有块凸石，中间有片洼坑，里面盛着黄澄澄的金沙。他因祸得福，吃顺了嘴，从此以后，每年夏秋时节，都潜到坝下取金子。不料金山银山换不来命，死在茶馆里。茶馆老板按照南方人的交代，壮着胆子顺水下到金口坝桥洞，果然见到那块聚金石，他也发财了。后来，他嫌那聚金石洼坑小盛不了多少金子，便拿着锤子铁锨把那块聚金石凿了个大坑，指望多聚些金子发大财，谁知那块聚金石被他破了“风水”，再也不聚金了。

三、传说价值

《金口坝下聚金石的传说》具有珍贵的民间文学价值，是生长于兖州历史、风物，并深深扎根于民间，富有地方特色的文学作品，是兖州人民集体创作的经过千锤百炼而流传下来的结晶，具有广泛的群众基础和民间传承性。通过这个故事，人们可以了解到兖州在很早以前就是一个商贸重地，客商云集，所以才留下了美好的故事。故事宣扬兖州人热情好客的传统美德，也劝诫人莫念得无厌，具有良好的民俗学价值。

传说来源：该传说由济宁非物质文化遗产保护中心提供

单元八　嵫山的传说

名　　称：嵫山的传说

级　　别：市级非物质文化遗产

申报地区：兖州市

一、传说溯源

嵫山位于兖州市城西 15 千米处，属于泰山山脉的构造系统，分东西两峰。东峰海拔 75 米，西峰海拔 72.5 米，占地 1.5 平方千米。嵫山是兖州唯一的山，历代滋阳县人自然会倍感珍惜。直到民国末年，嵫山上仍有丰富的地面遗存，历代碑刻众多，有亭台多处，苍松翠柏簇拥。但经过几十年的伐木采石，嵫山已慢慢消失。

嵫山旧貌

嵫山所经历的厄运可以归结为“砖劫”“木劫”“石劫”。首先，附近乡民采伐树木，使嵫山泯然矣，濯濯矣；其次，经过疯狂开采石材，一座本就不高的小山，成为深谷。

每年阴历的三月三，有嵫山年庙会，会上人们唱戏祭神，游览朝圣，四乡云集，热闹非凡。

作为地理环境的存在，嵫山已有上亿年的历史。在兖州境内，发祥于环境和历史的民间口头文学，要数《嵫山的传说》最久远了。

二、传说内容

在流传的过程中，人们不断加进历史上有关的神话元素，寄托着对大自然的崇拜之情。《嵫山的传说》以主人公“嵫山”为主线，将其拟人化，用简洁的口头语言，以叙事的方式来讲述。

传说在很久以前，嵫山同泰山、峄山并称“三姐妹”，相约比长，看谁长得高，长得快，但约法三章：“只能白天长，晚上正常休息！”“大姐”泰山靠“老岳”称腰，家底厚，长得快。“二姐”峄山会移石之法，靠“飞来石”助长。唯独质朴的“三妹”嵫山，家底薄且无特长，只能靠勤奋起家，可成效甚微。嵫山便多个心眼——晚上加班偷长。

可谁知八仙之一的张果老倒骑毛驴应邀赴蓬莱过海从此地经过，知晓此事。这不爱管闲事的“闲人”，恨嵫山不诚实，恼嵫山不买账，便成了爱管闲事的“仙人”。又为了名正言顺，改倒骑驴为驴拉车。此仙正襟坐在毛驴车上毫不客气地从嵫山腰部碾过，只听车轮铿锵，叮当作响，咔嚓一声，嵫山腰断身残，成了“植物山”，被取消了生长的资格。大禹定州，让人赞美。张果老定山，让人气愤。不然，“日出”的景观就有可能“出”在嵫山。

据考证，《嵫山的传说》，应萌发于刀耕火种的原始社会时期，形成于封建社会时期，跨越了若干人类社会的发展历程。用口头创作并以口耳相传的方式一代又一代地流传至今。

三、传说价值

这是智慧的兖州人为了教育孩子“端信”“宽大”而编制的小故事，既生动又发人深省。

峄山的传说也从侧面给我们以启示，良好有序的竞争能够促进事物的发展，失去平衡，将会带来不好的后果。

传说来源：该传说由济宁非物质文化遗产保护中心提供

单元九　兴隆塔的传说

名　　称：兴隆塔的传说

级　　别：市级非物质文化遗产

申报单位：兖州市

一、传说溯源

兴隆塔古称兴隆寺宝塔，位于兖州城内东北隅今博物馆院内，因该地原有古刹兴隆寺而得名，寺久已毁圮而塔岿然独存。塔高 54 米，13 层，初为木塔，北宋年间改建为八角楼阁式砖塔。沿着塔内梯级可以攀登到第七层的平台上，抚石栏远眺，兖城风物尽收眼底。兴隆塔之始建在隋代开皇年间（589—600 年），此后各代都曾有过修葺，现存塔身为清康熙年间重建，塔内尚有北宋及清代重修的碑记数块。塔的造型端庄挺拔，直插云天，下部厚重，七层以上骤然缩小，如一小塔置于大塔之上，这种形式为国内所仅见。1977 年被确定为山东省文物保护单位。2013 年 5 月被确定为全国重点文物保护单位。

兴隆塔

兴隆塔内部面貌

旧时每年正月十六此处有庙会。文人骚客、商贾云集，多登塔览胜，题诗赋文。明代宗藩朱当沔的《登兴隆塔》诗云："高临斗，峥嵘直倚天。铃声闻十里，鹤迹阅千年。舍利前朝化，心灯午夜然。我来登绝顶，举手挹云烟。"更有前人"高入白云，影落灵光；翠色独凝洙水，风声遥应岱峰"之语，"峥嵘塔与白云齐"之感喟。俗传夏至日太阳初升，城西30里的嵫山魁星楼其影绰绰可现，霞光蔚成兖州八景之一的"兴隆塔影"。宝塔倩影，山色流金，牧童笛声，古庙松柏，仙人踏歌，灵光生辉，相映成趣，实为齐鲁一大景观。唐、宋、明、清历朝修葺，中华人民共和国成立后修缮一新，供人游览赏景。登临其上，怀古察今，意融融，乐陶陶，令人心旷神怡。

沿塔中梯级可以登至七层平台，这里多少年来都是兖州城的制高点，抚栏远眺，一派苍茫，有人说能看到曲阜的大成殿，这在古代也许不是夸张之辞。明万历元年（1573年）府志记此塔"隋开皇间建，高十三层，中虚，可登顶巅，有尉迟公修建年月"。清仲宏道诗中有“碧苔渐蚀开皇字”句，与府志所记正合。但《滋阳县志》却记此塔建于仁寿二年（602 年）。张驭寰先生的文章（载于《故宫博物院院刊》）亦认为此塔建于仁寿二年，是当时全国第二批建的 53 座舍利塔之一。张先生大概是未见上述记载，而是根据史籍记载的仁寿元年隋文帝曾令内史豫章王暕宣谕《隋国立舍利塔诏》一事的推测。还有，《续高僧传》也记有兖州僧法性于仁寿初年诏送佛舍利于兖州普乐寺，普乐寺即后来的兴隆寺。当然，当时所建之塔多为木结构，极易损坏，其后多有重建和修葺。但既考其始建，还是应以所记最早的确切文献为根据。文献中记兴隆塔的修葺，有《寰宇访碑录》中的唐玄宗年间的《僧九定造像记》一石，上有修塔工匠的名字，如“大匠赵守忠，造浮屠匠苏则”。此石及府志所记开皇刻石都已不存，现在塔上最早的刻石是北宋嘉祐八年（1063）三月的一件题名，如“社人张元妻郭氏计家二十口”等。20 世纪 30 年代，著名古建专家梁思成、林徽因夫妇曾来兖州测绘此塔，在《中国建筑史》上著录云：“山东滋阳县兴隆寺塔，形制颇为奇特。塔平面八角形，高十三级，全塔简洁无赘饰，各层但叠涩出短檐而已。其塔身逐层递减，但最上六层则骤然缩减，如以另一小塔置于未完塔上者，盖建至第七层而建筑费告罄，故将上六层缩小欤？塔之建造年代为宋嘉祐八年。”按梁先生断为建于嘉祐八年，明显是根据塔上题名。又，罗哲文著《中国古塔》，亦著录有此塔，云“按现有实物推断，塔应是宋代遗物”。

二、传说内容

兴隆塔的传说包含《大禹铸塔堵“海眼”的传说》《搬塔的传说》和《兴隆塔顶金葫芦的传说》，这些传说都是围绕至今仍矗立在兖州城东北的兴隆塔而代代相传的。

兴隆塔的传说在兖州当地传承了千百年，版本很多。大禹铸塔堵“海眼”的传说为其中流传较为广泛的一个。据传，在大禹治水之前，海水倒灌，洪水泛滥，使泰沂山脉以西广袤无垠的大地成为一片汪洋。传说，东海老龙王有两个儿子，大儿子敖光，二儿子敖明。这一年，老龙王死了。按照规矩，龙王的位子要由长子敖光来继任。敖明也想当龙王，可众臣不推举他。敖明当不上龙王，便跟敖光翻了脸，一气之下跑到了泰沂山脉西面的雷泽，找到了海眼，这个海眼就是位于兴隆塔下的海口，敖明拔下眼塞，东海的水就从海眼里冒了出来。泰沂山脉以西的广袤田野变成了海域，农田被淹，房舍被海水浸泡倒塌，人民的生活苦不堪言。这个时代的舜就派禹治理洪水。大禹找出海水泛滥的源头就是海眼。于是，他就命人造了这座高大的塔压在了海眼的上面，海水消退了，敖明也被制服了，人们就给这个塔起名叫“镇龙塔”了。

可“镇龙塔”怎么又变成“兴隆塔”了呢？原来是乾隆爷给题的名。乾隆六下江南无人不晓。一次，乾隆路过兖州府，老远就看见一座高高耸立的宝塔。乾隆便向前来迎驾的地方官、兖州府知事李大人询问：“那是什么塔？”这时随皇上一同巡访的刘墉插言：“那是镇国兴隆塔。”乾隆倒也没在意：“镇国倒可不必，兴隆倒还可以。”于是乾隆便提笔御赐了“兴隆塔”三个大字，后又做成了兴隆寺山门的匾额。

1000 多年来，兴隆塔已经成为兖州的标志。

三、传说价值

兴隆塔的建造是为了保佑一方百姓安居乐业，兴隆塔的一系列传说，是人们为兴隆塔赋予神话色彩后创造的口头传播文学，体现了人们对兴隆塔的景仰之情。同时，兴隆塔通过其一系列极具传奇色彩的传说，将佛学文化广泛传播，将佛学价值观念深深地烙印在了人们的心中。

传说来源：该传说由济宁非物质文化遗产保护中心提供

单元十　铁山传说

名　　称：铁山传说

级　　别：市级非物质文化遗产

申报地区：邹城市

一、传说溯源

邹城城西北隅有一座山，该山为花岗岩石质，向阳面是一片二亩多的巨大石坪，上面刻满了佛家经文，当地俗称“佛经山”，后来改称为“铁山”。铁山传说作为邹城市民间文学的重要组成部分，现已被列入济宁市第三批非物质文化遗产名录。

铁山位于邹城西北。铁山之阳有摩崖刻经，是北周时期著名书法家刻在花岗岩石壁的佛经和题跋文字，其书法艺术隶楷相间、端庄古秀，具有很高的艺术价值。1988 年铁山被确定为全国重点文物保护单位，铁山上不仅刻经有其重要价值，铁山上的传说也是极富特色。

铁山

二、传说内容

相传唐朝玄奘师徒从西天取经后，为广传佛法，又不辞劳苦译成各国文字，用24匹白马驮负着500多部佛经自西向东前往蓬莱仙岛，意将佛家秘籍传往海外，一路风餐露宿，甚是顺利。一天行至邹城附近，忽然天空乌云密布，电闪雷鸣，狂风大作，倾盆大雨从天而降，白马上驮的经卷不一会儿就淋湿了。师徒们非常着急，见天色已晚，只好到岗山西山腰的晚照寺内歇息，唐僧想着淋湿的经卷，一夜未曾合眼。第二天一早，天气渐晴，悟空从寺外跑回对唐僧说："师傅不要着急，老孙已经找好了晾晒佛经的地方。"唐僧问："在什么地方？"悟空说："远在天边，近在眼前。"唐僧、沙僧、八戒随悟空来到山前，悟空向前一指说："师傅，就这块石坪上。"唐僧大喜，说："徒儿们赶快将佛经拿来晾晒。"不一会儿，师徒们七手八脚把淋湿的佛经都铺在石坪上。当时山风正紧，悟空急忙念起定风咒语，那佛经就像糨糊一样紧贴在岩石上，甚为牢固。一会儿工夫佛经全干了。他们揭起佛经以后，惊奇地发现在光滑的石面上印上了清晰的经文，如同刻凿的一样。唐僧叹道："这是佛的旨意，就留在这里吧。"从此这座荒山秃岭因为有了这片佛经，被人们称作"佛经山"。

时隔不久，八仙出游齐鲁驻足泰山，听说邹鲁之地有座峄山，山上奇洞怪石甚是玲珑，众仙商议前去一游，于是各显神通往峄山而来。吕洞宾因贪喝了几杯仙酒起身较晚走在最后，当日天晚也借宿在岗山晚照寺内。夜间，山风阵阵将寺内佛塔角铃吹得叮当乱响，一夜不能入睡。次日一早，寺内长老问道："先生昨夜安歇可好？"吕洞宾回答说："佛塔角铃叮当作响甚是聒耳。"长老笑着说："那先生有何妙法令角铃不响？"吕洞宾不动声色道："愿吹费试之。"遂念口语猛吹一气，顿时佛塔角铃都哑然失声，然后吕洞宾双手拱别，乘云奔峄山而去。寺院的长老半天才醒悟过来，口称，真乃神仙也。以后这个寺院的塔铃就是换了新的也不响了。

吕洞宾来到峄山，白云宫前七仙早已聚齐，齐声问吕仙为何来迟，吕洞宾将昨晚住宿晚照寺塔铃聒耳、长老戏谑一事讲给众仙听。谁知这一说不要紧，气坏了爱管闲事的铁拐李。他把铁拐杖朝地下一捅，捅得咚咚作响，说：“我去找那和尚算账。”说着便使起道法一脚站在峄山插天石上，另一只跛脚跨在晚照寺旁的佛经山上，他这神脚的千钧之力竟在花岗岩石坪上踩出一个两米多长的大脚窝来，连经文也被踏下一大片。至今在半山腰还留有一个清晰的大脚窝，如仔细观察，不但五道脚趾印明显，脚印下还有踏下去的佛经文字。

后来人们称这脚窝是“铁仙遗迹”。这座佛经山也因而得名“铁山”。

三、传说价值

铁山周围有不少摩崖、石壁、山岭巨石刻经，是铁山历史的见证。刻经内容大多是佛教信奉的某部经典全部或部分章节，是研究佛教文化的活化石，同时也是研究书法艺术的珍贵资料。铁山传说生动形象，内容丰富，具有浓厚的地方色彩，是铁山地区人民群众智慧的结晶，为研究佛教文化在铁山及中国的发展提供了较为翔实的资料。同时，铁山的传说也反映了铁山地区是儒家文化发源地，历史文化底蕴丰厚，作为一个统一的文化区，具有悠久的文化传统。

传说来源：该传说摘自邹城政务网

单元十一　鲁隐公观鱼处的传说

名　　称：鲁隐公观鱼处的传说

级　　别：市级非物质文化遗产

申报地区：鱼台县

一、传说溯源

鲁隐公观鱼处

“鲁隐公观鱼处”属春秋遗迹，位于山东省鱼台县张黄镇武台村西，是鱼台县著名的古迹名胜之一。

观鱼台遗址现仍高出地表 2 ~ 3 米。土层为黑花土、灰土、黑淤土。出土文物有鬲足、鼎腿及粗、细绳纹陶器片等。北部断崖处，曾出土商代石器；西北部顶至 1.5 米处，曾挖出石匣墓，墓中有汉代陶器和汉画像石。明崇祯年间（1628—1644 年）在此立一石碑，正面镌刻“鲁隐公观鱼处”六个大字。碑阴刻记则于清雍正十三年（1735 年）完成。两朝相隔 99 年同树一碑，稀世少见。该遗址旧为鱼台八景之一，现为山东省重点文物保护单位，遗址四周松、柏、花、草围绕，已成为鱼台县重要的旅游风景胜地。那么，这个鲁隐公是何许人？他与现在的大鱼台又有着怎样的关系呢？

据史料考证，鲁隐公为先秦时期鲁国第一个国君伯禽的八世孙。中国著名的大思想家、教育家孔子所修《春秋》，就是以鲁隐公元年为其开篇的。

鲁隐公名息，一作息姑，其母声子为鲁惠公的贱妾。由于出身低下，鲁隐公从小养成了较为懦弱的性格。当隐公长大以后，父亲鲁惠公为他聘娶了宋武公弟弟的女儿仲子为妻，新妇来到鲁国，惠公见其貌美，竟强占为己妻，生了一个叫允（一名为轨）的儿子。出于对宋女仲子的宠爱，鲁惠公就立她为夫人，并把允立为太子。这个故事见于《史记》。《左传》则说宋女仲子生来手中就有“为鲁夫人”之文，故长成后归于鲁惠公。

二、传说内容

鲁惠公在位46年而卒，其时太子允年纪尚幼，鲁国群臣乃议立公子息为国君，公子息坚辞不受，最后由于朝臣的再三拥戴才答应摄行国政，是为鲁隐公。鲁隐公代行国政后，立即开展和平外交活动：当时鲁有一个邾姓的弱小邻居，隐公不惜屈尊与其在蔑地订立了盟约；惠公在位时曾在黄地打败过宋国，两国由此交恶多年，这时隐公主动邀请宋国在宿地订立了盟约；为了加强同少数民族的联系，鲁隐公还放下中原大国的架子，亲自到潜地与戎会谈，建立了友好关系。

由于鲁隐公奉行内修邦政、外睦友邻的政策，国家富足，人民安宁。鲁隐公五年（公元前718年）春天，柳暗花明，景色迷人，的确是到郊外游玩的好时节。这时，恰巧都城到处有人传说棠地有善渔者，总是能捕上最多最大的鱼（一说用弓箭射鱼），鲁隐公在摄政的第二年，就在棠邑与徐戎签订过盟约，深知棠地的风景秀丽，人民安乐，于是，决定前去观赏。此事被老臣公子区（臧僖伯）知道了，他立即面见隐公进谏："我听说无论什么东西如果和祭祀、战争无关，那么做国君的就不应当去理会它。国君的职责在于使人民服从于自然的秩序，如果做的不是使人民遵从自然秩序的事，就称作乱政，经常去做乱政的事，国家就会衰败。所以春天摘除不孕果实的枝杈，夏天为谷苗剪草除害，秋天收获后打鸟捕兽，冬天旷野里结伙狩猎——这都是在农忙空隙所干的事情啊……飞禽猛兽的肉不能放在宗庙里的祭器里，这是从上古就定下来的规矩。至于如何去采集山川林泽的果实，如何去准备充当器用的物件，是一般小臣所做的事情，是有关部门官员的职守，绝不是一个国君所应当亲自去做的。"这一番明讲暗喻的大议论直说得鲁隐公哑口无言，过了好一阵才嗫嚅着说："我并不是专门去观鱼，我只不过是要去视察一下那个地方的防务罢了。"公子区明知鲁隐公在为自己辩护，但也不好说破，只得称病不从。鲁隐公到了棠地，早有地方筑造好华美的台子，命令善渔者大设捕鱼之具请隐公临水而观之。其后此地遂留下鲁隐公观鱼台遗迹，今鱼台县之名即由此而来。

当年冬天十二月，公子区因病恹恹而卒。鲁隐公接到丧信后感慨地说："公子区对我去棠地观鱼这件事很有看法，我是不敢忘记这个教训的。对他的葬礼我们应该按高一等的规格进行，以表示我对他的歉意。"从此隐公兢兢业业，勤于国事，其后几年时间大都在平安无事中度过了。谁料到隐公十一年（公元前 712 年），鲁国却发生了一场祸及隐公的内乱。

在鲁隐公十年（公元前 711 年）时，鲁国联合齐、郑攻打过宋、许两国。在其中几场战役中，公子挥都立了大功，这样就导致了公子挥在鲁国的专权。鲁隐公十一年冬天，公子挥来见隐公，他神秘地屏退左右，然后对隐公说："主公当了这么多年国君，国家非常安定，老百姓也都非常富足，满朝文臣武将没有不听从您的。现在太子允已经长大了，依我看，我最好还是趁早为您把他除掉，您好安安稳稳地继续当您的国君，也让我当个太宰，好吗？"鲁隐公听了，非常惊愕地说："你怎么会有这样的想法呢？太子允要当国君是先君的命令呀！我不过是因为太子允年幼的缘故，才代他做了十几年的国君，现在太子允确实已经长大了，所以我正在菟裘（今山东省泗水县）那个地方修建房子，将来好在那里养老送终。至于国君之位，我已经决定还给太子允了。"

公子挥讨了个没趣，讪讪地退了出来。然而他越想越觉得害怕："将来太子允当上国君听说今天这件事，不会把我杀死吗？"这么想来想去终于想出了一个主意，于是他跑到太子允那里说："主公想叫我把您杀掉，他好稳稳地做他的国君。我想您是真正的国君，所以来告诉您，您好好地想想吧，如果您同意，我愿意为您去杀掉主公。"太子允听了非常害怕，想想也没有其他办法，只好答应下来。

转眼间到了十一月，鲁隐公依照往例去郊外祭祀钟巫，因为劳累和天色已晚，就住宿在社圃地方的为大夫家里，公子挥趁此机会派人杀掉了鲁隐公，太子允于是登上国君之位，是为鲁桓公。为了掩人耳目，桓公和公子挥又下令讨伐为氏弑君之罪，最后找了个替罪羊挡了过去。至于鲁隐公，因为不是正式国君，也就没有举行丧礼，而是草草埋葬了事。这对于曾做过十一年国君并且有一定政绩的鲁隐公来说，确实是很不公平的。

三、传说价值

鲁隐公观鱼传说，是鱼台人民世代流传下来的富有地方特色的民间文学作品，是劳动人民智慧的结晶，反映了人民的政治倾向和政治利益，从侧面反映出为君之道，对研究春秋历史极具价值。

传说来源：该传说由济宁非物质文化遗产保护中心提供

单元十二　泗水泉林传说

名　　称：泗水泉林传说

级　　别：市级非物质文化遗产

申报地区：泗水县

一、传说溯源

泗水泉林泉群风景区位于山东省济宁市泗水县泉林镇陪尾山下，国家AAA级旅游景区，因名泉荟萃，泉多如林而得名。该风景区是一处以观泉赏景、亲水品鱼、休闲度假为主的风景名胜区。据记载，泉林有“名泉七十二，大泉数十，小泉多如牛毛”。1998年9月，被山东省人民政府列为省级风景名胜区。泉林是古老泗河的发源地，儒家文化的渊源，是镶嵌在孔孟之乡东部的一颗璀璨明珠，被誉为“山东诸泉之冠”。泉林的流量为1.35立方米/秒，四季恒温，有珍珠、趵突、黑虎、红石、涛糜、雪花等名泉。

泗水泉林

位于山东省济宁市泗水县的泗水泉林泉群风景区优美的自然水景奇观，曾招徕了历代众多的文人墨客、帝王将相来此驻跸，并留下了大量的咏泉诗章。此地杨柳青青，绿草茵茵，涌珠喷玉，水藻飘飘，如绘如织，天然毓秀，为世人所青睐。中国最早的典籍《尚书》曾提到过泗水泉林泉群风景区的陪尾山、最早的地理书《禹贡》中说的“泗出陪尾”就是该处的陪尾山,《山东通志》《山东运河备览》将其列为“山东诸泉之冠”。北魏地理学家郦道元在《水经注》中誉之为“海岱名川”。至圣孔子曾在泉林设坛讲学，站在源头发出“逝者如斯夫，不舍昼夜”的感叹。唐代大诗人李白的“秋波落泗水，海色明徂徕”、宋代理学家朱熹的“胜日寻芳泗水滨，无边光景一时新。等闲识得东风面，万紫千红总是春”等佳句至今广为传诵。1684年冬，康熙南巡，登泰山，祭圣人，观泉林，留下了不朽篇章——《泉林记》。乾隆皇帝对泉林情有独钟，先后九次驻跸，并在此处建有行宫，留下赞美泉林的诗文达150多篇，在陪尾山西侧的“子在川上处”立石碑，并在碑两侧镌刻其亲笔书写的七律诗两首。故历代古人观赏之余感叹曰：“游泰山不游泉林诚一大憾事。”

二、传说内容

相传有一年，曲阜大旱，孔子带弟子们天天到舞雩台上祈雨。一天祈雨回去路上，孔子路过一条小河，见一群顽童正用乱石追砸一条小白蛇。小白蛇虽被打得遍体鳞伤，但仍艰难地向河里逃行。孔子见状，立即喝退顽童，将受伤的小白蛇带回学馆喂养。

几个月过去了，小白蛇的伤养好了，孔子就要把它送回河里去。一路上，小白蛇望着孔子不住地流泪，孔子心想："这东西还怪通灵性哩，难怪在讲学时，它伸长脖子，瞪着眼地听！"孔子来到一条河边，把小白蛇放进水里，说："回去吧！"音刚落，就见水惊浪腾，一只龙爪向孔子一挥，说道："夫子救命之恩，弟子来日定报！"孔子大吃一惊，原来自己救的是一条龙。

小白蛇是东海老龙王的太子小白龙。小白龙回到东海龙宫，见了老龙王就哭，老龙王问出了何事，小白龙就把自己遇险被救的经过向老龙王讲了一遍。老龙王说；"你遇上好人了。咱龙宫里有金银财宝，你带些去谢谢人家吧。"小白龙说："我在他家养伤数月，知道他是位讲仁义道德的大圣人。因曲阜大旱，他每天带弟子顶烈日于舞雩台上祈雨，我请求父王给曲阜降场透雨，救命恩人知道后，定比给他金银财宝高兴啊！"

老龙王十分为难地说："降场透雨容易，只是玉皇大帝有令，要大旱山东三年，这鲁都曲阜正处山东境内，玉帝的旨意谁敢违抗？"老龙王未答应儿子的请求。

不料，小白龙背着老龙王悄悄点齐水族，趁夜向曲阜进发。半道上，小白龙的行动被巡天的夜叉发现了，急忙报告玉帝。玉帝闻听，勃然大怒，大骂东海龙王竟敢违旨，擅自去山东降雨。他立即命令雷神出动，阻止小白龙。小白龙急腾全曲阜东泗水上空，还未来得及降雨，正好和雷神相遇。雷神不管三七二十一，一阵霹雷闪电，把小白龙击死在泗水城东25公里处。死去的小白龙化作一座山丘，名曰陪尾山。

小白龙虽被击毙了，但仍念念不忘曲阜旱情及孔子恩德，便从许多石缝吐出泉水，形成了泉林泉群胜景。泉水汇聚在一起又曲折蛇行，由东向西流去，形成了泗河倒流水。

三、传说价值

泗水泉林传说是泗水人民集体创作的结晶，深深扎根于民间，富有地方特色，能够更好地弘扬儒家文化和地域文化。泉水与当地人居环境相结合，成为泗水县人居景观、人文、历史资源的有机组成部分。泗水县文化古老，历史悠久，聚落文化长远流传，在特殊的自然、社会、文化、历史条件下，形成了泗水县独特的泉水环境理念，体现了当地人民特有的智慧和价值观念。

传说来源：该传说来源于泗水县政府网

单元十三　泗水泗河传说

名　　称：泗水泗河传说

级　　别：市级非物质文化遗产

申报地区：泗水县

一、传说溯源

在济宁的版图上，有一条几乎被人遗忘的河流——泗河，在她古老的河湾里孕育了源远流长、厚德载物的中华文化。她的一泓碧波从远古流来，在中华五千年历史里回旋激荡，并从这里流向全国和世界，即使在万里之遥的边陲，也有她汩汩流淌的清音。可以说，泗河是一条中华文化的母亲河。泗河古称泗水，发源于山东泗水县泉林的陪尾山麓。这里曾是东夷族群聚居之地，也是中华古老文明的发祥地。

《史记》载：“舜耕历山，渔雷泽，陶河滨，作什器于寿丘，就时于负夏。”寿丘即今天的曲阜，负夏亦称负瑕，即今天的兖州。可见舜帝生活的范围，就在泗河之滨。

当地一些古老的地名透露了伏羲、虞舜当年生活的痕迹，如这里的华村、华胥山、华胥湖，不禁让我们想到东方之母华胥氏因为踩了巨人的脚印而生伏羲的传说。来到舜帝出生的姚墟、耕作的历山、生活的舜井，更能让我们对大舜这位以孝著称的古代部落首领有更真实的了解。

泗水泗河

二、传说内容

据说很久以前，泗河与东海相邻，东海的青龙经常上岸兴风闹事，于是洪水滔天，淹没很多良田、民舍。舜王便派大禹前去治水。

大禹来到泗河源头，正赶上青龙闹事，洪水暴涨。他赶快组织民工筑坝拦水，谁知坝没筑好，又被青龙冲垮了。大禹无计可施，在草棚里发呆。忽然梦见轩辕帝扔给他一个荷魂宝柱，让他汇集雷泽千荷，炼成荷魂柱以镇妖龙。等孽龙上岸闹事，大禹念动真经，将宝柱扔去，正砸在龙头上，把龙头死死地钉在了地上。但龙尾还乱扑腾，遍地被砸出无数泉眼。大禹又命民工抬石陪压龙尾。后来，孽龙化成了泗河源头的青龙山，龙尾变成陪尾山，被龙尾砸出的泉眼，成了泗河之源。

三、传说价值

泗水泗河的传说，是古代人民劳动智慧的结晶，对泗水地区的文化传播具有推动作用，同时对研究泗水地区古代人民的思想观念、泗水泗河的起源及发展具有一定的价值。受泗河之水的润泽、泗水泗河传说的熏陶，从古至今，泗河之滨涌现出一批又一批豪杰志士和英雄模范，为社会进步和国家建设做出了重要贡献。

传说来源：该传说摘自泗水县政府网

项目四
民间故事篇

单元一 水浒人物故事

名　　称： 水浒人物故事
编　　号： Ⅰ-51 省级非物质文化遗产
申报地区： 梁山县

一、故事溯源

公元960年，赵匡胤发动陈桥兵变，建立了宋王朝，此后20年间，宋王朝先后平定了南方的后蜀、南唐和北方的北汉等割据政权，基本上实现了中国的统一。北宋末年，宋徽宗即位后，任用权奸与宦官，他们把持朝政，沆瀣一气，提出“丰亨豫大”的口号，即享受要“丰”，要排场，要高级，要规模大。宋徽宗先后设置了“造作局”和“应奉局”。造作局设于苏杭一带，从东南地区民间搜刮、抢掠原材料，用于制作名贵的象牙、金玉等工艺品。而应奉局主要大肆向民间掠夺奇花异石，成为皇帝御用之物，在掠夺之时毫不顾惜百姓，经常搬取时拆屋倒墙，致使百姓倾家荡产者不计其数。当时，方腊起事的浙江青溪一带，原本“民物繁庶”，结果却萧条委顿，民不聊生。

《水浒传》中提到宋徽宗时期的“花石纲”“括公田”并不是虚构的，“花石纲”是宋徽宗年间最大的、掠夺最残酷的专供奉皇帝挥霍使用的御前纲，“括公田”是个专门掠夺私人土地的机构。当时，梁山泊方圆几百里，莲、蒲、鱼丰富，周围的老百姓大多以泊内捕鱼、采莲割蒲为生，梁山泊被没收为公田之后，凡是进入泊内捕鱼、采莲割蒲的，都要按照船的大小交纳繁重的赋税，漏税的则被当作窃盗处以重罚。一个“花石纲”，一个“括公田”，使广大百姓破产失业，流离失所。沉重的负担迫使百姓铤而走险，直接起义反抗。在浙江青溪一带，方腊领导的农民反抗斗争就明确提出反对花石纲。而原本民怨沸腾的梁山泊，反抗势在必行，在梁山泊周围，宋江领导的农民起义就是由“括公田”的恶政引发的。北宋末年，朝政日非，内忧外患，阶级矛盾空前激烈。

靖康之变，北宋灭亡，北方沦为金人的统治范围，南宋朝廷最后为强悍的蒙古所灭。人们在连年的战乱中，备受兵火与种族的欺凌之苦，民族矛盾成为社会的主导问题，在这个时代，社会各个阶层都希望有草莽英雄出来推翻异族统治，重扶宋室，这便赋予了水浒故事民族思想的内容。从历史上看，水浒故事是有所依托的，水浒英雄活动的历史空间也隐然可辨。水浒故事源于历史真实。在梁山一带以及水浒英雄们曾经活动的地方，直到现在还流传着大量有关水浒英雄的故事，它们与《水浒传》相映成趣，有着同样长久的生命力。

二、故事内容

（一）鲁智深系列故事

鲁智深，原名鲁达，生得身长八尺、腰阔十围、面圆耳大、鼻直口方，一脸络腮胡须。为人性如烈火，好打抱不平，因三拳打死镇关西，为避祸出走，后在五台山文殊院出家为僧，因背上刺有花绣，故此江湖上人送绰号“花和尚”。

鲁智深

关于鲁智深这个花和尚，所流传下来的故事都十分有意思，如拳打镇关西、大闹五台山、夜宿桃花村、倒拔垂杨柳、大闹野猪林等。

1. 鲁智深拳打镇关西

鲁智深一次在街上偶遇九纹龙史进和打虎将李忠，三人便相约到酒楼里喝酒，饮酒正酣，忽然隔壁传来啼哭声。鲁达生性鲁莽又素好行侠仗义，叫酒保将啼哭之人带来。金氏父女被带到，女儿哭着说："因到渭州投亲无着，状元桥肉铺的郑屠乘人之危，要强娶小女为妾，今被赶出，那郑屠反要我父女给他银钱。"鲁达听后大怒，决心惩治郑屠。次日早上，鲁达送走金氏父女，来到状元桥肉铺，先叫郑屠亲自操刀切肉，戏弄这恶棍一番之后，只三拳便打死了郑屠，随即离了渭州。郑屠绰号镇关西，自此，便有了鲁智深拳打镇关西的故事。

2. 大闹五台山

鲁智深拳打镇关西后，避祸出走，在金老女婿的关照下进入五台山当了和尚。但是，他并不适应寺里的生活，处处惹祸。一天，在山下的亭子里，他遇到一个卖酒的，本来心里就窝火，于是喝了许多酒回寺里。守门的和尚认为他喝酒吃肉了，不让他进寺。鲁智深一时怒起，大闹了一番，并大吐了一场。酒醒以后，他很是后悔。看在赵员外的面子上，方丈姑且把他打发到大相国寺去了，在那里他认识了林冲。

3. 夜宿桃花村

鲁智深去大相国寺的路上，路过了桃花村，得知当地太公的女儿将要被桃花山上的强盗强娶，今晚就要成亲，于是答应帮助太公救下女儿。当夜，强盗（即"小霸王"周通）来娶亲，鲁智深便在洞房里等着，当周通进去要闹洞房的时候，被鲁智深几拳打倒，逃回了桃花山。周通回去告诉了桃花山上的大头领李忠，李忠要给周通报仇，于是下山来找鲁智深。当他见到鲁智深的时候，纳头便拜。原来以前鲁智深和李忠见过面，于是鲁智深做主，罢了这门亲事。鲁智深、李忠、周通便一起到了桃花山上，不久鲁智深要辞别，李忠、周通吝啬，不肯拿出山寨里的钱为鲁智深做盘缠，鲁智深就把桌上的金银酒器拿了，又奔向大相国寺。

4. 倒拔垂杨柳

鲁智深到大相国寺看菜园子。菜园子附近有二三十个泼皮常来菜园子偷菜，看园子的人几经更换，都管不了他们。这次泼皮们听说又换了个新人，便来闹事，没想到两个领头的被鲁智深踢到粪坑里，吓得他们跪地求饶。第二天，泼皮们买些酒菜向鲁智深赔礼。大家正吃得高兴，听到大树上乌鸦叫个不停，泼皮们说这叫声不吉利，便欲搬梯子拆掉鸟巢。鲁智深上前把那棵树上下打量了一下说：“不用了，待我把树拔掉。”说完，只见他脱掉外衣，用左手向下搂住树干，右手把住树的上半截，腰往上一挺，那棵树竟然被连根拔起。众泼皮惊得个个目瞪口呆，忙跪在地上拜鲁智深为师。其实在拔掉这棵树的同时，鲁智深把所有的不满都发泄出来了，此时他的心情也得到了前所未有的解脱。

5. 大闹野猪林

鲁智深与八十万禁军教头林冲结为好友，太尉高俅之子高衙内为霸占林冲的妻子陷害林冲，林冲被刺配沧州。高衙内暗地里给了押送林冲的公人些银子，令他们在途中杀掉林冲。

花和尚倒拔垂杨柳

行至野猪林，二人正要动手，鲁智深从一旁跳出，将两位公人打了一顿，林冲劝鲁智深饶了他们性命。原来鲁智深早料到这二人不怀好心，一路跟踪至此，而后，鲁智深一直护送林冲到达沧州。鲁智深愿意为了朋友两肋插刀，真是豪气冲天！

（二）李逵系列故事

李逵，《水浒传》中的主要人物，梁山一百单八将之一，又叫李铁牛；肤色黝黑，性格暴烈，心粗胆大，绰号“黑旋风”，惯使一双板斧。梁山排座次时，位列第二十二位，是梁山第五位步军头领。梁山受招安后，随军征讨辽国、田虎、王庆、方腊，后被迫饮毒酒身亡。

“黑旋风”李逵的故事流传甚广，广为人知的有李逵问案、李逵卖艺、抱打不平、李逵打鬼。

1. 李逵问案

李逵在梁山把守黑风口，平时没事的时候，好在山前后转悠。一天，他又翻过山到东阿县城去转。水泊周围的几个县，都与梁山有来往，相安无事。黑旋风李逵见县衙门前围了许多人，走近一问，才知道是县官问官司。李逵就大步走上了大堂。

李逵

原告是个五十多岁的老婆婆，被告是个年轻的媳妇，是老婆婆的儿媳。还有一个五十多岁的男子，婆婆说是她儿媳的奸夫，男的点头承认，儿媳哭哭啼啼，说不是。县官就要判媳妇和那男人的通奸罪。

李逵听了一会儿，看见那婆婆口舌似刀，比比画画，那男的一口咬定和他儿媳通奸，又见到女子年纪轻轻，言谈忠厚老实，这中间必有缘故。李逵越看越气，大喝一声：“错啦！我来替知县审这场官司。”

县官看见是李逵，知道他的厉害，便连忙点头说：“好！请李将军明断，明断。”

李逵升堂大喊：“衙役们，搬上石头来。”衙役见县官都让位，谁不敢听命？慌忙搬上来几块石头。县官想：动刑有板子、有棍子，你要石头干啥？李逵大喝一声：“带奸夫！”衙役把男的按倒地上。李逵对那婆婆说：“这个混蛋他奸淫你的儿媳，你恨不恨啊！”

婆婆说："我恨死了！"

李逵说："那里有石头，你砸他解解恨吧！"那婆婆摸了一块最小的石头，照那男人屁股上边砸边说："叫你不要脸，叫你不要脸！"砸了几下就不砸了。

李逵又对那年轻媳妇说："你恨他不恨？"那媳妇恨得咬牙，抱了一块大石头照着那男的头就要砸。石头要落下去，准得脑浆迸裂。李逵让衙役拉住她，又大喊："大胆奸夫奸妇，左右给我量大刑，夹板狠狠夹！"男的忙说："我招，我招。我和她婆婆通奸，被她发觉了。我和她婆婆定下计，到夜里让我叫他儿媳的门，被婆婆看到，上堂来告我俩，给她安赃。"后来婆婆也招了。李逵拱手对县官说："官司问清，请知县大人定罪。"

县官上堂，大喝道："这两个老东西，各打五十大板！"到打婆婆时，儿媳妇苦苦讲情，愿替婆婆受刑，县官、李逵都深受感动。

2. 李逵卖艺

有一次，李逵在一家酒店喝了两壶酒，吃了两大盘牛肉，感到酒足饭饱，想付钱，伸手往腰里一掏，结果腰里没带分文，这可作难啦。要按过去的脾气，他就一走了事，可上梁山后，山寨纪律严明，他得维护山寨名声。正为难时，突然听到街上喊："看卖艺的去啊！"李逵心想：我何不到场内玩玩，挣几个钱交酒钱，随即问店家："多少钱啊？"

"不多，正好四百文。"李逵又说："我要四百钱的。"没等人家答应，他就来了一路拳脚，又耍了两路斧子，观众齐声喝彩。老者一看这黑大汉武艺超群，向前施礼："请英雄留名。"李逵哈哈大笑："说来惭愧，我是梁山上的李逵，没带酒钱，我要四百钱还账。"众人都纷纷扔钱，李逵拿了四百文钱就走了。

到酒店，刚要交钱，从后面过来一名青年妇女，一见李逵便拜："不知救命恩人驾到！"李逵仔细一看，正是东阿县衙内被告的那个年轻媳妇，连说："请起，请起，你咋来此处？"女子说："自那日您断清官司后，俺婆婆不敢再虐待我啦。我男人往南方做买卖也回来啦，今天我来走娘家。”女子欲摆酒席款待李逵，李逵没领这情，丢下四百钱就走了。

3. 抱打不平

李逵离开酒店后，往石碣村走去。在路上遇到一辆牛车，车上坐着一位年轻女子，赶车的是个老汉。那女子哭着，老汉也老泪横流。李逵感到很奇怪，惹起他好管闲事的脾性。“你们别怕，我是梁山寨上的李逵。你们有啥为难事，给我说，我能帮你们。”老者听说是梁山上的李逵，知道好汉们杀富济贫，为民除害，就对女儿说：“你对这位将爷说吧！”女子就哭着对李逵说：“俺家在南边王固店住，公公叫李万年，他嫌俺娘家穷，没有功名，陪送的东西不多，让俺男人对俺不是打就是骂。俺嫁了两年，少说也挨了几十回打，俺啥时候才能熬出来啊！”说着说着，又哭了。

李逵一听，气上来，说：“你回娘家去吧！三天之后叫你婆家套车来接你。”车走后，李逵就向王固店走去。

李逵到了王固店，叫里长把李万年夫妇传到家里。李逵问他们：“你老辈都有什么功名？”

李万年说：“小人祖祖辈辈没有功名！”

李逵又问：“你为啥不考秀才、举人呢？”

李万年说：“小人无钱念书。”

李逵接着又说：“你家既然没有功名，又不富，不觉丢人吗？你还活着干什么？”

李万年说：“小人以为当个老实巴交的农民就很好。”

李逵接着问：“那为什么又嫌你儿媳妇家没有功名，没有门头呢？”

李万年大吃一惊：“没有此事！”

李逵一听，气上心来：“混蛋！我在东平县衙就听说你攀高结贵，你要知道，我梁山英雄杀富济贫，除暴安良。”李万年听了就毛了，连说：“小人不敢，小人不敢！”李逵又问：“你儿媳妇现在何处？”李万年说：“在她娘家，明天我派车接回。”

4. 李逵打鬼

这天，李逵来到县城，在城门口，突然看见一些人围着一个告示观看，挤上去一看，吃了一惊，那告示上印着他的画像，突然明白这是官家在悬赏捉拿他，他慌忙挤出人群，把头上戴的帽子往下压了又压。

在县城的一户人家，邻居过来请李逵帮忙驱鬼。那人说道："实不相瞒，我家宅子上这几天经常闹鬼，屋子里也不敢住人了，住到屋里，天天半夜有个披头散发的女鬼去敲门，接连几天都是这样，没有人敢在屋里住了！听说好汉胆子大，不怕鬼，恳请好汉去给俺驱鬼去邪，俺永世不忘你的大恩大德！"

李逵听了说道："世上哪有什么鬼，俺李逵就不吃这一套。好吧，今晚上到你屋里去住，俺去会会这个鬼，看看她有什么能耐！"

李逵舒舒服服地休息了一天，养足了精神。天黑了，李逵悄悄地住到了那间屋子里。上半夜，他安安稳稳地睡了一觉，醒来心想哪有什么鬼啊，都是自己吓唬自己！就在这时，忽然有了动静，窗户纸刺啦刺啦地被撕坏了，透过窗棂，果然看到一个披头散发的女鬼。

李逵立即从床上坐了起来，说道："哎，你是什么人，干什么装神弄鬼的！"

"哈哈哈！"一声尖利的怪笑，"我是个死鬼，我就是死在这个屋里的，这屋子是我的，谁也甭想占它！"女鬼说着，把眼一瞪，头一摇，散乱的头发甩了起来。

李逵看了，连声说道："好！好！满头乌发飘飘，活像仙女下凡！"

那女鬼听了，生气地一跺脚，拉下了长脸，拽出嘴里的舌头，红红的舌头有三四寸长。

李逵说："你不要再玩花样了，你吓不了俺铁牛的，有本事，咱俩来交上两手！"

女鬼见吓不住李逵，也自怯了，说道："好啊，你不怕，就在这儿住下吧。我天天来找你，看你怕不怕！"说完，扭头就走。

李逵见女鬼要走，猛跑两步，一下子抓住了女鬼，轻轻地一提，那女鬼被抓得“哎哟”怪叫，李逵一松手，便把女鬼扔出去二三丈远。李逵走向前去，一脚踩住，举拳便打。

这时，早已惊动了四邻百姓，他们点着火把，围了上来。

人们把火把往女鬼脸上一照：“哎呀，这不是村上有名的姑娘婆子嘛！”那姑娘婆子一见大家都围上来，非常害怕，连忙跪下，向人们捣蒜般磕头：“众位乡亲，好汉爷，都是我的不是，请大家饶我这一回吧！”边说着还一个劲儿磕头。

原来这姑娘婆子想和妯娌争家产，独霸这座宅子，便想出这个馊主意。

事儿有个结果，村上的人更敬重李逵了，劝李逵在村上住下，尤其是受恩于李逵的几户，更是千般挽留。李逵见大家情意深切，真心想留，也非常高兴，但此地确实不宜久留，又不好推脱，只好说了实话。“现在官府正在捉拿我，我必须离开此地，请乡亲们见谅吧！”

大家一听，也不好再挽留了，给他准备了点行装，又凑了些银两，等天黑人烟稀少时上路。谁知隔墙有耳，那姑娘婆子的诡计被李逵拆穿，又挨了顿打，心里气愤不过，便匆忙去城里报了官。

傍晚，乡亲们把李逵送到村口，李逵上了路，正走着，迎面来了那个婆娘，身后还有两个捕快，李逵见了，撒腿便跑。两捕快飞快地追赶李逵，李逵慌不择路，匆匆地钻进了庄稼地里，两个捕快紧追不放。李逵在前面跑，捕快在后面追，忽然出现了一个河堤，李逵匆忙翻过河堤去。有一位妇女正在河边洗衣服，李逵赶到妇人面前鞠了一躬说道：“大嫂救我！后面有人要抓我！”

那女人一看：“噢，你就是那个不怕鬼的壮士吧！”说着把李逵往水里一推，一边拿起一些衣物盖到李逵的身上。

两个捕快下了堤，来到小河旁，不见一个人影，便问那妇女：“看到一个黑大汉子了吗？”

妇人专心洗着衣服，抬起头说道：“好像刚刚有人从我身边走过，跑到小树林里去了。”

两个捕快看天已经黑下来了，又看着那黝黑黝黑的一片树林子，心里自怯了，叹了口气，走了。两个捕快走后，李逵从水里上来，忙向妇女道谢。妇人说道："谢什么呀！你为我们村子除掉了鬼，百姓能安居乐业，俺该感谢您呢！"原来这妇女也是村上的。妇人给了李逵一身干衣服，李逵换上衣服，千恩万谢告别了妇女。

李逵走在路上心想："这姑娘婆子着实可恶，教训了一次还不知悔改，反而告官害我，他今日能害我，不知日后又要去害谁，不行，世上不能留这等可恶之人。"想到这，李逵返身回到村里，把那姑娘婆子给杀了！

从此，李逵便远走他乡，在江湖上过起了流浪的生活，后来他流落到江州，结拜了好兄弟戴宗，戴宗为他谋了个牢头的差事，才算结束了他的流浪生涯。

故事来源：此故事根据济宁市文联《济宁文学作品集》部分故事改编

（三）林冲系列故事

林冲外号豹子头，是东京八十万禁军教头，因其妻被太尉高俅的养子高衙内看上，而多次被陷害，最后走投无路，在柴进的推荐下，上了梁山落草。但梁山寨主王伦不能容他，林冲心中郁闷，直至晁盖等人上梁山，在吴用的诱使下，林冲火并王伦，并尊晁盖为寨主。上山后，林冲惯使丈八蛇矛，梁山排座次时，为山寨马军五虎将中排名第二，镇守正西旱寨。林冲为梁山打了许多胜仗，立功很多；受招安后，随宋江、卢俊义征讨辽国、田虎、王庆；后在杭州染了风

林冲误入白虎堂

瘫，留在六和寺养病，由武松照顾，半载后病故，追封忠武郎。

关于林冲的故事有很多，如误入白虎堂、风雪山神庙、棒打洪教头等。

1．误入白虎堂

高太尉为设计林冲，事先暗中命人将自己的宝刀卖与林冲，再过了几日后，让下人以看刀为名将林冲带入太尉府，又欺负林冲不认识路，把他带入了白虎堂。白虎堂为军机重地，林冲这等下级军官是没资格进的，更不许带刀进入，等林冲惊觉时已晚。高俅突然出现，指控林冲携刀私入白虎堂欲行刺自己，林冲百口难辩。高俅本想置其于死地，但在开封府尹的周旋下，林冲被判携刀私入白虎堂，刺配沧州。

2．风雪山神庙

林冲由于被高俅陷害，私自带刀入白虎堂，被发配到沧州。在朋友柴进的关照下，他在沧州被安排去看守草料场。高俅要对林冲斩尽杀绝，派陆虞候到沧州谋害林冲。陆虞候在多次谋害不成的情况下，便想一把火烧了草料场，把林冲烧死。哪知一场大雪却救了林冲的命。这天林冲出门打酒，下着大雪，当他回到草料场时见屋子被雪压塌了没法住了，想起离草料场不远处有一座山神庙，便投向那里过夜。在山神庙中林冲忽然听到外面有爆响，一看是草料场起火了，便要去救火，刚要出门，见得陆虞候等人刚放了火过来，嘴里还说着要烧死林冲如何如何，林冲见状明白了原委，将陆虞候等人杀死，后无奈上了梁山。

3．棒打洪教头

林冲遭受高太尉的陷害，在被发配沧州的路上，路过柴进庄上，柴进见是赫赫有名的八十万禁军教头林冲，心中大喜，厚礼款待。洪教头随后前来，此人极度傲慢，对林冲步步紧逼，引发了柴进的不快。再加上柴进想看下两人的本事，便安排了两人的比武。林冲迫不得已，和洪教头比武。开始林冲让着洪教头，不用兵器与其争斗，但是洪教头不领情，结果林冲轻松击败了他，洪教头羞愧地离开了。

风雪山神庙

棒打洪教头

（四）孙二娘系列故事

孙二娘是《水浒传》中菜园子张青的妻子，外号母夜叉，在孟州道十字坡与张青开酒店卖人肉包子。武松被发配到孟州路过十字坡，险遭孙二娘的毒手。武松假装喝醉酒捉住了孙二娘，张青求饶，武松遂与张青、孙二娘夫妇相识。后孙二娘随张青、武松同归梁山，担任梁山驻西山酒店迎宾使兼消息头领，迎来送往，打探消息，是梁山第一百零三条好汉，随宋江征讨方腊时，被杜微飞刀打中，阵亡。死后追封旌德郡君，是梁山泊上仅有的三女将之一。

关于孙二娘，在水浒故事中百姓最熟悉的就是孙二娘借船和水浒英雄之黑店。

1. 孙二娘借船

梁山正西有两座相对的大山，南边叫凤凰山，北边叫龟山。相传，母夜叉孙二娘和她丈夫菜园子张青开的“西山酒店”就坐落在龟山脚下。夫妻俩专门探听消息，接纳八方豪杰上山。这里距梁山只有一箭之地，山下是片汪洋。

一天下午，孙二娘正收拾店房，忽然听水面有划水声。她从窗口探出身子一看，见一个浓眉大眼、身长八尺的红脸汉子走上山来。孙二娘忙起身相迎，来到门外说："李俊兄弟因何到此？"混江龙李俊双手一拱，作个揖说："嫂嫂，金枪手徐宁一家今晚要从这里上山，我受宋大哥之命，令嫂嫂今晚驾船迎接，事不宜迟，请嫂嫂早做准备。"

原来时迁在东京盗得金枪班教师的传家之宝雁翎甲，汤隆引徐宁追甲，引他上山之后，为了免除他的后顾之忧，山寨又派神行太保戴宗和金钱豹子汤隆去东京接他的妻小，正日夜兼程赶往梁山泊。

孙二娘看看天色，太阳离湖面只有两竿子高了，丈夫张青一早撑船出去，至今未回，自己手中无船，怎么办呢？她正凝神想办法，肩上猛地被人拍了下，回头一看，见两个贼眉鼠眼的家伙站在身后冲她讪笑。孙二娘心里一阵恶心。他们是山后骆家庄大财主骆全的儿子骆龙、骆虎，仗着有钱有势，横行乡里，专干抢男霸女的龌龊事儿。自打孙二娘来此地开店，他俩常来扰闹，吃饱喝足，抹抹嘴就滚蛋。俗话说强龙不压地头蛇，孙二娘夫妻为了山寨大计只得忍气吞声。

今天孙二娘心中有事，只想早早打发他们出去，谁知他俩见张青不在，越发不怀好意地盯住孙二娘，只见她上身穿一件桃红纱衫儿，下边系条水绿生绢裙，鬓插火红的石榴花，别有一番风韵。两个坏种眼都直了，嚷着："小娘子，快拿出你的好酒，陪我们弟兄玩玩，我们多出酒钱。"动手就拽孙二娘的衣襟。孙二娘推开骆龙、骆虎，嗔着脸子说："两位官人放尊重些，你多次吃酒不给钱，俺店小本薄，担待不起。""想叫我们出钱，嘿嘿……"骆龙撇撇嘴，骆虎哈哈奸笑起来。孙二娘无心和他们纠缠，骆龙、骆虎又赖着不走，误了大事怎么得了？她走出店门，忽然发现骆龙、骆虎的船就停在山下，不由心生一计，转身换上一副笑脸，对兄弟俩说："既然大官人不亏待我们，趁着这么好的景致，何不多喝几碗？"骆虎觍着脸说："今天我们不为喝酒只要小娘子你相陪。"孙二娘怒火中烧，她猛一跺脚，立眉竖眼地喝道："大官人不要欺人太甚！"骆龙躺在太师椅上，两只脚翘上八仙桌，怪声怪气地说："小娘子息怒，你要是给我们做好一个菜，我就多出钱喝酒。"

"我们要吃一丈二长的菜，做吧。"骆龙掏出二两银子"啪"地往桌上一放。“要吃一丈二的菜，这不是马嚼子戴在牛嘴上——胡勒吗？”机智的孙二娘眨眨眼睛，干嘣溜脆地说：“我就给你们做一丈二的菜来。”说着朝山后走去。兄弟俩你看我，我瞪你，这明明是故意与她为难，有谁见过一丈二的菜呀？一刻工夫，孙二娘就托着一个大木盘走进来，她把盘子往桌上一放，骆龙，骆虎傻了眼，原来盘里放着一根油炸南瓜秧，足有一丈二长！孙二娘又端上两条红烧大鲤鱼，搬出一坛陈年老酒，她打开盖，满屋子醇香扑鼻。孙二娘给他们每人斟了一满碗，假意殷勤地双手递到面前：“请大官人用酒。”骆龙、骆虎馋得口水直流，哪还顾上别的，一碗酒下肚，只觉天旋地转，出溜到桌子下边。原来，孙二娘在酒里偷偷下了蒙汗药。孙二娘冷笑着说：“我叫你占老娘的便宜，待俺回来再收拾你们。”她反身上锁，解开木船，向湖上划去。

2. 水浒英雄之黑店

孟州十字坡地处交通要道，坐落于此的十字坡客栈以包子鲜美闻名江湖。老东家原本是东京汴梁有名的赌客，多年前因与头陀斗狠，妻子被对方所杀。从此，他戒了赌，带着女儿遍走江湖，寻找仇人，不果。后来，老东家就在十字坡开了这家客栈，苦等仇人出现。这一等，就是十年。

十年间，女儿孙二娘长大成人。由于从小跟随父亲游走江湖，孙二娘性情泼辣，精明能干，人称“母夜叉”。

这天，一个不速之客闯进了十字坡。来人是菜园子张青，种菜为生，误伤了人命，被官差追得走投无路，一头扎进了客栈，并与孙二娘父女发生冲突。张青不是对手，被制服在地。老东家见张青憨实可信，有意培养他当入赘女婿。张青起初并没有多高的热情，但偶尔窥到孙二娘沐浴，情窦大开，一改初衷地主动要留下来。但孙二娘对他的态度并不友好，时不时拿他开涮。张青实在没面子了，赌气要走。老东家出面挽留，并向张青讲述了往事，托付他照顾孙二娘。有感于此，张青还是留了下来。

此时，山雨欲来风满楼。梁山与朝廷即将开战，朝廷派探子获得了梁山地形图，梁山派石犊子紧急下山，在十字坡客栈劫杀此人。与此同时，孟州捕头吕怀成也在密切注视十字坡客栈，等待与此人接头。十字坡客栈成了敏感地带，吕怀成借机欲将客栈收为己有。老东家不从，被吕怀成设计暗算身亡。老东家一死，十字坡客栈风雨飘摇。孙二娘挑起重担，并欲说服张青辅佐自己。张青也有自己的小算盘，想趁机反客为主，既得了客栈，又娶了美人。结果两人谈崩了，张青尴尬之下拂袖而去。

十字坡客栈

探子终于出现，竟是苦等多年不来的头陀。关键时刻，张青去而复返，与孙二娘并肩作战。他们与石犊子消除误会，结为盟友，共同对付头陀和吕怀成，并最终战胜对手，一雪深仇大恨。

故事来源：摘自济宁市文联《济宁文学作品集》

（五）宋江系列故事

宋江

宋江，字公明，是整部《水浒传》中第一号人物，为梁山起义军领袖。宋江在一百单八将中排名第一，为三十六天罡星之首的天魁星，绰号呼保义，又号及时雨，人称孝义黑三郎。身材矮小，面目黝黑，原为山东郓城县押司，平素为人仗义，挥金如土，喜欢结交朋友，以及时雨而天下闻名。

宋江因晁盖等黄泥冈劫生辰纲贩卖枣子之事事发报信晁盖事件，怒杀阎婆惜，发配江州，与李逵等相识，却又因在浔阳楼题反诗而被判成死罪。幸得梁山好汉搭救，坐上梁山副头领，后在攻打曾头市时，晁盖中毒箭而亡，宋江坐上梁山头把交椅。梁山主题由聚义厅改为忠义堂，头目增长到了一百单八将，又相继打败童贯、高俅以及天下八方节度使并活捉高太尉，梁山也发展到了鼎盛。日后，宋江率众为朝廷招安，并北上抗辽大获全胜，迫使辽主投降，随后又讨伐了王庆、田虎，不失一将（指一百单八将），都取得了胜利，唯独在讨伐方腊起义军的过程中，梁山好汉死伤过半，虽最终生擒方腊，但宋江本人却被所赐御酒毒死。

宋江系列故事广为人知的有宋江审牛、三打祝家庄、宋江拜泉等。

1. 宋江审牛

水泊梁山脚下有个杏花村，是当年义军储备粮草的仓库，这里至今流传着一个宋江审牛的故事。

说的是大宋年间，梁山泊头领宋江，一天率领众人去杏花村查看粮草储备情况。他们骑马走下山来，突然看到一位老汉在杏树下哭泣。宋江等人下马走向前来问道："老人家你为什么哭？"老汉抬头见是义军头领及时雨宋江，慌忙跪下叩头。宋江把老汉扶起说："老人家你有什么为难的事能告诉我吗？"老汉把泪揩干，指着旁边一条又脏又瘦的牛说："大王，我是来给咱们义军送粮草的，来时借了邻居家一头大骡子，谁知后夜里被人用一头瘦牛给换去了，这地方真是雁过拔毛呀！"宋江仔细端详了一阵那头又脏又瘦的牛，然后对老汉说："老人家，你别急，把牛给我，三天后你到粮仓大门前来牵你的骡子。"

宋江等人来到杏花村，许多人见他们牵着一头又脏又瘦的牛都觉得奇怪，围观的人很多。

宋江来到粮仓大门前高声对众人说："把牛犯押进死牢，三天后我要在此地设公堂审它，大家都可以来听。"说完他又吩咐义军在梁山泊的村村寨寨贴上告示，并对几个义军小头领如此这般地安排一遍。

三天以后，许多人听说宋江要审牛，看热闹的人黑压压地挤满了粮仓大门前的场地，那位丢骡子的老汉早就等在了那里。"咚咚咚"响了三声鼓，新设的大堂上涌出来一队义军，有的持着皮鞭，有的端着刀枪，站立在公堂两旁。

宋江板着脸，神情威严地坐在公案前，他一拍惊堂木，喝道：

“带牛犯！”

这时两位手持鬼头大刀的义军把又脏又瘦的牛押到堂前。

“跪下！”宋江一声呵斥，两义军将牛腿一别，扑通一声，瘦牛跪下了。

那头牛从来没见过这样的场面，吓得两眼直勾勾的，跪在那里，瑟瑟地发抖。

宋江指着牛说：“可恶的罪牛，胆敢串通你的主人盗走骡子，你可知罪？”

牛不答话，因为它本来就不会说话。

宋江又一拍惊堂木：“重打四十皮鞭。”

义军们回答：“遵命！”啪啪啪！照着牛屁股就抽起鞭子。

看审牛的人觉得好笑，可一见堂上的义军们那样严肃认真，也就没有一个敢说敢笑的了。

一会儿义军报告宋江说：“四十皮鞭如数打完！”

宋江看一眼黑压压的人群，然后指着牛说：“听着，大胆的罪牛，本寨主念你初犯，又是从犯，今日从轻发落。”他当场宣布：“立即释放！”

那头又脏又瘦的牛便蹬蹬地跑起来，转眼没影了。

然后宋江说：“一个时辰之后，继续审理此案。”

一个时辰很快就过去了，等着看审理结果的人也有些着急。

这时只听得三声鼓响，审理又开始了。宋江把惊堂木一拍说：“带骡子！”只见一队义军牵着一头又肥又高又大的骡子来到粮仓前。全场的人都议论开了，那位丢骡子的老汉连忙走上前去，仔细地从头到尾看了个遍，高兴地说：“这就是俺的骡子，没错！”

宋江走下台阶对老汉说：“日后再来梁山泊要多加小心，你牵走吧。”

老汉感激地流着泪说：“你真是及时雨啊！”老汉连忙跪下，被宋江一把扶起。

宋江审牛这件事传遍了村村寨寨和义军大营，智多星吴用纳闷地问宋江："你是怎么审出来的呢？"宋江呵呵大笑说道："你听过老马识途的故事吗，我做了一次老牛认家的事，我把老牛饿了三天又打了它一顿，放了之后，它就急匆匆地向自家跑，我就派人随后跟着……"吴用等人恍然大悟，都称宋江多谋善断。

过了不久，杏花村的一位山民背着荆条上山来找宋江认罪，宋江说："念你是初犯，又是偷换的，先不办你的罪，日后再干偷盗的事，就不能饶恕。"那人连忙叩头谢恩。

从此梁山泊一带再没有人敢做这种事了。

2. 三打祝家庄

祝家庄在梁山附近的独龙岗，祝家本身也是当地一个家族式的黑帮，不过祝家庄同梁山不同，他们有白道身份掩护，有良好的政商关系，同晁盖在东溪村的情形类似。同时独龙岗上还有另两个家族势力，祝家庄西边的李家庄和东边的扈家庄。这三个家族属于结盟的关系，共霸着独龙岗这块地盘。李家庄和扈家庄都有自己的生意。独龙岗的这个黑帮联盟同梁山一向是井水不犯河水。梁山的势力虽大，但在晁盖掌权的时候始终没有扩大到独龙岗。作为当地的地头蛇，祝家庄自然不会把梁山放在眼里。

话说石秀帮杨雄杀了他的老婆和其奸夫后，带着时迁投奔梁山，途经祝家庄时，时迁把酒店里的一只报晓的公鸡给偷吃了。要知道宋代还没有钟表，所以这个报晓的公鸡相当珍贵。而时迁又不承认错误。独龙岗的酒店是祝家庄罩着的，双方动手，不争气的时迁被祝家庄的人给抓去了。梁山好汉为救时迁及挣回面子决意攻打祝家庄。宋江带兵一打祝家庄，命石秀、杨林去探路，祝家庄伏兵齐出，杨林被捕，石秀遇钟离老人，得知盘陀路走法却无法外出报信。宋江心急强攻，梁山泊人马迷失方向。宋江二打祝家庄，黄信被捕，幸亏石秀赶到说出破阵之法，人马才得安全退出。宋江欲拜见李应被拒，但得知攻打的方法，便兵分多路攻打祝家庄，派马麟、王矮虎（王英）等为先锋，但却失利，失了马麟、王矮虎、秦明、邓飞、时迁、黄信，但林冲活捉了祝家庄的同盟军扈家庄的扈三娘，剪去了祝家一翼。三打祝家庄，利用新入伙的孙立与祝家庄教师栾廷玉是师兄弟关系，假借协助其攻打梁山泊，进入了祝家庄，并在与梁山泊的争斗中假捉石秀，进一步骗取祝家信任。孙立和家人亲戚打入祝家庄做内应，梁山人马与其里应外合，最终攻破祝家庄，得胜回山。

三打祝家庄的胜利，梁山基本完成了事前的战略目标，扫平了以祝家庄为首的独龙岗黑帮势力，夺取了巨大的财富。祝家庄单粮食就有 50 万石，还有扈家庄和李家庄的财富都归了梁山，扩充了梁山的实力。以孙立为首的登州派系是主动投靠的，而李应、杜兴、扈三娘则为胁迫的。不管怎样，梁山组织的头领增加了 11 人，扩充到 60 人。

3. 宋江拜泉

传说，好汉在梁山上聚义后，宋江便命人在聚义厅的西南角打上一眼大井。可是，打了三丈多深，还没打出水来，再往下就不好打了，愁得宋江吃不下饭，睡不好觉，心里闷闷不乐。

一天，头目们在聚义厅里议事，宋江提起此事，军师吴用说："昔日耿恭拜泉，泉水如注，司马昭拜泉，解了铁笼山之危。咱们何不效法前人，诚心拜泉，倘上天保佑，或可赐甘泉于山寨。"

黑旋风李逵抢上去说："拜什么鸟泉，叫张顺哥把龙王揪来，盖在井里，看来水不来水！"

吴用说："八月二十六丙寅日是西方角星值日，他是东汉名将邓禹，他一定会保佑我们。明天二十三日，众头领不论男女一律沐浴斋戒三天，到二十六日到井边拜祝。"

二十六日卯时已到，山寨上擂鼓三通，一百单八将衣冠整齐，一起到井南供案前肃立，宋江焚香，卢俊义、公孙胜喝礼。众头领跪下后，吴用读罢祝文，焚过天表，跪烧信香一炷。

这时，角星邓禹正驾云巡游，忽见前面一股青气冲天，急忙收着云头向下方察看，原来是梁山寨上三十六天罡星、七十二地煞星祈祷上天赐泉。邓禹急驾着祥云，到灵霄宝殿奏知了玉帝，玉皇大帝允奏，命太白金星传玉旨，叫东海龙王快开甘泉给梁山寨上送水。

宋江、吴用等众头领正在默祝，忽然狂风大作，山摇地动，一阵哗哗水声，有人报说大井中来水。众头领再三朝拜，感谢上天。

故事来源：《宋江审牛》根据钟敬文《民间文学概论》宋江故事改编；《宋江拜泉》由济宁非物质文化遗产保护中心提供

（六）武松系列故事

武松是施耐庵所作古典名著《水浒传》中的重要人物。因其排行第二，又叫“武二郎”。血溅鸳鸯楼后，为躲避官府抓捕，改作头陀打扮，江湖人称“行者”武松。武松最终在征方腊过程中被飞刀所伤，痛失左臂，最后在六和寺病逝，寿至八十。

武松

武松广为流传的故事主要有结拜宋江、景阳冈打虎、愤斩潘金莲、怒杀西门庆、血溅鸳鸯楼、落草二龙山等。其中武松在景阳冈上空手打死一只吊睛白额虎，即“武松打虎”的故事在后世广为流传。

1. 结拜宋江

宋江因在家杀死阎婆惜，出逃前往柴进府，在柴进府遇见了武松。宋江不慎把炭火掀在武松身上，武松愤怒要打宋江，柴进道出宋江姓名后，武松大惊，纳头便拜。当时武松已离家两年，心中时刻挂念胞兄。武松得知当时被他“打死”的人只是昏迷了，没有死去，就辞别柴进、宋江，赶奔清河县寻兄。宋江不舍，取些银两，与兄弟宋清两人送武松。三人辞了柴进，在送武松路上进一小酒店，酒酣之际，武松纳头四拜宋江，宋江大悦，与武松结义为兄弟。

2. 景阳冈打虎

“别意悠悠去路长，挺身直上景阳冈。醉来打杀山中虎，扬得声名满四方。”武松在回清河县的路上，见酒家招牌“三碗不过冈”，连喝十八碗酒。酒保以冈上有虎，劝武松不要过冈，武松不信，执意过冈。来到冈上见到官府告示，这才知道真有虎。武松怕回去叫酒保笑话，硬着头皮过冈。突遇老虎，拿起哨棒，闪在青石边，老虎首先进攻，武松避其锋芒，闪三次，待老虎气力消耗大半，武松攒足力气，抡起哨棒，劈将下来，胜利在望，怕老虎不死，又找回半截木棒，打了一回，经过一番生死搏斗，在景阳冈乘醉打死猛虎。

武松打虎

3. 愤斩潘金莲

武松下山时巧遇猎户，一同来到阳谷县县衙，将赏银全部赠予了众位猎户。知县爱其忠厚仁德，任命武松为都头。后巧遇兄长武大郎，原来武大娶妻潘金莲，多有浪荡子弟来家骚扰，因此迁到了阳谷县。潘金莲试图勾引武松，被拒绝。后被当地富户西门庆勾引，奸情败露后，两人毒死了武大郎。武松立刻报官，哪知官府根本不管。武松铤而走险，亲手杀死嫂嫂。

4. 怒杀西门庆

武松杀死嫂嫂后，到酒楼找西门庆，将潘金莲的人头往西门庆脸上一掼，西门庆吓了一大跳，想跳窗逃走。武松跨步上前，与西门庆打斗起来。没几个回合，西门庆就被武松摔到楼下，武松跳到楼下，手起刀落，取了西门庆的人头。杀人后，武松到阳谷县县衙自首。由于案情重大，武松被押到东平府审判，东平府府尹陈文昭怜惜武松是个有义的汉子，便把案卷改得轻了，判武松刺配孟州。

5. 血溅鸳鸯楼

去孟州的途中，武松路过十字坡酒店，识破了母夜叉孙二娘的蒙汗药酒，并与其大打出手。危急时刻菜园子张青赶到，解劝了二人，夫妻与武松也交了朋友。在孟州，武松受到金眼彪施恩的照顾，为报恩，武松醉打蒋门神，帮助施恩夺回了“快活林”酒店。不过武松也因此遭到蒋门神勾结官府以及张团练的暗算，被迫大开杀戒，大闹飞云浦，血溅鸳鸯楼，并书“杀人者，打虎武松也”。

6. 落草二龙山

武松在逃亡过程中，得张青、孙二娘夫妇帮助，假扮成带发修行的“行者”。张青、孙二娘夫妇让武松去投二龙山。之后，武松夜走蜈蚣岭，在坟庵杀死恶道飞天蜈蚣王道人。在路上因误会打倒了孔亮，喝醉了酒，睡倒河边被孔亮捉到了庄子里拷打，却幸得当时在孔家庄的宋江消除误会。宋江与武松离开孔家庄后，宋江要去清风山，武松要去二龙山，二人分别。武松投奔二龙山，后成为该支“义军”的三位主要头领之一，后三山打青州时归依梁山。

三、故事价值

这些流传在民间的水浒英雄故事，从产生的时间看，有些早于《水浒传》，但多数是在小说问世之后。在流传的过程中，故事不是被机械地重复讲述，而是被不断地修改、完善和充实，比如对某些英雄人物的身世、经历和英雄事迹的补充和丰富，这使它们更能表现人们的理想和愿望，更具有时代的特色。这些民间故事构思之巧妙，想象之奇特，表现了人民群众的智慧和才华，令人赞叹。

这些民间水浒英雄故事，突出表现了百姓淳朴善良的思想感情和美好的理想愿望。在民间故事中，一大批梁山英雄在苦难中出生，在血泪的磨炼中成长。他们同情被剥削、被压迫的穷苦百姓，仇恨欺压人民的贪官、恶官。他们怀着愤世嫉俗的怒火，抱着济世救人的心愿，练就了超凡的武艺，担起了铲除社会邪恶的责任。不管他们身上有着何种莽撞、粗鲁特点，但他们的拳头一向是指着封建统治阶级及其爪牙的。

首先，流传于民间的水浒故事，人物描写比较丰满，基本是专写一人一物的，反映的多是被逼上梁山之前的生活片段，比如孙二娘少年遭遇、李逵少年家世、武松少年离家等。

其次，民间故事大多以赞美梁山英雄为主。比如《水浒传》中的孙二娘绰号“母夜叉”，是卖人肉包子的老板娘。而民间故事中的孙二娘却是武艺超群、胆大心细的巾帼英雄，她误杀了前来寻衅的恶棍之后，为躲避搜寻而急中生智把恶棍尸首扔进煮肉的汤锅。

再次，民间水浒故事，通常将故事赋予神韵。水泊梁山，本来是茫茫无际的荒山芦荡，尤其经过官兵屡次征讨、梁山义旗倒掉之后，这一带一直是偏僻的荒凉去处。可当地百姓出于对梁山好汉的怀念与敬慕，把不少地方都赋予诗画般的意境来赞美，化粗俗于神韵。比如，梁山脚下有一片杏林，相传是王林开设酒店的地方，他酿出的杏花酒深受梁山好汉的喜爱。至今这儿依然杏树繁茂，每当阳春，杏花如雪，飞飞扬扬，被誉为梁山的佳景之一。

这些民间故事与《水游传》相得益彰，丰满了水浒英雄的形象。

其一，鲁智深虽粗鲁，却不是没头脑的人，他好打不平，直率中又带一些狡猾。爱憎分明，刚爽豪迈，见义勇为，粗中有细，扶危济困，疾恶如仇。他非常同情关心被当地恶霸镇关西欺侮的金家父女，在倾听完金氏父女的控诉后，虽然自己与他们非亲非故，却主动向金氏父女赠送银两，亲自保护他们逃离虎口，充分体现了他慷慨大方，重义疏财的性格特征；等到金家父女逃离虎口后，他才来到镇关西肉铺前激怒郑屠，让其先对自己动手，最终为民除害，扶危济困。鲁智深的这些行为，充分体现了他有勇有谋、胆大心细的性格。从某种程度上说，鲁智深是水浒中最为行侠仗义的英雄好汉。

鲁智深倒拔垂杨柳，是中国文学史上一段非常精彩的描写。在以前的文学作品中，还很少有活生生的人可以具备这样的力量，虽然有些人物的描写也是力量非凡，但是在这种人与自然的对抗描写中，花和尚是最具神力的一位。其实在拔掉这棵树的同时，鲁智深也把之前积攒的所有不满都发泄出来了，此时他得到了前所未有的解脱。在现在的心理学中，释放是种非常好的改善心情的方法，我们可以看到，鲁智深也非常善于释放、善于调节自己的心理。和他形成鲜明对比的就是他的好朋友林冲。林冲心有怨恨，没有好好地释放，最终导致了后来的惨状。

从鲁智深的身上，我们看到了一种正义感。在这个文明的社会里，我们还是需要一些像鲁智深一样的人物的。

其二，李逵这位绰号黑旋风、铁牛的好汉属中国古代小说中的喜剧英雄形象。这类人物从外貌上看，大多身材高大魁梧；从才艺秉性上看，个个武功高强，经常使用板斧、锤子之类的笨重武器，作战勇猛，擅打硬仗，而且生性粗鲁爽直，脾气暴躁，疾恶如仇。有趣的是，他们往往与儒雅沉稳的主将之间有着亲如手足般的密切关系。人物形象的这种反差极大的搭配和出场，很容易产生喜剧效果。加之这些喜剧英雄由于性格鲁莽、性子急躁等原因，总是头脑发热爱冲动，不断地惹麻烦，要么是闹场误会，要么是好心办坏事，为作品平添了许多波澜。

通过流传至今的这几个关于李逵的民间故事，我们了解到，在李逵的身上有一些可贵的品质，比如他的率真、豪爽、敢作敢为、好打抱不平等，在看到一些弱者被压迫或伤害时，往往喜欢用自己的方式为被欺凌者主持公道。

对此后人有诗赞道：

侠肝义胆黑旋风，仗义疏财抱不平。
东平断案明大理，粗中有细人人敬。
世间多少不平事，耍拳卖艺显英雄。
梁山多少英雄汉，黎民百姓齐赞颂。

结合当今社会来说，李逵的故事还是有一定教育意义的。例如，关于老人摔倒了扶不扶的问题、看到犯罪分子实施犯罪时是否“事不关己高高挂起”的问题，一度成为社会热议的话题，同时也是对整个社会诚信和正义的拷问。因而，当今社会需要像李逵这样的人，在帮助别人时不会瞻前顾后，不考虑付出的成本，在面对邪恶时，更要路见不平一声吼，勇敢站出来与邪恶势力做斗争，而不是只求自保。但是因为其所处的年代以及所受的教育程度的局限性，李逵的某些做法也是不可取的，特别是其嗜血成性。李逵的言谈举止中也暴露出明显的性格缺陷，他的很多举动缺乏理性的思考，只是出自个人鲁莽草率的性格，没有明确的目的，有时是一种冲动和宣泄，因而也是容易失控的，易成为一种破坏力量。

其三，林冲这个人物家喻户晓，林冲的故事体现了其委曲求全的忍耐性格、以牙还牙的报复心理、救弱济贫的侠义气概，使《水浒传》这部巨著烙上了深刻的现实主义印记，使读者有了掩书苦思的深沉与快感。林冲是一个悲剧典型，是一个与众不同的落魄英雄。林冲的故事，不仅反映了当时社会的黑暗，还传达出国人尤其是有才干而善良的中国人那种沉重的压抑的人生滋味。他的故事更暗示着梁山英雄的结局——英雄末路。

其四，孙二娘在中国民间算是小有名气的一员，提起她，就让人不得不想到她做的那一手香喷喷的人肉包子。孙二娘惯常做人肉包子，也算是另类的“取之于民用之于民”。用武松的话来说，“肥的切做馒头馅，瘦的拿走去填河”，真正做到了羚羊挂角无迹可寻，标准属于“吃人不吐骨头”类型。孙二娘借船也展示了孙二娘有勇有谋、精明豪放的个性特征。孙二娘和别的江湖人物一样，有着一身的义气，为了结拜兄弟武松，她能舍弃自己的家业，带着老公上山落草。她敢爱敢恨，大胆的性格，值得当代女性学习、效仿，堪称“野蛮女友”的典范，至今仍有部分山东人身上有着孙二娘敢爱敢恨、义气担当的风范。

孙二娘本是一个平常人家的子女，最终却走上了不同寻常的道路，原因有以下几个方面：

第一，大宋朝廷腐败，贪官污吏到处横行，欺压百姓。这是“只许州官放火，不许百姓点灯”的真实写照，老百姓只能被欺负，不许还手。孙二娘家里的遭遇说明了一切。

第二，孙二娘家里有报仇的实力，孙二娘一家才不甘心被欺负，如果像其他的普通人一样，这事说不定就放下了。

第三，孙二娘是个直性子的女强人。你对我好，我就对你好，你若对我不好，那我便加倍偿还与你。对贪官污吏的愤怒、为万千被欺负平民百姓打抱不平，这两点使孙二娘站到了宋代官府的对立面。孙二娘说到底是个粗人，在水浒中，她和行者武松的性格类似，深明大义，做事简单，但目的清晰。

孙二娘的经历并不是最悲哀最可怕的，最可怕的是宋代那么多的平民百姓，被大宋朝廷中的恶人欺压，却没有还手的力量，只能眼睁睁看着，而不敢有任何对抗的举动，这才是宋朝最可悲的。

其五，宋江审牛的故事从侧面反映出宋江的思想还是比较正统的，通过为一个普通老者主持公道，反映出其对正义的追求和对弱者的同情。同时也表现出宋江的头脑是非常聪明的，用外人看似荒诞的方式，巧妙地利用最简单的方法解决了这件偷盗案件，扩大了梁山好汉在周边的积极影响力，取得了民心，更加切合了梁山好汉提出的替天行道的口号。

三打祝家庄这个故事中，宋江虽然最初失利，但最终还是交上一份亮丽的答卷，梁山从此形成了晁盖守家，宋江、吴用出外的行动模式。三打祝家庄，对梁山来说是个重要里程碑，是梁山组织大规模对外行动的起点，宋江也在以后的一次次的对外行动中，锻炼了自己的实战能力和夺取了梁山的实际领导地位，也是晁盖时代向宋江时代过渡的转折点。对于宋江来说意义重大，从此再无阻挡，梁山的领导权慢慢就成了他的囊中之物。

从历史角度看，对于《水浒传》的争论焦点集中在主要人物宋江所表现出的“忠君报国”的思想上。反面观点一般认为宋江的思想有其局限性，梁山好汉受到招安后又为朝廷去征讨各地山贼，下场悲惨，是出历史悲剧；作品歌颂和美化宋江，只反贪官，不反皇帝，强调“忠义”，表现出严重的思想局限。正面观点一般认为宋江相对于其他草莽英雄思想进步，对当时社会可以起到积极作用。

其六，在后代传说中，武松一直被认为体现了中国人心目中英雄“快意恩仇”的形象。但是，近代也有人，特别是女权主义者认为，武松不分青红皂白的杀戮行为，以及其对妇女生命的藐视，并不值得提倡。

刚开始，武松显得并不光彩，一副落魄的形象，他因打架斗殴而躲避于柴进府上，但在府中又因性情暴烈而不受欢迎，即使如柴进那样广纳天下豪杰的仗义之人也开始对武松怠慢起来。这从武松在柴进府上后期的待遇可见。此时很难从武松身上看到豪侠之气。至景阳冈打虎，武松这一英雄形象方才光彩起来，转眼成为威震四方的英雄。景阳冈打虎也体现了武松刚勇豪爽，毫无畏惧的英雄气概。但是武松打虎，我们只学他的大无畏精神、为民除害的义举是不够的，我们还应看到，他是有实力、但不鲁莽的人，遇到困难，有勇有谋，处理得当。后来灵台前愤斩潘金莲、狮子楼怒杀西门庆、报恩义助施恩，可以看出武松知恩图报、疾恶如仇。作为后人我们要学习武松爱憎分明、敢作敢为的行事作风。

从另一个方面看，复仇在传统社会曾起到秩序稳定的作用，而在当代社会则不为法律所容忍。在中国古代，复仇者在复仇之后，多选择自首而非逃走，坦然接受法律惩罚，法律通常予以宽宥。中国传统社会中的法律让位于复仇，在本质上是法律让位于传统伦理的体现。在现代社会，法律替代了复仇制度的积极功能，包括遏制司法腐败、建立正当法律程序和多元纠纷解决机制。研究复仇和法律的关系，在一定程度上能为当代中国的法治建设提供借鉴，有利于减少复仇的发生，也有利于推动中国的法治进程。

从以上民间水浒英雄人物的故事中，我们可以看出，英勇和力量是水浒英雄的突出性格。他们纵横大江南北，驰骋疆场，路见不平拔刀相助，凭借的就是他们的勇武之力和智谋之力。尤其是他们单个或者几个英雄对付自然猛兽和黑暗势力时，勇力起的作用不可小觑。水浒英雄的阳刚之气、朴野风貌、群体性格与他们生活的地域环境密不可分。水浒英雄多为北方人，就如北方之气候，普遍有着质朴忠厚和劲勇强悍的特征。北方居民身躯厚重魁梧，性格刚强坚忍，这为水浒英雄的劲勇强悍奠定了生理基础。同时，水浒故事扎根于北方的山东梁山，梁山泊汇集了各路英雄，即使少数来自南方的英雄，他们在梁山泊的特定环境熏陶下，也必然会受到北方人这种特征的影响。因此，水浒英雄群体特征展示了北方人，尤其是山东大汉的风采。在中国文学史上，《水浒传》第一次大规模、无比形象地展示了北方人尤其是山东大汉的形象，因此，一提山东人，马上联想到水浒英雄，一提梁山水浒英雄，马上联想到山东大汉的形象，构成了文化性格标本。

中国传统文化向来重视伦理道德的教化。民间水浒故事在漫长的演变过程中，受到儒家伦理精神的浸润，而且从未停止过。文人知识分子所代表的儒家文化对水浒故事所体现的民间文化逐渐产生影响，并有意识地加以整合，最终儒家文化思想占据上风。而水浒英雄面对北宋末年政府腐败、民不聊生的社会现实，在官逼民反的社会背景下揭竿而起，走上造反的道路。他们身居梁山泊，被统治阶级视为“盗”“贼”，但他们依然替天行道。这里的“道”主要是儒家伦理意识，是社会民众奉行的社会道德准则，不外乎忠、孝、节、义的行为规范。而水浒英雄倡导孝、忠，崇仰仗义疏财，这是他们处理人与人、人与社会关系的准则，体现的是世俗社会平民阶级的道德实践和思想。

以宋江为首的水浒英雄讲求孝悌、仁义、信行、忠良，这与水浒文化的伦理精神相吻合，以忠、义为主的儒家文化人格，是水浒英雄的主导人格。乱世呼唤英雄豪杰，乱世促使了儒侠人格的互补，儒家文化人格也成为塑造水浒英雄的底蕴。

水浒故事源于历史真实，被置于北宋中后期的社会历史的大背景中，在官逼民反的压力下，发出愤怒的呐喊，揭竿而起。梁山泊凭水势之险，成为好汉们对抗官军的理想之地。而宋元易代，民族危亡，反抗民族压迫的忠君爱国思想也给水浒故事的发展以决定性影响。

单元二　夏镇八景的故事

名　　称： 夏镇八景的故事

级　　别： 市级非物质文化遗产

申报地区： 微山县

一、故事溯源

夏镇是一座古城，地处交通要冲，由戚城、部城和东寨三部分合成，老运河穿流其间，蜿蜒而过。西北部分为戚城，是秦朝广戚县遗址，历经汉、三国，南北朝时废广戚县，仅存戚城城垣。西南为部城，原名夏村，亦称夏阳。明代后期，漕运新渠（济宁至境山段运河）竣工，南北漕运畅通，夏村港口船舶剧增，工商业日趋繁荣，隆庆三年（1569 年），遂改村为镇。此后，筑城垣九百余丈，辟四门，建城楼，驻扎护河兵员，遂又称作部城。运河以东是东寨，原系故城，仅存城垣。清咸丰元年（1851 年），黄河在蟠龙集决口，沛县栖山一带被洪水淤没，沛县城自栖山继迁于此，就故城筑寨，名东寨。东寨，西临运河，曾一度作为沛县的县城，经历 11 年。从此，运河东岸成了商贾云集的黄金地段。跨运河的三城总称夏镇，历史上是苏鲁两省、沛滕两县交界处，地域交叉，归属难辨，镇中心魁星楼门外，曾有“一步两省三座庙”之说。城外鹰飞鱼跃，泽国水乡，城内庙宇牌坊，建构不俗，反映了大自然的神工和劳动者的创造，自然景色和人文景观独特，文物古迹众多，在当地影响较大的有八处，即夏镇的八大景点。

部城遗址

二、故事内容

夏镇八景故事的诗文如下：

三绝高碑透玲珑，泗亭问渡汉家风。

贤孝坟中葬贤孝，清风潭下见清风。

姜肱故里戚城在，运河环绕碧霞宫。

昭阳渔船千百艘，飞云桥下水喷龙。

夏镇八景的故事起源于微山，是夏镇人民根据境内的“八景”创作、加工并在微山境内广泛流传的一种独特的文学表现形式。

“三绝高碑”，指漕运新渠记碑，位于运河西岸下，皇经堂庙北，今东风桥西首北面。整个碑体的规模气势，与曲阜孔庙门前历代名碑相当。《漕运新渠记》，系明代嘉靖年间吏部尚书、建极殿大学士徐阶所撰，书法名家周天球书写，名石匠吴鼒刻石。内容记述工部尚书朱衡开挖由南阳经夏村至留城 141 里的新渠（新运河）、疏浚留城至境山 53 里的旧渠（泗河）的通漕运，治黄水的经过。撰、写、刻俱佳，一向被文人学士称为“神品”，呼为“三绝”，当地人称其为“三绝碑”。1960 年，山东省人民委员会曾拨专款修亭，围以栏杆保护，是山东省重点文物保护单位。

“泗亭问渡”，即泗亭问渡坊，位于夏镇闸上，清代建筑。相传刘邦为泗亭亭长时，起义反秦，一次兵败无路可奔，遂来泗水岸求渡，船民即指路送行，幸得逃生。清代康熙南巡，曾在此问过泗亭渡一事，工部主事李禧熊因之建坊。牌坊建成，立于闸上，气势壮观，过往船只无不称颂，世人誉此坊有汉家风范。

“贤孝坟”，即清风烈女墓。运河西岸下，皇经堂庙北，今东风桥西首北面；清风潭和清风烈女碑，在部城里东北部。这两个景点，是由一宗事件连起来的。明代，此处有个赌棍皮匠，家产输尽，并以妻、女抵债。其妻徐氏怀抱幼女，随夫前往，行至清风潭，跳水自杀。家中饲养的狗，见主人落水，狂叫数声，也跳水溺死，被人们视为义犬，亦随主人安葬。四川綦江杨为栋，万历年间进士，时任工部主事，分司夏镇，闻之感动，为其建砖坟，修清风烈女祠。祠堂内塑皮匠一家人像。正中塑徐氏，怀抱幼女，膝下卧狗，祠堂右侧门后塑皮匠，肩扛褡裢，形貌狼狈。清风潭，潭水清澈。杨为栋又在清风潭前面立石纪念，这就是清风烈女碑。

仙人桥下“清风潭”

“姜肱故里”，在部城北广戚城中，运河岸上有碑题志。此碑篆书五个大字——“汉姜肱故里”。后移到“通济门”（大南门口）胡同北头东侧。姜肱，汉朝名士，以孝行著称，博通五经，有“学富五车”之誉，远来就学者3000余人。一生不入仕做官，皇帝征召，重臣举荐，皆不露面，或逃离家园，隐身海滨，或谎称久病就医，卧于幽阁。曾潜伏青州界，终年卖卜为生。姜肱与弟相友爱，同被而眠，一直到成年。“姜被”一词，已成为形容兄弟友爱的典故。《汉书》曾予立传，受历代文人器重。至今，当地还流传着姜肱大被的故事。

“碧霞宫”，俗称泰山庙，在夏镇泰山村。碧霞宫庙宇之大，香火之盛，庙会之繁华，在鲁南、苏北一带绝无仅有。农历四月十五至十八日的夏镇泰山庙会，为当地一大景观。这里是水运要道，南北商贾云集，不仅有祭祀活动，又是物资交流集散地。会上有碧霞元君出巡，泰山奶奶坐辇外出，有数千人的队伍，包括手执旗锣伞扇的銮驾人员、手执斧钺钩叉的卫队、上下八仙作陪的神职人员、外地僧侣、各路乐队、祈祷许愿人员、扮演的受刑带枷人员等。四天庙会有两次出巡，十六日巡运河东，十七日巡运河西，十八日看神戏。正如《沛县志》记载：“每至四月，抬着神像出巡，热闹非凡，往往聚集数万人。”其盛况可见一斑。

微山泰山庙正门

微山泰山庙会

“昭阳渔船千百艘”，千百即言其多。昭阳湖位居南四湖腰，周长80余里，荷水、泡水、泗水三河自此入湖，水活质优，渔湖产品丰富，风景秀丽。清代学者郝质玗称昭阳湖“绝蛟龙波涛之危，泛一泻千里之概，诚为沛邑之巨观也，不可不游”。

“飞云桥”，志书、碑记多有记载，桥名起自汉刘邦的《大风歌》辞风起云飞句，位于泡水和泗水汇合处。泗水南岸有歌风台，在泗河向东转弯处，即南庄村西南的老河口，泗河纵流南北，蜿蜒如巨龙。而泡水自西向东横流，经飞云桥，泻入泗河，犹如巨龙喷水。当年看来，颇为壮观。

三、故事价值

夏镇八景的相关故事、纪实，洋溢着浓郁的传统文化气息，如“三绝高碑透玲珑”中的三绝碑构造及碑文，其相关传说也充分说明了夏镇

微山泰山行宫大门

当时所受的自然灾害和人民的生产生活状况。“泗亭问渡汉家风”的相关故事，表现了当时船民的汉家风范。“运河环绕碧霞宫”体现了“碧霞宫”的繁华。“昭阳渔船千百艘”的故事，反映了当时渔民生产及渔业的发展状况，周边风景非常秀丽。“飞云桥下水喷龙”，写出了泗河纵流南北，宛如一条巨龙的磅礴气势。而泰山庙，庙会期间上市物资繁多，经济活动十分广泛，生意也极为兴隆，除来自上海、江浙、西安、郑州、唐山、青岛等地的香客外，苏北、皖北、鲁南、鲁西六七十个县的商贾摊贩，也一并云集庙会。卖布的，经营五金的，从事餐饮服务的，经销铁、木、草编、苇编货的，卖针头线脑、儿童玩具的，卖猪、马、牛等牲畜的，卖香箔纸的，卖耗子药的，卖狗皮膏药的，拔牙的，点痣的，算卦、拆字的，合年命的，无所不有，一应俱全，更是大大促进了各地的物资交流和经济发展。

这些内容再现了古夏镇的历史风貌及风土人情，是夏镇人民用口头语言去构思、传播的一种独特的文学表现形式，为研究微山湖地区发展及运河文化提供了宝贵的资料。

传说来源：该故事内容根据济宁非物质文化遗产保护中心提供资料与济宁微山旅游网资料整合而成

单元三　孔子宰中都的故事

名　　称：孔子宰中都的故事

级　　别：市级非物质文化遗产

申报地区：汶上县

一、故事溯源

孔子（公元前 551—前 479 年）生活在春秋后期，周王室衰微，

“礼崩乐坏”，诸侯纷争，社会处在大变革时期。在中等诸侯国鲁国，则以“三桓”分公室为典型。“三桓”是指鲁国显族季孙、孟孙和叔孙三家，其中季孙氏在“三桓”中力量最为强大，他控制了鲁国的政权。

孔子处于“五十而知天命”之年，在诸侯各国尤其是鲁国颇有声望，学识才能已为世人公认。阳虎曾私贿孔子请他出来做官，公山不狃也曾派人请孔子。但阳虎和公山不狃“陪臣执国命”的越礼犯上行为与孔子的政治理想格格不入，所以急欲出仕的孔子思虑再三，“然亦卒不行”。孔子在鲁国为季孙氏重用，但季孙氏连遭阳虎和公山不狃的反叛打击后，势力大减。同时，春秋末期士阶层逐步崛起，季桓子为稳定局势，改变统治办法，重用有声望有才干的人；加之孔子拒绝阳虎和公山不狃的出仕之请，也赢得了鲁定公和季孙氏的信任。鲁中都邑位于鲁国西部水陆交通要塞，且系鲁桓公以下九位国君陵墓所在地。基于上述考虑，为安定民心，稳定朝野，保护祖茔，抵御外敌，季孙氏和鲁定公委孔子以中都宰重任。

孔子像

文庙旧地

汶上历史上素以孔孟之乡、礼仪之邦闻名遐迩。2500 年前的春秋战国之际，汶上称中都邑，公元前 501 年孔子任中都宰，孔子宰中都遗址在汶上县次丘镇湖口、朱庄一带，今有孔庙、孔子讲堂、孔子沟、中都故邑碑、夫子履、平陆祠等建筑遗址。

二、故事内容

鲁定公九年（公元前501年），孔子被定公任命为中都宰，携部分得意弟子辅之。这在《史记》、明修《汶上县志》《阙里文献考》及相关文献中均有记载。

《新序》中记载着孔子宰中都整顿社会秩序的三件事：其一，是沈犹氏贩羊；其二是书香弟子公慎氏“有妻而淫”；其三是富豪慎溃氏“奢侈骄佚”。

（一）整治沈犹氏贩羊

孔子宰中都时，大力整顿市场秩序，严厉打击坑蒙拐骗行为，至今流传着沈犹氏贩羊弄假的故事：沈犹氏“旦饮其羊，饮之，以欺人”。他贱价将瘦羊买回家去，用盐水拌草料饲喂。羊吃了食盐口渴，便大量饮水。沈犹氏将这肚子鼓胀的羊赶上市，外行人认为是膘肥体重，争相购买，沈犹氏则高价出售。这样，一只羊一夜之间便可增重十多斤。然而，买主回家，不出三五天，羊必死。沈犹氏的这一招，坑害了许多善良的穷苦人。

孔子利用子贡、子路两个人解决了沈犹氏用盐水拌草喂羊的问题。子贡本人就是个商人，对做生意非常熟悉。他装作买羊的主儿凑过去，拉过一只高大的山羊，用手按了按它的脊梁，又掀起羊毛看了看肚子说：“这只羊薄薄的膘没有肉，肚子倒真不小。”用手拍拍羊的肚子，像敲鼓一样嘭嘭作响。他又扒开羊口，只见羊舌上布满厚厚的白色舌苔，便大声说：“看来这只羊是吃足了盐，喝饱了水，怪不得肚子鼓得大大的。”沈犹氏自恃有官吏撑腰，便拿起杀羊刀向子贡砍去。这时，站在子贡旁边的子路一个箭步冲上去，抓住沈犹氏的胳膊，把他摁倒在地。百姓都来看热闹。孔子见时机已到，便上前对沈犹氏说：“这只羊我买下，现场宰杀，没有用水便还你个清白，我代表这两位向你赔礼道歉；若用了水，立即送官，重责不饶。”他把羊买了下来，请人杀了羊，结果发现，羊血都变淡了，这只羊起码用了十斤水。沈犹氏见状拔腿就跑，子路的大手像铁钳一样把他抓住。子贡指着孔子对百姓说，这就是新到任的邑宰孔大人。孔子宣布处罚沈犹氏，退回羊钱并罚款以责其过，发布通告以彰其咎，若有再犯者，加倍惩处。还查清了沈犹氏的后台，予以罢免。从此，市场上再无掺假使水的行为。

（二）书香弟子公慎氏“有妻而淫”

当时中都的公慎氏，“有妻而淫”。在周礼盛行的鲁国，女子淫荡，正是伤风败俗，使社会不安。公慎氏的妻子漆氏年轻貌美，长期与人通奸，只瞒着公慎氏一人。百姓虽然议论纷纷，但没人过问。在孔子以礼教化百姓后，百姓深感其耻，便私下告之，公慎氏很快休了漆氏，从而净化了社会风气。

（三）富豪慎溃氏“奢侈骄佚”

有一富豪慎溃氏“奢侈骄佚”，不按礼仪行事，常乐歌于堂庭，影响他人，扰乱了社会。人们虽有怨言，但不愿生事，索性不语。孔子宰中都后，一面采取措施治理中都，一面对百姓施行教化。在社会礼乐教化的大气候中，慎溃氏形影相吊，再也混不下去了，索性逃往他乡。

正因为孔子宰中都一年，功绩卓著，鲁定公擢升孔子为小司空。离任之时，本不想打扰百姓，但是没有不透风的墙，结果还是让百姓知道了。这天，东方放亮，邑署大门外就挤满了前来送行的手提礼品的百姓。见如此情景，孔子和弟子们泪水夺眶而出，但拒不收礼。

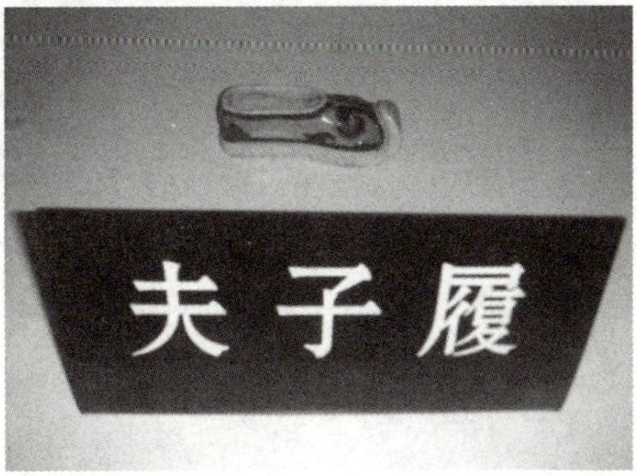

夫子履

人群中喊声此起彼伏。孔子不知说什么好，只有向人群抱拳施礼告辞。此时，一位白发苍苍的老翁赶来，他紧紧抓住孔子的手说：“孔大人这不要，那不收，俺都依您。这不，一年啦，您为俺黎民百姓办事跑遍了中都各角落，内人为俺做了这双鞋，老朽没穿，我拿这双鞋换大人脚上穿的这双，总可以了吧，您要不答应，俺可不依！”孔子终于同意，接过老人的鞋穿上。然后，双手将旧鞋递给老人。老人把孔子这双鞋拿回了家，如获至宝，供奉起来，代代相传。这就是传说中的“夫子履”。及至唐代城邑迁今址，在中都城东门城楼上专建一阁供奉孔子的靴子。其意为见靴思圣，像孔子一样脚步深入百姓中，为民谋利益。从此，“夫子履”也成为清官文化的象征。“清官留下一只（双）鞋”也成为如今济宁汶上县一带的俗语。

三、故事价值

孔子宰中都影响深远，给人以深刻的启示：孔子的教化使中都百姓知道了守礼光荣、违礼可耻。孔子经常带领弟子到一些村庄讲学树风，宣传施政方针，当时汶上县城南九公里的进义村周围村落稀少，仅有几十户人家，孔子在此讲学后进义村更名为次丘村。清朝中期，为避孔圣人名讳，把次丘的“丘”改为“邱”，延续至今。后人也把次邱村称为讲学村，直到民国时还曾在次邱村设讲学区。孔子在此讲学多日，因公务繁忙即将离开，村里的人们想挽留孔子，就把孔子骑的马藏在了东边村里，孔子在这里又讲了三天学后方启程回县衙。从那以后，次邱东边藏马的村子便叫留马庄，孔子住的旅店所在的村叫次邱店。中都遗址是孔子走向政治仕途的试验田，也是孔子儒家思想走向世界的发源地，保护遗址是每个中华儿女的重大责任。

孔子宰中都，为儒家学说奠定了现实基础。孔子宰中都的意义，即在于改变世界。它使孔子由曲阜杏坛的坐而论道走向了田间地头，走向了人民群众，走向了改造客观世界，这就使儒家学说变成了生动的政治实践，使儒家学说拥有了现实性的力量，表明它是一种经世致用的学说。儒家学说成为封建社会长期的主导思想，如果没有孔子全面主政一方的经历，将使儒学的发展缺乏现实的基础。孔子宰中都，只是儒家学说的牛刀小试，只是一个起点、一块试验田。在长达两千多年的时间里，虽历经多次朝代的更替，但以儒家学说为主流意识形态的封建社会，总体上保持了长期的稳定和发展，创造了包括汉唐在内的光辉灿烂的中华文明，使中华民族走在了世界的前列。

汶上大地遍布孔子的足迹，儒家思想积淀深厚，到处传颂着孔子施仁政、奉廉洁、进忠孝、遵礼仪、讲诚信、广博爱的儒家思想美德。为了保护和发扬儒家文化，汶上县朱庄村民自发开展保护中都遗址的系列活动，成立了民间孔子宰中都遗址协会。2015 年 5 月起，汶上县先后对汶上文庙的部分建筑进行落架大修，并启动了孔子宰中都博物馆装修布展项目。2017 年 11 月，汶上文庙以全新的面貌呈现在世人面前。

传说来源：该故事内容由济宁非物质文化遗产保护中心提供

单元四　滚磨成亲的故事

名　　称：滚磨成亲的故事
级　　别：市级非物质文化遗产
申报地区：邹城市

一、故事溯源

中华民族传说中关于伏羲与女娲兄妹成亲繁衍人类的故事，世世代代广泛流传于我国各地。邹城及周边乃至更大的区域内，流传着伏羲、女娲兄妹滚磨成亲繁衍人类的故事。邹城境内的凫山，至今仍有老磨台、盘古遗址等景观。山中有一座羲皇庙，约始建于公元前（详细年代不明），后唐明宗长兴二年（931 年）重修时已初具规模。以后宋、元、明、清多次维修，碑记中内容与伏羲、女娲滚磨成亲的内容一脉相承，在民间代代流传。

羲皇庙又称伏羲庙、人祖庙、爷娘庙，位于郭里镇凫山山系主峰东凫山西侧，爷娘庙东村村东，是鲁西南最大的祭祀伏羲的古建筑群。始建时间久远，在经历了千年的风风雨雨后，却于 1929 年被冯玉祥部梁冠英手下所烧，变成一片废墟。再加上后来人为破坏，现在原址只剩下 5 根 5 米多高的 8 棱石柱、5 座龟驮石碑和玉皇殿的石墙地基。2006 年年底，羲皇庙遗址由山东省人民政府公布为省级重点文物保护单位，由邹城市政府和郭里镇政府立碑保护。郭里镇政府通过多方搜寻资料，编撰完成了《郭里文物揽胜》，图文并茂地介绍羲皇庙的历史文化内涵，对提高人们对羲皇庙遗址的认知和保护意识起到重要作用。

凫山羲皇庙遗址

凫山羲皇庙虽然现仅存部分建筑基址、石柱和石碑，但这也赋予其一种别样之美，有考古专家称其为“国内唯一具有古罗马遗迹特征的古遗址”，既具有很高的观赏价值，又对研究中国文明史、建筑史和民俗史具有重要价值。祭祀伏羲的庙宇在鲁西南除规模最大的凫山羲皇庙外，在凫山周边百里还有三座伏羲庙，一在今滕州染山，一在今微山陈庄，这两座都保留至今，还有一处在今邹城南关，现已无存。当地民谚中有“黑风口，龙马道，沥沥拉拉爷娘庙”之说。在济水流域以至整个山东，别处未闻有祭祀伏羲或女娲的古庙，伏羲庙集中建在这一带，是此处为伏羲族系重要聚居地带的一个旁证。遗址内的重修羲皇献殿记因序历代帝王纪碑，现保存完好，上刻自盘古至明万历时历代帝王的世系纪年，国内极为罕见，对研究中国社会历史沿革具有珍贵的文物参考价值。

二、故事内容

相传在一次大洪水后，人间只剩下伏羲、女娲兄妹。一天晚上兄妹俩各做了一个梦，梦到神让他兄妹俩成亲，梦里神还嘱托他们说："如果认为荒唐，你们兄妹俩可每人持一扇磨，一个上西山，一个上东山，同时把磨往山下滚，如果两扇磨能滚到一处并合在一起，你们就成婚。如果你们不信，你们兄妹俩还可各拿一双鞋的一只，分别从东山、西山往下投，如果投到山下草坪上，两只鞋能排在一块，你们就拜堂成亲。你们如果还下不了决心，你们兄妹俩可再用一种方式，一人手拿一根长长的线，另一人手拿一根针，一人在东山把线向西山抛，如果线穿入另一人的针鼻中，你们就要结为夫妻。"兄妹俩醒来后按照梦中神的嘱托一一照办，结果一一应验。兄妹俩知道这是神的旨意，于是结为了夫妻。他们生下了 18 个童男、18 个童女。

为了使人类能更快地繁衍，兄妹俩在凫山下捏泥人，把捏好的泥人晒干，希望若干天后泥人都能成为真人。过了七七四十九天，第一批泥人真的都活了，并先后三三两两离开了他们去别处开始生活。突然一天，下起雨来，兄妹俩赶忙把捏好未晒干的泥人往屋里拾，雨越下越大，来不及拾，就用扫帚扫，慌乱中有的胳膊被扫断了，有的腿被扫断了，有的眼睛被戳瞎了，因此世界上的人有的瘸腿、有的眼盲、有的臂残。现在人的身上有搓不完的泥灰，就是因为人类是老祖先用泥捏成的。

三、故事价值

千百年过后，伏羲、女娲的后代们把石龟凫水落脚的山取名为凫山，又在兄妹俩居住的山洞前建造了一座庙，起名为爷娘庙来祭奠他们。到现在在凫山一带还流传着伏羲、女娲兄妹俩大灾大难后重新建造人类的一首民谣：“东凫山、西凫山，天连水来水连天，多咱哭到洪水干，洪水干了立人烟。”

“滚磨成亲”，反映了原初社会中人命天定的思维观念及生生不息的厚生爱民意识。同时，故事中“兄妹成婚”情节是人类早期婚姻形态——血缘婚制在神话中的反映。较有价值的是，“兄妹成婚”的基本占卜方式是“滚磨成亲”，这与地区独特的文化和地理资源密切相关，具有重要的文化和考古价值。伏羲女娲被视为公认的中华民族祖先并受到崇祀，伏羲女娲文化集人类生存文化、婚姻文化、生育文化于一体，保护和弘扬伏羲女娲文化对传承华夏文明，增进民族融合，激发人民的创业精神具有重要作用，同时具有神话学、民俗学、社会学、民间文艺学和宗教学等方面的研究价值。神话学家张振犁认为，洪水后，人类的再生，正如同宇宙阴阳二气之间矛盾运转一样生生不已。这样的观念，在原始人类那里虽然还未形成后来哲学家那样的抽象思维，但这种形象的比喻，在洪水神话中暗示出原始人类的自然哲学观念，则是无疑的。“滚磨成亲”的深层含义，当然也蕴于典型的中国式阴阳五行演化、运转的天体和人类起源论之中。因而，用它来象征结婚生子，再恰当不过了。由此看来，正是伏羲女娲冲破了道德伦理的局限，才有了今天人类子孙的繁衍生息。

直到今天，滚磨成亲的故事仍广为流传，人类的子孙也遍布世界。当地群众说，开旸山有磨磨顶，有磨合沟，有磨盘石，伏羲女娲就是在开旸山成的亲。听老辈人说，那磨盘石可是个宝石，千万动不得。尽管开旸山周围烧石灰窑打石头的人很多，但磨盘石一直没人敢动，时不时会有一些新婚夫妇来到磨盘石前，烧香磕头拜神石，以求早生贵子。滚磨成亲的故事承载着中华民族的很多原始记忆，是历史文化、人类学文化的活化石，是民间一种久远的人类起源说。

传说来源：该故事内容由济宁非物质文化遗产保护中心提供

附 录

附录一　国家级非物质文化遗产名录（民间文学部分）

第一批国家级非物质文化遗产名录（民间文学部分）

序号	项目编号	项目名称	申报单位
001	Ⅰ-1	苗族古歌	贵州省
002	Ⅰ-2	布洛陀	广西壮族自治区
003	Ⅰ-3	遮帕麻和遮咪麻	云南省
004	Ⅰ-4	牡帕密帕	云南省
005	Ⅰ-5	刻道	贵州省
006	Ⅰ-6	白蛇传传说	江苏省、浙江省
007	Ⅰ-7	梁祝传说	江苏省、浙江省、山东省、河南省
008	Ⅰ-8	孟姜女传说	山东省
009	Ⅰ-9	董永传说	山西省、江苏省、河南省、湖北省
010	Ⅰ-10	西施传说	浙江省
011	Ⅰ-11	济公传说	浙江省
012	Ⅰ-12	满族说部	吉林省
013	Ⅰ-13	河西宝卷	甘肃省
014	Ⅰ-14	耿村民间故事	河北省
015	Ⅰ-15	伍家沟民间故事	湖北省
016	Ⅰ-16	下堡坪民间故事	湖北省
017	Ⅰ-17	走马镇民间故事	重庆市
018	Ⅰ-18	古渔雁民间故事	辽宁省
019	Ⅰ-19	喀左东蒙民间故事	辽宁省
020	Ⅰ-20	谭振山民间故事	辽宁省

续表

序号	项目编号	项目名称	申报单位
021	Ⅰ-21	河间歌诗	河北省
022	Ⅰ-22	吴歌	江苏省
023	Ⅰ-23	刘三姐歌谣	广西壮族自治区
024	Ⅰ-24	四季生产调	云南省
025	Ⅰ-25	玛纳斯	新疆维吾尔自治区
026	Ⅰ-26	江格尔	新疆维吾尔自治区
027	Ⅰ-27	格萨（斯）尔	内蒙古自治区，四川省，云南省，西藏自治区，甘肃省，青海省，新疆维吾尔自治区
028	Ⅰ-28	阿诗玛	云南省
029	Ⅰ-29	拉仁布与吉门索	青海省
030	Ⅰ-30	畲族小说歌	福建省
031	Ⅰ-31	青林寺谜语	湖北省

第二批国家级非物质文化遗产名录（民间文学部分）

序号	项目编号	项目名称	申报地区
519	Ⅰ-32	八达岭长城传说	北京市
520	Ⅰ-33	永定河传说	北京市
521	Ⅰ-34	杨家将传说（穆桂英传说、杨家将说唱）	北京市
522	Ⅰ-35	尧的传说	山西省
523	Ⅰ-36	牛郎织女传说	山东省、山西省
524	Ⅰ-37	西湖传说	浙江省
525	Ⅰ-38	刘伯温传说	浙江省
526	Ⅰ-39	黄初平（黄大仙）传说	浙江省
527	Ⅰ-40	观音传说	浙江省

续表

序号	项目编号	项目名称	申报单位
528	Ⅰ-41	徐福东渡传说	浙江省
529	Ⅰ-42	陶朱公传说	山东省
530	Ⅰ-43	麒麟传说	山东省
531	Ⅰ-44	鲁班传说	山东省
532	Ⅰ-45	八仙传说	山东省
533	Ⅰ-46	秃尾巴老李的传说	山东省
534	Ⅰ-47	屈原传说	湖北省
535	Ⅰ-48	王昭君传说	湖北省
536	Ⅰ-49	炎帝神农传说	湖北省
537	Ⅰ-50	木兰传说	河南省、湖北省
538	Ⅰ-51	巴拉根仓的故事	内蒙古自治区
539	Ⅰ-52	北票民间故事	辽宁省
540	Ⅰ-53	满族民间故事	辽宁省
541	Ⅰ-54	徐文长故事	浙江省
542	Ⅰ-55	崂山民间故事	山东省
543	Ⅰ-56	都镇湾故事	湖北省
544	Ⅰ-57	盘古神话	河南省
545	Ⅰ-58	邵原神话群	河南省
546	Ⅰ-59	嘎达梅林	内蒙古自治区
547	Ⅰ-60	科尔沁潮尔史诗	内蒙古自治区
548	Ⅰ-61	仰阿莎	贵州省
549	Ⅰ-62	布依族盘歌	云南省
550	Ⅰ-63	梅葛	云南省
551	Ⅰ-64	查姆	云南省
552	Ⅰ-65	达古达楞格莱标	云南省
553	Ⅰ-66	哈尼哈吧	云南省

续表

序号	项目编号	项目名称	申报单位
554	Ⅰ-67	召树屯与喃木诺娜	云南省
555	Ⅰ-68	米拉尕黑	甘肃省
556	Ⅰ-69	康巴拉伊	青海省
557	Ⅰ-70	汗青格勒	青海省
558	Ⅰ-71	维吾尔族达斯坦	新疆维吾尔自治区
559	Ⅰ-72	哈萨克族达斯坦	新疆维吾尔自治区
560	Ⅰ-73	珠郎娘美	贵州省
561	Ⅰ-74	司岗里	云南省
562	Ⅰ-75	彝族克智	四川省
563	Ⅰ-76	苗族贾理	贵州省
564	Ⅰ-77	藏族婚宴十八说	青海省
565	Ⅰ-78	童谣（北京童谣、闽南童谣）	北京市，福建省
566	Ⅰ-79	桐城歌	安徽省
567	Ⅰ-80	土家族梯玛歌	湖南省
568	Ⅰ-81	雷州歌	广东省
569	Ⅰ-82	壮族嘹歌	广西壮族自治区
570	Ⅰ-83	柯尔克孜约隆	新疆维吾尔自治区
571	Ⅰ-84	笑话（万荣笑话）	山西省
扩展项目			
序号	项目编号	项目名称	申报地区
8	Ⅰ-8	孟姜女传说	河北省、湖南省
9	Ⅰ-9	董永传说	山东省、江苏省
13	Ⅰ-13	宝卷（靖江宝卷、河西宝卷）	江苏省、甘肃省
22	Ⅰ-22	吴歌	上海市、江苏省
31	Ⅰ-31	谜语（澄海灯谜）	广东省

第三批国家级非物质文化遗产名录（民间文学部分）

序号	项目编号	项目名称	申报地区
1029	Ⅰ-85	天坛传说	北京市
1030	Ⅰ-86	曹雪芹传说	北京市
1031	Ⅰ-87	契丹始祖传说	河北省
1032	Ⅰ-88	赵氏孤儿传说	山西省
1033	Ⅰ-89	白马拖缰传说	山西省
1034	Ⅰ-90	舜的传说	山东省、山西省
1035	Ⅰ-91	禹的传说	四川省
1036	Ⅰ-92	防风传说	浙江省
1037	Ⅰ-93	盘瓠传说	湖南省
1038	Ⅰ-94	庄子传说	山东省
1039	Ⅰ-95	柳毅传说	山东省
1040	Ⅰ-96	禅宗祖师传说	湖北省
1041	Ⅰ-97	布袋和尚传说	浙江省
1042	Ⅰ-98	钱王传说	浙江省
1043	Ⅰ-99	苏东坡传说	浙江省
1044	Ⅰ-100	王羲之传说	浙江省
1045	Ⅰ-101	李时珍传说	湖北省
1046	Ⅰ-102	蔡伦造纸传说	陕西省
1047	Ⅰ-103	牡丹传说	山东省
1048	Ⅰ-104	泰山传说	山东省
1049	Ⅰ-105	黄鹤楼传说	湖北省
1050	Ⅰ-106	烂柯山的传说	山西省，浙江省
1051	Ⅰ-107	珞巴族始祖传说	西藏自治区
1052	Ⅰ-108	阿尼玛卿雪山传说	青海省
1053	Ⅰ-109	锡伯族民间故事	辽宁省
1054	Ⅰ-110	嘉黎民间故事	西藏自治区
1055	Ⅰ-111	海洋动物故事	浙江省

续表

序号	项目编号	项目名称	申报单位
1056	Ⅰ-112	土家族哭嫁歌	湖南省
1057	Ⅰ-113	坡芽情歌	云南省
1058	Ⅰ-114	祝赞词	内蒙古自治区，新疆维吾尔自治区
1059	Ⅰ-115	黑暗传	湖北省
1060	Ⅰ-116	陶克陶胡	吉林省
1061	Ⅰ-117	密洛陀	广西壮族自治区
1062	Ⅰ-118	亚鲁王	贵州省
1063	Ⅰ-119	目瑙斋瓦	云南省
1064	Ⅰ-120	洛奇洛耶与扎斯扎依	云南省
1065	Ⅰ-121	阿细先基	云南省
1066	Ⅰ-122	羌戈大战	四川省
1067	Ⅰ-123	恰克恰克	新疆维吾尔自治区
1068	Ⅰ-124	酉阳古歌	重庆市
1069	Ⅰ-125	谚语（沪谚）	上海市
扩展项目			
序号	项目编号	项目名称	申报地区
001	Ⅰ-1	苗族古歌	湖南省
008	Ⅰ-8	孟姜女传说	山东省
009	Ⅰ-9	董永传说	江苏省
522	Ⅰ-35	尧的传说	山东省
523	Ⅰ-36	牛郎织女传说	陕西省
528	Ⅰ-41	徐福传说	山东省，江苏省
537	Ⅰ-50	木兰传说	陕西省
561	Ⅰ-74	司岗里	云南省

第四批国家级非物质文化遗产名录（民间文学部分）

序号	项目编号	项目名称	申报单位
1220	Ⅰ-126	卢沟桥传说	北京市丰台区
1221	Ⅰ-127	鬼谷子传说	河北省临漳县
1222	Ⅰ-128	东海孝妇传说	江苏省连云港市
1223	Ⅰ-129	刘阮传说	浙江省天台县
1224	Ⅰ-130	孔雀东南飞传说	安徽省怀宁县、潜山县
1225	Ⅰ-131	老子传说	安徽省涡阳县，河南省灵宝市
1226	Ⅰ-132	陈三五娘传说	福建省泉州市洛江区
1227	Ⅰ-133	胡峄阳传说	山东省青岛市城阳区
1228	Ⅰ-134	孟母教子传说	山东省邹城市
1229	Ⅰ-135	河图洛书传说	河南省洛阳市
1230	Ⅰ-136	杞人忧天传说	河南省杞县
1231	Ⅰ-137	三国传说	湖北省
1232	Ⅰ-138	伯牙子期传说	湖北省武汉市
1233	Ⅰ-139	尹吉甫传说	湖北省房县
1234	Ⅰ-140	苏仙传说	湖南省郴州市苏仙区
1235	Ⅰ-141	毕阿史拉则传说	四川省金阳县
1236	Ⅰ-142	仓颉传说	陕西省白水县、洛南县
1237	Ⅰ-143	骆驼泉传说	青海省循化撒拉族自治县
1238	Ⅰ-144	回族民间故事	宁夏回族自治区泾源县
1239	Ⅰ-145	广禅侯故事	山西省阳城县
1240	Ⅰ-146	解缙故事	江西省吉水县
1241	Ⅰ-147	壮族百鸟衣故事	广西壮族自治区横县
1242	Ⅰ-148	阿凡提故事	新疆维吾尔自治区喀什地区
1243	Ⅰ-149	广阳镇民间故事	重庆市南岸区
1244	Ⅰ-150	西王母神话	新疆维吾尔自治区阜康市
1245	Ⅰ-151	盘王大歌	湖南省江华瑶族自治县
1246	Ⅰ-152	玛牧	四川省喜德县

续表

序号	项目编号	项目名称	申报单位
1247	Ⅰ-153	黑白战争	云南省丽江市古城区
1248	Ⅰ-154	祁家延西	青海省互助土族自治县
1249	Ⅰ-155	常山喝彩歌谣	浙江省常山县
扩展项目			
序号	项目编号	项目名称	申报地区
8	Ⅰ-8	孟姜女传说	山东省莱芜市莱城区
13	Ⅰ-13	宝卷（吴地宝卷）	江苏省苏州市
27	Ⅰ-27	格萨（斯）尔	内蒙古自治区巴林右旗
521	Ⅰ-34	杨家将传说（杨七郎墓传说）	天津市宁河县
565	Ⅰ-78	童谣（绍兴童谣）	浙江省绍兴市
1043	Ⅰ-99	苏东坡传说	湖北省黄冈市
1069	Ⅰ-125	谚语（陕北民谚）	陕西省榆林市

附录二　山东省省级非物质文化遗产名录（民间文学部分）

第一批山东省非物质文化遗产名录（民间文学部分）

序号	项目编号	项目名称	申报地区（单位）
1	Ⅰ-1	梁祝传说	济宁市
2	Ⅰ-2	孟姜女传说	淄博市
3	Ⅰ-3	崂山民间故事	青岛市崂山区
4	Ⅰ-4	陶朱公的传说	菏泽市定陶县
5	Ⅰ-5	麒麟传说	济宁市嘉祥县、菏泽市巨野县

续表

序号	项目编号	项目名称	申报单位
6	Ⅰ-6	董永传说	滨州市博兴县
7	Ⅰ-7	孟母教子的传说	济宁市曲阜市、邹城市
8	Ⅰ-8	鲁班的传说	济宁市曲阜市
9	Ⅰ-9	孔子诞生的传说	济宁市曲阜市
10	Ⅰ-10	闵子骞传说	济南市历城区、济宁市鱼台县
11	Ⅰ-11	炉神姑的传说	淄博市张店区
12	Ⅰ-12	牛郎织女传说	淄博市沂源县
13	Ⅰ-13	八仙过海传说	烟台市蓬莱市
14	Ⅰ-14	秃尾巴老李传说	威海市文登市、青岛市即墨市、日照市莒县、潍坊市诸城市
15	Ⅰ-15	卧冰求鲤的传说	临沂市兰山区
16	Ⅰ-16	东方朔的民间传说	德州市陵县
17	Ⅰ-17	女娲神话	枣庄市
扩展项目			
序号	项目编号	项目名称	申报地区
2	Ⅰ-2	孟姜女传说	山东省莱芜市莱城区

第二批山东省非物质文化遗产名录（民间文学部分）

序号	项目编号	项目名称	申报地区（单位）
158	Ⅰ-18	大舜传说	济南市历下区、诸城市
159	Ⅰ-19	尧舜传说	菏泽市牡丹区
160	Ⅰ-20	泰山传说	泰安市
161	Ⅰ-21	秦始皇东巡传说	荣成市
162	Ⅰ-22	徐福传说	胶南市、青岛市黄岛区、龙口市
163	Ⅰ-23	扁鹊传说	济南市长清区
164	Ⅰ-24	范蠡与陶山的故事	肥城市

续表

序号	项目编号	项目名称	申报单位
165	Ⅰ-25	颜文姜传说	淄博市博山区
166	Ⅰ-26	庄子传说	东明县
167	Ⅰ-27	奚仲造车传说	枣庄市薛城区、滕州市
168	Ⅰ-28	公冶长传说	诸城市、安丘市
169	Ⅰ-29	琅琊台传说	胶南市
170	Ⅰ-30	柳毅传说	潍坊市寒亭区
171	Ⅰ-31	鬼谷子传说	淄博市淄川区
172	Ⅰ-32	牡丹传说	菏泽市牡丹区
173	Ⅰ-33	伯乐传说	成武县
174	Ⅰ-34	长勺之战传说	莱芜市
175	Ⅰ-35	丘处机传说	栖霞市
176	Ⅰ-36	刘备在平原的传说	平原县
177	Ⅰ-37	凤凰山传说	东阿县
178	Ⅰ-38	柳下惠传说	兖州市、平阴县
179	Ⅰ-39	临淄成语典故	淄博市临淄区
180	Ⅰ-40	大禹治水的传说	宁阳县
181	Ⅰ-41	蒙山传说	蒙阴县

第三批山东省非物质文化遗产名录（民间文学部分）

序号	项目编号	项目名称	申报地区（单位）
308	Ⅰ-42	颜子传说	曲阜市
309	Ⅰ-43	东海孝妇传说	郯城县
310	Ⅰ-44	武训传说	冠县

续表

序号	项目编号	项目名称	申报单位
311	Ⅰ-45	孙膑传说	鄄城县
312	Ⅰ-46	胡峄阳传说	青岛市城阳区
313	Ⅰ-47	李左车传说	安丘市
314	Ⅰ-48	张尔岐传说	济阳县
315	Ⅰ-49	盐宗夙沙氏煮海成盐传说	青岛市城阳区
316	Ⅰ-50	伊尹传说	曹县
317	Ⅰ-51	水浒传说	山东省水浒文化交流中心、梁山县、东平县
318	Ⅰ-52	赤山明神传说	荣成市
扩展名录			
序号	项目编号	项目名称	申报地区（单位）
171	Ⅰ-31	鬼谷子传说	平邑县
178	Ⅰ-31	柳下惠传说	新泰市

第四批山东省非物质文化遗产名录（民间文学部分）

序号	项目编号	项目名称	申报地区（单位）
370	Ⅰ-53	王邦直与《律吕正声》的传说	青岛市城阳区
371	Ⅰ-54	仪狄造酒故事	安庆县
372	Ⅰ-55	酒祖传说	安丘市
373	Ⅰ-56	姜太公传说	昌乐县
374	Ⅰ-57	鸡黍之约	金乡县
375	Ⅰ-58	肥桃传说	肥城市
376	Ⅰ-59	岱崮传说	蒙阴县

附录三　济宁地区非物质文化遗产名录（民间文学部分）

一、国家级第一批非物质文化遗产项目名单（1 项）

梁祝传说—济宁市

二、国家级第二批非物质文化遗产项目名单（2 项）

1. 麒麟传说—嘉祥县
2. 鲁班传说—曲阜市

三、国家级第四批非物质文化遗产项目名单（1 项）

孟母教子传说—邹城市

四、省级第一批非物质文化遗产项目名单（6 项）

1. 梁祝传说—济宁市
2. 麒麟传说—嘉祥县
3. 孟母教子传说—曲阜市邹城市
4. 鲁班传说　曲阜市
5. 孔子诞生的传说—曲阜市
6. 闵子骞传说—鱼台县

五、省级第二批非物质文化遗产项目名单（1 项）

柳下惠传说—兖州市

六、省级第三批非物质文化遗产项目名单（2 项）

1. 颜子传说—曲阜市
2. 水浒传说—梁山县

七、省级第四批非物质文化遗产项目名单（1 项）

鸡黍之约—金乡县

八、济宁市第一批市级非物质文化遗产名录（15 项）

1. 孔孟之乡的梁祝传说—市直
2. 麒麟传说—嘉祥县
3. 孟母教子传说—邹城市、曲阜市
4. 鲁班传说—曲阜市
5. 孔子诞生传说—曲阜市
6. 闵子骞传说—鱼台县
7. 黄金塔的传说—汶上县
8. 秃尾巴老李的传说—汶上县、梁山县
9. 柳下惠传说—兖州市
10. 孔子师项橐传说—兖州市
11. 大禹的传说—兖州市
12. 峄山传说—邹城市
13. 水浒人物故事—梁山县
14. 梁山地名传说—梁山县
15. 颜子传说—曲阜市

九、济宁市第二批市级非物质文化遗产名录（19 项）

1. 夏镇八景的故事—微山县
2. 陷留城的传说—微山县
3. 微山湖歌谣—微山县
4. 鸡黍之约—金乡县
5. 范氏牌坊的传说—兖州市
6. 金口坝下聚金石的传说—兖州市
7. 嵫山的传说—兖州市
8. 兴隆塔的传说—兖州市
9. 孔子宰中都的故事—汶上县
10. 仲子传说—微山县
11. 仲子路传说—泗水县
12. 张姥姥传说—曲阜市

13. 滚磨成亲的故事—邹城市
14. 匡衡的传说（凿壁偷光）—邹城市
15. 漆女的传说—邹城市
16. 秋胡戏妻的传说—嘉祥县
17. 岳镇九的传说—嘉祥县
18. 樊子迟的传说—鱼台县
19. 宓子贱的传说—鱼台县

十、济宁市第三批市级非物质文化遗产名录（3 项）

1. 卞庄子刺虎的传说—泗水县
2. 铁山传说—邹城市
3. 鲁隐公观鱼处的传说—鱼台县

十一、济宁市第四批市级非物质文化遗产名录（3 项）

1. 泗水泉林传说—泗水县
2. 泗水舜的传说—泗水县
3. 泗水泗河传说—泗水县

参考文献

著作：

[1] 钟敬文．民间文学概论［M］．北京：高等教育出版社，2010.

[2] 刘守华，陈建宪．民间文学教程［M］．武汉：华中师范大学出版社，2002.

[3] 刘锡诚．民间文学：理论与方法［M］．北京：中国文联出版社，2007.

[4] 乌丙安．民间口头传承［M］．吉林：长春出版社，2014.

[5] 王娟．民俗学概论［M］．第二版．北京：北京大学出版社，2011.

[6] 李扬．中国民间故事形态研究［M］．汕头：汕头大学出版社，1996.

[7] 李惠芳．中国民间文学［M］．武汉：武汉大学出版社，1996.

[8] 杨朝明．工圣鲁班［M］．北京：中国社会科学出版社，2015.

[9] 叶涛．泰山石敢当［M］．杭州：浙江人民出版社，2007.

[10] 樊存常．济宁非物质文化遗产名录［M］．北京：中国社会科学出版社，2015.

[11] 樊存常．梁祝文化在济宁［M］．北京：中国社会科学出版社，2015.

[12] 汪林，樊维章，张骥．济宁民间传说与歌谣：全 2 册［M］．北京：中国社会出版社，2011.

[13] 王振星．水浒文化概览［M］．北京：中国社会出版社，2012.

[14] 孙迎建、孙益才．《济宁文学作品集》［M］．济南：山东大学出版社，2010.

[15] 汪林．典从风雅［M］．哈尔滨：北方文艺出版社，2007.

[16] 佚名．泗水民间文学资料汇编［M］．泗水县文化局，1984.

[17] 李然．山东秃尾巴老李传说与信仰研究［M］．济南：山东人民出版社，2015.

期刊文章：

[1] 刘守华．非物质文化遗产保护工程与中国民间文学［J］．华中师范大学学报（人文社会科学版），2011，50（5）：103-107.

[2] 刘守华．泰山神仙故事的文化特色［J］．文化学刊，2010（1）：

186-188.
[3] 万建中. 民间文学：社会主义核心价值观的传统载体 [J]. 新视野，2015 (4)：54-58.
[4] 王娟. 当代民众生活中的民间文学——兼谈民间文学与作家文学的关系 [J]. 社会科学文摘，2016 (5)：90-98.
[5] 林继富. 现代媒介记忆语境下的民间文学保护 [J]. 民间文化论坛，2014 (1)：33-41.
[6] 陈映婕，张虎生. 民间文学类非物质文化遗产的传统性与传承力 [J]. 民族艺术研究，2011，24 (3)：9-14.
[7] 李万鹏. 淄河孟姜女传说的特点 [J]. 民俗研究，2009 (3)：44-46.
[8] 刁统菊，郭海红. 孟姜女传说"在地化"后的传承特征分析——以山东淄河镇的孟姜女传说为例 [J]. 民俗研究，2009 (4)：39-56.
[9] 李然. 传说的融合与再造——以鲁西南地区的黄河大王与秃尾巴老李传说为例 [J]. 民俗研究，2008 (3)：100-110.
[10] 李然. 传说形象的生活化功能——作为互动媒介的秃尾巴老李 [J]. 民俗研究，2015 (5)：110-116.
[11] 陈志勤. 从地方文化到中国、世界文化的梁祝传说——兼及民俗文化的历史的、社会的建构 [J]. 山东社会科学，2010 (1)：23-33.
[12] 苏晓红，胡晓东. 代表性传承人保护与培养机制的多元构建——以苗族民间文学为例 [J]. 贵州师范大学学报 (社会科学版)，2010，2010 (4)：49-54.
[13] 黄永林. 数字化背景下非物质文化遗产的保护与利用 [J]. 文化遗产，2015 (1)：1-10.

学位论文：

[1] 刘昂. 山东省民间艺术产业开发研究 [D]. 山东大学，2010.
[2] 谭淡. 济宁城南运河沿岸民间传说探析——以村落传奇人物传说为例 [D]. 南京师范大学，2011.
[3] 任娜娜. 泗水县典型泉水聚落可持续发展研究 [D]. 山东建筑大学，2013.

报刊：

[1] 汪林．二月二炒蝎子爪［N］．济宁晚报，2013-03-10.

[2] 汪林．子路：义薄云天的儒林好汉［N］．济宁晚报，2016-06-05.

[3] 鲍青．岳镇九：官位不必高民心不可少［N］．大众日报，2017-08-02.

电子文献：

[1] 仲跻清．纪念我们的先贤仲由子路［OL］．北京大军经济观察中心网站，2005-12-25.

[2] 樊存常．梁祝传说发源于孔孟故里——山东济宁［OL］．孔孟之乡网，2007-06-06.